STURM ÜBER DER EIFEL

Katja Kleiber ist das Pseudonym einer freien Journalistin und Kriminalschriftstellerin aus Frankfurt am Main. Sie ist Mitglied im Syndikat und bei den Mörderischen Schwestern.

KATJA KLEIBER

STURM ÜBER DER EIFEL

Eifel Krimi

emons:

Bibliografische Information der Deutschen Nationalbibliothek
Die Deutsche Nationalbibliothek verzeichnet diese Publikation in der Deutschen Nationalbibliografie; detaillierte bibliografische Daten sind im Internet über http://dnb.d-nb.de abrufbar.

Umschlagmotiv: Montage aus lookphotos/Wohner, Heinz; Oimheidi/Pixabay.com
Umschlaggestaltung: Nina Schäfer, nach einem Konzept von Leonardo Magrelli und Nina Schäfer
Umsetzung: Tobias Doetsch
Gestaltung Innenteil: César Satz & Grafik GmbH, Köln
Lektorat: Susanne Bartel
Druck und Bindung: CPI – Clausen & Bosse, Leck
Printed in Germany 2020
ISBN 978-3-7408-0916-4
Eifel Krimi
Originalausgabe

Zitat Seite 5: James Wilson, »Und die Erde wird weinen«, Suhrkamp 2001

Eines Tages wird die Erde weinen, sie wird
um ihr Leben flehen, sie wird Tränen von Blut weinen.
Ihr werdet die Wahl haben, ihr zu helfen
oder sie sterben zu lassen, und wenn sie stirbt,
sterbt ihr auch.

John Hollow Horn von den Oglala Lakota, 1932

Prolog

Er fand die Stelle sofort, wo der Zaun aufgeschnitten war. Er hatte sich den heiligen Ort zuvor bei Tageslicht gründlich angeschaut. Jetzt war hier niemand, der ihn beobachten konnte. Er drückte das Drahtgeflecht zur Seite und zwängte sich durch die Öffnung. Richtete sich auf, dehnte den Rücken und blinzelte in die Abenddämmerung. Die Luft roch nach Wald, erdig und feucht.

Ein sandiger Pfad schlängelte sich durch Brombeerhecken, durch einen flachen Graben und über einen niedrigen ringförmigen Wall. Vor mehr als dreitausend Jahren hatten ihn Menschen aus Erde errichtet, mit primitivsten Mitteln.

Der Pfad verlief in leichten Kurven und verlor sich auf der Mitte der Hochfläche. Er folgte ihm bedächtig. Der Sand war kalt, fühlte sich aber gut an unter seinen nackten Füßen, rieb leicht zwischen den Zehen.

Auf der Ebene in der Mitte des Rings war das Gras kurz gemäht. Wenigstens kümmerte sich der Heimatverein darum, den Bewuchs zurückzuschneiden, wenn auch niemand mehr wie in alter Zeit das Heiligtum ehrte.

In der Mitte war ein Holzpfosten in die Erde gerammt. War das der richtige Ort? Das Zentrum des Ringwalls, wo sich die Energie sammelte?

Sein Blick fiel auf drei dicke Eichen wenige Meter neben dem Pfosten. Er ging zu dem dicksten Stamm, berührte die raue Rinde und ließ sich dann in den Schneidersitz gleiten. Hier würde er die Nacht verbringen. Mit einer Kopfbewegung warf er seinen Zopf nach hinten und zog sich das Fell enger um die Schultern.

Der Mann blickte auf zum Himmel. Es war ein bewölkter Tag gewesen, auch jetzt sah er kaum Sterne. Nur direkt über ihm waren die Wolken aufgerissen. Die Sichel des Mondes war noch dünn. Angeblich waren über dem Ring selbst niemals Wolken zu sehen. Zumindest heute Abend stimmte das.

Jetzt musste er zur Ruhe kommen. Er konzentrierte sich auf seinen Atem. Einatmen. Ausatmen. Er spürte den Winter, nicht nur in der kühlen Luft. Sein ganzer Körper sehnte sich nach Ruhe, einer wohlverdienten Auszeit. Doch eine riesige Aufgabe erwartete ihn. Das Geheimnis, das ihm anvertraut worden war, durfte keins bleiben. Er brauchte nicht die Ruhe des Winters, sondern die Kraft des Frühlings, des Anfangs.

Er versuchte, seine Gedanken davongleiten zu lassen. Einatmen. Ausatmen. Ein Vogel schrie auf und flatterte in die Baumkrone hinauf. Ob Vögel an diesem Ort auch etwas Besonderes wahrnahmen? Seine geschulten Sinne spürten die Energie des Ortes deutlich, wie ein ständiges Pulsieren. Heute Nacht würde sie besonders stark sein. Er wollte sie in sich aufnehmen. Er brauchte sie, um seine Aufgabe zu erfüllen. Um die Gier des Menschen nach immer mehr Profit zu stoppen.

Hinter sich hörte er ein Rascheln. Etwas bohrte sich in seinen Rücken.

Seine Arme und Beine begannen, unkontrolliert zu zucken. Er versuchte, sich zu wehren, doch seine Gliedmaßen gehorchten ihm nicht. Dann spürte er einen stechenden Schmerz zwischen den Rippen.

Ein Funke

Fast hätte sie das Gefühl nicht erkannt: Freude. So lange war es her, dass sie zuletzt dieses angenehme Gefühl im Bauch verspürt hatte.

Als das Pferd sie mit der Nase anstupste, griff sie gehorsam in ihre Tasche und holte einen weiteren Apfel hervor. Die samtigen Lippen des Tieres griffen danach und berührten ihre Handfläche. Die Samtlippen waren es auch, die sie auf die Idee gebracht hatten, reiten zu lernen. Sie gehörten den zwei braunen, zotteligen Ponys, die seit einigen Monaten auf einer Wiese in der Nähe ihres Hauses standen. Wenn Ella den Tieren manchmal eine Möhre oder einen Apfel brachte, schnupperten sie mit ihren Samtnasen an ihrer Hand und an der Jacke auf der Suche nach weiteren Leckerbissen. Die Besitzerin kam nur am Wochenende aus Köln, um sich um sie zu kümmern. Sonst versorgte eine Nachbarin die Tiere.

Der Wunsch, mehr Zeit mit diesen sanften Vierbeinern zu verbringen, war langsam gewachsen. Sich von ihnen tragen zu lassen, Ausritte zu unternehmen, vielleicht sogar tagelang durch die Eifelwälder zu streifen.

Und jetzt stand sie hier bei dem Braunen, der seine lange Nase gerade in die Tasche ihrer Wachsjacke steckte, um den nächsten Apfel herauszuholen. Doch seine Nase war viel zu breit für die Öffnung der Tasche. Lachend trat Ella einen Schritt zurück.

Wieder spürte sie dieses warme Leuchten tief in sich. Ein ungewohntes Gefühl. Vor vielen Jahren hatte sie es regelmäßig erlebt. Vor ihrem Zusammenbruch, den die Ärzte Burn-out nannten. Ausgebrannt. Ein Brand hinterließ nichts als Asche. Jetzt glomm unter dieser Asche ein Funke. Ihre Seele hatte sich abgekapselt, um keine unangenehmen Gefühle mehr zuzulassen. Leere, Trauer, Scham – all das wollte Ella nicht mehr wahrnehmen. Die Seele in ihrem Panzer hatte aber auch keine Freude mehr gespürt, bis jetzt, hier bei den Tieren.

Wieder stupste das Pferd Ella an. Joe, ein brauner Wallach. Sie bewunderte seine festen Muskeln. Seine Mähne war unten dunkel und oben am Ansatz blond, erinnerte an eine herausgewachsene Haarfärbung. Auf der Stirn hatte er einen kleinen weißen Fleck, einen Stern.

Marnie hatte ihr als Erstes aufgetragen, das Pferd zu striegeln. Die kleine Trainerin mit den dunklen Haaren hatte einige Jahre im Renngeschäft mitgemischt, bevor sie sich wieder in ihr Heimatdorf in der Eifel zurückgezogen hatte, um den Reiterhof zu führen.

Joe hielt brav still, und Ella machte es sogar Spaß, dem Braunen Staub aus dem Fell zu bürsten. Er erschien ihr riesig, wie er direkt vor ihr stand. Sie konnte gerade so über seinen Rücken blicken.

Nacheinander ließ Marnie nun ihre Hände an den Beinen des Pferdes hinuntergleiten. Folgsam hob das Tier das jeweilige Bein, Marnie hielt es auf ihrem Knie fest und säuberte mit einem Kratzeisen den Huf.

Ella machte instinktiv einen Schritt zurück. Ganz geheuer war ihr die Sache nicht. Am Ende trat Joe ihr noch auf den Fuß. Aus ein paar Metern Distanz schaute sie Marnie aufmerksam zu.

Die Zeiten schienen sich zu bessern für sie. Vielleicht würde Reiten ihr neues Hobby werden. Und vielleicht hatte sie auch bereits einen Mann kennengelernt, der ihr in der Zukunft etwas bedeuten würde. Als sie an ihn dachte, begann es in ihrem Bauch zu kribbeln. Auch das ein ungewohntes Gefühl.

Sie verlor sich in Gedanken an seine gütigen braunen Augen, die alles zu wissen schienen. An seine hagere Figur, die feingliedrigen Finger. Die langen dunklen Haare trug er zu einem Zopf gebunden, erste graue Strähnen zeigten sich an den Schläfen. Er hatte sich über die Pflanzen gebeugt, die sie bei der Kräuterwanderung fanden, die der Naturschutzverein organisiert hatte. Jede einzelne Pflanze hatte er befühlt, zwischen den Fingern gerieben und ihren Geruch tief eingeatmet. Ein winziges Stückchen zerkaut, um sie zu schmecken. Noch nie war Ella jemandem begegnet, der mit Kräutern so respektvoll umging. Sie fühlte sich sofort zu ihm hingezogen. Gestern hatte er angerufen und ihr auf den Anrufbeantworter gesprochen. Er wollte sie wiedersehen.

Bei dem Gedanken spürte sie wieder dieses warme Gefühl in ihrer Brust.

»Hier ist die Trense«, schreckte Marnie sie aus ihrem Tagtraum auf und zeigte ihr, wie man Joe aufzäumte. Es war eigentlich ganz einfach. Dann legte Marnie dem Pferd eine Decke über den Rücken und hievte einen Ledersattel darauf, der mit Stickereien verziert war.

Fasziniert strich Ella mit ihren Fingern darüber.

»Das ist ein Westernsattel. Er ist bequemer als der englische. Verständlich, schließlich mussten die Cowboys den ganzen Tag darin aushalten«, erklärte Marnie begeistert. Sie schien ihre Arbeit zu lieben. Dann führte sie Joe zu einer Rampe.

Ella war erleichtert. Sie hatte befürchtet, sich zu blamieren, wenn sie aufsteigen sollte. Aber durch die Rampe war sie auf einer bequemen Höhe. Sie schob ihren linken Fuß in den Steigbügel, schwang ihr rechtes Bein über Joes Rücken und ließ sich in den Sattel fallen. Geschafft! Sie saß auf einem Pferd. Der Boden unter ihr war auf einmal ganz schön weit entfernt.

Marnie hatte gleich was zu meckern: »Bitte setz dich vorsichtig in den Sattel. Verlager dein Gewicht langsam auf das Pferd!«

Dann lief Joe im Kreis über die Koppel, die der Regen der letzten Woche in eine einzige Schlammpfütze verwandelt hatte. Dem Pferd schien das nichts auszumachen. Währenddessen war Ella damit beschäftigt, sich im Sattel zu halten. Sie versuchte, Marnies Anweisungen minutiös zu folgen, und nach ein paar Minuten gelang es ihr sogar, sich zu entspannen. Die rhythmische Bewegung des Pferdes wiegte sie in Sicherheit. Nur zu schnell war ihre erste Reitstunde zu Ende.

Marnie schien Ellas Enttäuschung zu spüren. »Wir müssen leider pünktlich Schluss machen, ich muss Tobi abholen«, entschuldigte sie sich. »Hat Husten aus dem Kindergarten mitgebracht. Das Vater-Wochenende war sicher eine Katastrophe.«

Als Ella abgesessen war, kam ein junges Mädchen aus dem Stall. Marnies riesiger Hofhund folgte ihr auf den Fersen. Das Mädchen griff nach Joes Zügeln.

Ella musterte sie. Hatte sie das Mädchen schon mal gesehen? Sie achtete nicht sonderlich auf die Jugendlichen im Dorf. Honigfarbene Haare zu einem dicken Zopf zusammengefasst. Große dunkle Augen. Sie war kaum älter als zwölf. Kinderarbeit?, kam es Ella in den Sinn. Andererseits: In der Eifel fuhren Achtjährige Trecker, warum sollte nicht ein Teenager Pferde striegeln, den Stall ausmisten oder sonstige Arbeiten verrichten?

Als hätte das Mädchen ihre Gedanken gelesen, sagte sie: »Hallo, ich bin Corinna Thielen. Sag einfach Corinna zu mir. Ich darf hier helfen. Das ist voll cool.« Sie tänzelte vor Aufregung auf den Fußspitzen. »Erst hab ich nur Reitstunden bei Marnie genommen, aber jetzt kümmere ich mich auch um die Pferde. Sogar bei Wanderritten darf ich dabei sein.« Ihre Wangen glühten. »Neulich, da sind wir den ganzen Weg an der Ahr ...«

Ellas Gedanken schweiften ab, während Corinna weiter auf sie einredete. Sie war unübersehbar in dem Alter, in dem Mädchen für Pferde schwärmten. Bald würde sie für Jungs schwärmen und Pferde Pferde sein lassen, da war sich Ella sicher.

Als von der Straße her ein lautes Hupen ertönte, zog Corinna einen Flunsch. Sie beeilte sich, Joe in seine Box zu führen.

Als Ella aufbrach, sah sie, wie das Mädchen zu einem dunklen Jeep rannte und einstieg. Elterntaxi, alles klar.

Der Ötzi

Kriminalhauptkommissarin Tanja Marx blinzelte. Hielt der Goloring sie in einer Zeitschleife gefangen? Die Hand tief in der Manteltasche vergraben, fühlte sie nach ihrem Smartphone. Die Berührung gab ihr ein vertrautes Gefühl von Gegenwart. Sie lebte weiterhin im 21. Jahrhundert, auch wenn die Leiche vor ihr aus einem anderen Zeitalter zu stammen schien.

Sie musterte den Toten: Die Haare waren zu einem Zopf am

Hinterkopf gebunden, über den Schultern hing ein Fell oder eine Art Fellkragen. Der Mann trug ein Hemd aus Leinen, soweit sie das bei all dem Blut erkennen konnte. Eine Lederhose. Keine Schuhe.

Eine Leiche ohne Schuhe. Vielleicht ein Zeitgenosse vom Ötzi? Aber ganz so alt wie die Gletscherleiche konnte diese doch nicht sein, denn eine Mumie blutete nicht. Die Erde unter der Eiche, wo sie den Mann gefunden hatten, war durchtränkt mit Blut. Der Fundort schien somit der Tatort zu sein. Ein derart schwer verletzter Mann schleppte sich nicht mehr hierher. Auch konzentrierte sich der Blutfleck auf den Bereich, wo die Leiche lag, es gab keine Blutspur.

»Mit dem Leben unvereinbare Verletzungen«, hatte der Notarzt in seinem Bericht vermerkt.

Die Kollegen von den Erstkräften aus Kobern-Gondorf hatten sie schon vorgewarnt, dass es kein alltäglicher Anblick war, der sie hier erwartete.

Jeden Moment würde die Forensikerin eintreffen. Tanja mochte Renate Schade eigentlich, weil diese sehr genau und gründlich arbeitete. Trotzdem war sie froh, noch einen Moment allein zu sein, in dem sie die Leiche in Ruhe betrachten konnte.

Es war kalt an diesem Montagmorgen, dem 1. November. Tanja fröstelte. Wieso nur hatte sich der Ötzi ausgerechnet in dieser unwirtlichen Jahreszeit in ihrem Zuständigkeitsbereich umbringen lassen? Wieso bekam sie solche Fälle und nicht die der einfachen Sorte à la »Alter erschlägt seine Alte«? Oder wenigstens Fälle mit Prestige, Islamisten, Organisierte Kriminalität oder sonst was Spannendes? Fälle, die ihrer Karriere einen Schub geben könnten? Aber nein, natürlich war sie Teil der Kommission, die sich mit einer Leiche befassen musste, die aus der Zeit gefallen schien. Die noch nicht einmal Schuhe trug. Und das bei dieser Kälte.

Der ältere Polizist von den Erstkräften aus Kobern-Gondorf reichte ihr eine Plastiktüte mit einer Lederbörse. »Die haben wir bei ihm gefunden.«

Tanja lächelte schief. Wenigstens besaß ihr Ötzi ein neuzeitliches Portemonnaie. Sie hätte eher vermutet, dass er noch mit Muschelketten gezahlt hatte. Oder mit Nuggets. Die Geldbörse konnte sie gleich an die Tatortgruppe weiterreichen, die sich mit den Spuren hier vor Ort befasste.

Sie friemelte Gummihandschuhe aus ihrer Tasche, blies sie auf und streifte sie über. Vorschrift war Vorschrift, auch wenn auf dem Portemonnaie sicher keine Fingerabdrücke mehr zu finden waren, so blutverkrustet, wie das Leder war. Sie öffnete die Börse vorsichtig. Sie enthielt fünfundsiebzig Euro in Scheinen, etwas Kleingeld, einige Tankbelege. Aha, der Ötzi besaß nicht nur zeitgenössische Münzen, er fuhr auch ein neuzeitliches Gefährt.

»Haben wir das Auto gefunden?«

»Auf der anderen Seite des Golorings steht ein Volvo auf einem Feldweg, dessen Daten zu dem Fahrzeugschein passen. Älteres Modell.«

Sie nickte dem Polizisten zu. Das Auto würde ein wichtiger Anhaltspunkt für weitere Ermittlungen sein. Er hatte von einem Fahrzeugschein gesprochen. Sie griff in ein Seitenfach der Geldbörse, in dem Papiere steckten, und stellte fest, dass der Tote ganz ähnliche Dokumente wie sie selbst besaß: eine Sparkassenkarte, einen Führerschein, einen Kfz-Schein und einen Personalausweis, den sie herauszog.

Der Name klang zeitgenössisch: »Leonhart Schmidt«, las sie vor, »geboren am 24. Juni 1974 in Kobern-Gondorf. Wohnhaft in Eichenbach. – Wo ist das?«, fragte sie den Kollegen. Sie konnte schließlich nicht jedes Kaff hier an der Mosel kennen.

»Weiß ich leider nicht«, sagte der Polizist knapp und schien sich gerade noch beherrschen zu können, nicht die Hacken zusammenzuschlagen. Die Präsenz der Zentralen Kriminalinspektion aus Koblenz in Form von Tanja schien ihn einzuschüchtern. Wie würde es ihm nur gehen, wenn die anderen Kollegen von der Mordkommission eintrafen?

Tanja zückte ihr Handy und googelte »Eichenbach«.

»Ortsgemeinde Antweiler, Landkreis Ahrweiler«, spuckte das Gerät in Sekundenschnelle aus.

Antweiler! Ausgerechnet. Antweiler war ihr allerdings bekannt. Im vergangenen Jahr hatte sie ein Fall in dieses Dorf in der Vulkaneifel geführt. Ein mysteriöser Giftmord. Die Hauptverdächtige war eine Art Hexe gewesen.

Sie riss sich zusammen. Dies war ein neuer Fall. Nicht alle Morde in der Eifel waren so kompliziert wie der vom letzten Jahr. Selbst wenn es jetzt wieder einen Bezug zu Antweiler gab. Verdammt, das hier war ihre Arbeit, und sie machte sie gerne. Sie würde systematisch vorgehen, so wie sie es gelernt hatte. Sie besaß alle Fähigkeiten und Kenntnisse, die nötig waren, um die Tat aufzuklären, rief sie sich ins Gedächtnis. Außerdem war sie nicht allein. Kripochef Anton Brettschneider, hinter vorgehaltener Hand »Tünnes« genannt, hatte bereits ein Dutzend Kollegen zusammengetrommelt, die alle an einem Strang ziehen würden.

Sie würde ihren Teil dazu beitragen, den Fall aufzuklären. Mochte er sie auch in die tiefste Eifel führen, wo sie noch nicht mal den Dialekt verstand und wo Tote aussahen wie dieser hier. Auch Ötzis hatten ein Recht darauf, dass ihre Mörder gefunden wurden.

Tanja zückte erneut ihr Handy, um Peter Claes anzurufen. Der Erste Kriminalhauptkommissar in Adenau war für den Landkreis Ahrweiler zuständig und somit auch für Antweiler. Er würde die Laufarbeit erledigen, sie die Kopfarbeit. Außerdem verstand er Eifler Platt. Wenn er auch nicht besonders helle war, hatte er beim letzten Fall, den sie gemeinsam gelöst hatten, doch gute Arbeit geleistet. Mit Claes an ihrer Seite hätte sie vielleicht eine Chance, sich in der Mordkommission hervorzutun.

Je schneller sie die Sache abschlössen, desto besser. Sie brauchte Zeit für die Vorbereitung ihres Workshops, einer Fortbildung an der Polizeihochschule in Büchenbeuren. Kripochef Brettschneider hatte ihr den Kurs vorgeschlagen und etwas gemurmelt, wovon sie nur das Wort »Gender« mitbekam. Wahrscheinlich brachte ihre Fortbildung dem Kriminaldirektor auf höherer Ebene Punkte ein für die besondere Förderung weiblicher Mitarbeiter. Aber das konnte ihr egal sein, solange die Fortbildung auch ihre eigene Karriere vorantrieb.

Sie drückte auf das grüne Symbol für die Anruftaste und lauschte dem Rufton. Doch Claes meldete sich nicht. Tanja runzelte die Stirn.

Wieder drifteten ihre Gedanken zu der Fortbildung. Als sie sich genauer mit den Unterlagen für den Kurs beschäftigt hatte, war ihr klar geworden, wie sie sich profilieren konnte, wenn sie dort eine Fallanalyse präsentierte. Fast könnte man denken, dass sich hinter der bräsigen Art des Kripochefs ein messerscharfer Verstand verbarg. Sicher hatte er in Zukunft einiges mit ihr vor. Sie durfte ihn nicht enttäuschen.

In dem Moment rollte ein dunkler Mercedes durch das Tor in der Umzäunung des Golorings, gefolgt von weiteren Streifenwagen. Der Staatsanwalt und weitere Einsatzkräfte, die die kriminaltechnische Arbeit übernehmen würden.

Noch einmal schaute Tanja sich um. Wo genau befand sie sich eigentlich? Am Eingang hatte sie ein Schild bemerkt mit irgendwelchen Erklärungen für Touristen. Offenbar war sie an einem historisch bedeutsamen Ort. Ihr Blick fiel auf den flachen Erdwall zwischen den Bäumen. War dies eine Stellung aus dem letzten Weltkrieg? Ein Teil des Westwalls? Aber der hatte doch Panzersperren aus Beton, erinnerte sie sich, und solche waren hier weit und breit nicht zu sehen. Außerdem müsste sich der Westwall auch weiter westlich in der Eifel befinden. Dies hier schien ein älterer Wall zu sein, vielleicht von den Römern? Oder sogar noch älter? Aber war das überhaupt wichtig? Sie fröstelte.

Die Jurte

Hatte sich Tanja in der Adresse geirrt? Peter starrte auf das Haus. Sein Schädel schmerzte. Nachwirkungen vom Wochenende in Köln. Hatte Tanja vielleicht auch einen Kater? Er schielte zur

Seite. Sie wirkte energiegeladen wie immer, der blonde Pferdeschwanz wippte eifrig.

Gerade blickte sie mit zusammengezogenen Augenbrauen auf ihr Handy, wo sie die Adresse gespeichert hatte. Guckte wieder hoch. Wies auf das Metallschild mit der Hausnummer. Die Farbe war teilweise abgeplatzt, aber die Zahl noch deutlich erkennbar. »Hier muss es sein.«

Das Dach des Hauses hatte sich bereits bedenklich gesenkt. Die Dachrinne hing an einigen Stellen herunter, sodass sie in einer Art Zickzack verlief. Neben der Tür, die dringend einen neuen Anstrich benötigte, befand sich ein Fenster. Die Scheibe war gesplittert, vielleicht hatte ein Nachbarskind einen Ball hineingeschossen.

Tanja steckte den Schlüssel ins Schloss, den sie in der Hosentasche von ihrem Ötzi gefunden hatten. Er glitt problemlos hinein. Sie drehte ihn um. Das Schloss klickte.

Peter öffnete die Tür. Der Gang war dunkel. Er tastete nach rechts, bis seine Fingerspitzen einen Lichtschalter berührten. Er drückte, doch es tat sich nichts. Stromausfall? Rechnung nicht bezahlt?

»Taschenlampe ist im Kofferraum«, hörte er Tanja hinter sich sagen. Schickte sie ihn jetzt als Laufburschen los? Er wandte sich um.

Ihr Kopf ruckte in Richtung Streifenwagen.

War er hier der Praktikant, oder was? Er unterdrückte ein Murren, trottete zurück zum Auto und fand die Taschenlampe zwischen allerhand Krempel im Handschuhfach.

Ihr Strahl leuchtete einen Flur aus, dessen Zustand keinen Deut besser war, als das Haus von außen vermuten ließ. Renoviert zuletzt anno 1950, wenn nicht noch früher. Geputzt auch so um den Dreh, wenn man die Dreckschicht auf dem Boden betrachtete.

Peter seufzte. Lieber würde er jetzt auf seinem Sofa liegen und in die Glotze starren. Wenn Tanja ihn nicht angerufen hätte, hätte er sich heute krankgemeldet. Das Wochenende in Köln war zu anstrengend gewesen. Und vor allem zu frustrierend. Statt zu

Hause rumzugammeln, bis der Kopfschmerz nachließ, schob er sich jetzt in dieser Bruchbude durch den schimmeligen Flur. Mit Tanja auf den Fersen.

Er öffnete die erste Tür rechts und leuchtete in einen Raum. Vollkommen leer. Keine Möbel, nichts. Nur eine beige Tapete hing in Fetzen herab. Es roch muffig.

»Selbst für 'nen Ötzi ziemlich unwohnlich«, meinte Tanja. »Aber so, wie der Typ aussah, hätte ich sowieso eher auf eine Höhle getippt.«

»Und die Adresse stimmt?« Peter ließ die Frage in der Luft hängen.

Tanja zuckte mit den Schultern.

Links vom Flur stießen sie auf eine Küche. Ebenso unmöbliert. Keine Schränke, kein Tisch, nichts. Nur eine einsame Spüle. Tanja drehte den Hahn auf: kein Wasser.

Zurück im Gang, öffneten sie die nächste Tür.

»Wow!« Tanja konnte ihre Überraschung nicht verbergen.

Als Peter einen Blick in das dahinterliegende Zimmer erhaschte, sog er scharf die Luft ein.

Ein Bad wie aus einer Zeitschrift für schöneres Wohnen. Eine Wanne mit blitzenden Armaturen und vielen Düsen, anscheinend eine Art Home-Spa oder Whirlpool. Dazu eine bodengleiche Dusche mit Glaswänden. Das WC und das Waschbecken in edlem Champagnerton. Über dem Waschbecken eine Ablage mit Zahnputzzeug, Toilettenartikeln, Rasierpinsel und Rasierseife, darüber ein Spiegel. Die Wände des Raumes waren mit einer hellbraunen, körnigen Schicht bedeckt. Lehmputz? Ein großes Fenster ging zum Garten raus.

Peter legte seinen Finger auf einen Lichtschalter neben der Tür, ließ ihn dort ruhen, drückte schließlich. Eine Deckenlampe flammte auf.

»Im restlichen Haus kein Strom, hier Strom? Im restlichen Haus alles pfui, hier hui? Will der uns verarschen?« Er zog die Augenbrauen hoch. Vielleicht hatte der Tote das Haus nach und nach renovieren wollen und das Bad war als Erstes fertig geworden? Aber was war mit der Küche? Eine Küche brauchte man doch. War Leonhart Schmidt nach diesem Luxusbad die Kohle ausgegangen? Er behielt seine Gedanken für sich. Vor Tanja wollte er sich nicht mit seinen Theorien blamieren.

Hier war nichts weiter zu sehen, das Bad war vorbildlich aufgeräumt und im Gegensatz zu den Räumen, die sie bisher gesehen hatten, picobello sauber. Peter ging zurück in den Flur und wandte sich dem Zimmer auf der anderen Seite zu, dem letzten im Erdgeschoss. Er atmete tief ein und öffnete die Tür.

»Ein Büro«, sagte Tanja überrascht, die ihm über die Schulter guckte.

Ein riesiger Schreibtisch aus Holz füllte fast die gesamte rechte Seite aus, davor einer von diesen angeblich rückenschonenden Hockern in seltsamer Form. Links vom Schreibtisch gab es ein deckenhohes Regal, vollgestopft mit Büchern und Ordnern. Auf dem Schreibtisch stand ein Telefon – mit Wählscheibe und Kabel.

Peter hatte den Eindruck, in einer Wohnung aus einem anderen Zeitalter zu stehen. So ein Telefon hatte seine Mutter früher gehabt, erinnerte er sich. Wenn ein Gespräch länger dauerte, hatte sie in einem Sessel gesessen, den Hörer zwischen Schulter und Ohr geklemmt. Der Sessel hatte allein dafür neben dem Telefon gestanden, denn das hing ja am Kabel und konnte nicht herumgetragen werden.

»Den Raum nehmen wir uns später vor«, entschied Tanja. »Erst mal einen Überblick verschaffen.«

Peter war der gleichen Meinung, aber es gefiel ihm nicht, dass die Koblenzer Kollegin ihn rumkommandierte. So fühlte es sich jedenfalls für ihn an.

Vom Flur aus stiegen sie eine Treppe nach oben. Die Stufen waren mit Staub bedeckt und knarrten bei jedem einzelnen Schritt.

»Nichts«, sagte Tanja enttäuscht, nachdem sie die vier kleinen Zimmer inspiziert hatten.

Diese Etage schien noch weniger genutzt worden zu sein als das Erdgeschoss. Die Tapeten mussten aus der Mitte des vorigen Jahrhunderts stammen, außer auf einen wackligen Stuhl waren sie auf keine Möbel gestoßen. Sämtliche Räume zur Straße hin hatten Wasserschäden. Peter dachte an das Dach, das sich bedenklich senkte. Wahrscheinlich war es nicht mehr dicht. Das Geld, das der Eigentümer ins Bad gesteckt hatte, wäre für eine Renovierung des Dachs besser ausgegeben gewesen.

»Wo hat Ötzi geschlafen?«

Peter wusste keine Antwort. Bisher hatten sie kein Bett gefunden. Aber in der Badewanne hatte der doch wohl nicht gepennt, oder etwa doch?

Sie gingen wieder ins Erdgeschoss. Eine Tür zwischen Bad und Büro, die sie zuvor links liegen gelassen hatten, war von innen mit einem Haken gesichert. Peter hob ihn mit einem Finger an, drückte die Tür auf. Vor ihnen ging es drei Stufen hinunter nach draußen.

Der Garten wurde von einer riesigen Linde beherrscht, Blumenbeete oder Rasenflächen waren nicht zu erkennen.

Neben dem Hinterausgang grenzte eine Art Carport an das Haus. Unter der Überdachung entdeckten sie einen gemauerten Grill mit Backofen. Daneben einen Gasbrenner mit einer orangefarbenen Flasche darunter. Ein paar Edelstahltöpfe standen kopfüber auf einem Abtropfgitter neben einer Spüle. Tanja drehte den Hahn auf, Wasser sprudelte heraus.

Ein Trampelpfad führte weiter in den Garten. Er musste einige tausend Quadratmeter umfassen. Vielleicht hatte der Ötzi oder irgendein Vorbesitzer ein angrenzendes Weidegrundstück gleich mit erworben. An Platz mangelte es in der Eifel nicht.

»Guck mal, wo der Pfad hinführt.« Tanjas Stimme klang scharf. »Ich schau mich noch mal in dem Büro um.«

Noch heute Morgen war Peter stolz darauf gewesen, dass Tanja ihn bei den Ermittlungen dabeihaben wollte, doch jetzt kam es ihm so vor, als bräuchte sie ihn nur als Praktikanten. Leider war die Mordkommission ihm übergeordnet. Er war ja nur ein einfacher Kriminalhauptkommissar, der sich sonst mit Geschwindigkeitsüberschreitungen und anderen kleineren Vergehen befasste. Sein derzeit wichtigster Fall war der Diebstahl von fünfzig Heuballen aus einer Scheune. Widerwillig musste er sich bei dem Gedanken eingestehen, dass es doch interessanter war, mit Tanja in einem Mordfall zu ermitteln. Auch wenn sie ihn herumscheuchte.

Kaum war seine Kollegin im Haus verschwunden, sackte Peter auf eine Bank – eher einen Baumstamm, der mit einer Kettensäge so bearbeitet worden war, dass eine Sitzfläche entstand. Er atmete tief durch. Wenn nur diese Kopfschmerzen verschwinden würden. In Köln hatte er am Samstagabend die Bar angesteuert, in der er schon öfter mal erfolgreich Frauen aufgerissen hatte. Nur um festzustellen, dass sie geschlossen war. »Hier öffnet für euch demnächst das Bistro ›Ginkgo‹ – vegane Speisen und Getränke«, verkündete ein Schild an der Tür. Peter bezweifelte, dass er in einem veganen Ginkgo-Bistro eine Frau abschleppen konnte. Jedenfalls keine, die ihm gefiel. Bestimmt gingen da nur Hungerhaken hin, an deren Hüftknochen er sich blaue Flecken holen würde. Nach dieser ersten Enttäuschung war es mit dem Wochenende weiter bergab gegangen, er wollte gar nicht daran denken. Peter rieb sich die Schläfen. Er sollte sich an die Arbeit machen. Tanja hatte ihm einen Auftrag gegeben.

Er rappelte sich auf und folgte dem Pfad, der hinter der Linde zwischen Büschen verschwand. Dahinter entdeckte er eine Reihe von Hochbeeten, in denen Strünke vertrockneter Tomatenpflanzen steckten, und wuchernde Himbeersträucher. Der schmale Weg endete an einer großen Rasenfläche mit einem runden Gebilde. Ein dunkles Zelt mit einer Art Dach.

Peter erinnerte sich, ähnliche Behausungen im Fernsehen in Reportagen über Mongolen gesehen zu haben. Er stand vor einer Jurte.

Die Eifelhexe

Der runde Raum wirkte innen deutlich größer als von außen. Er maß bestimmt fünf Meter im Durchmesser. Die Zeltwände waren mit bunten Tüchern behangen, wie Hippies sie auf Flohmärkten verkauften. Unter dem Zeltdach baumelten Büschel von Kräutern. Der durchdringende Geruch nach Eukalyptus und Salbei hing in der Jurte.

Dem Eingang gegenüber stand ein breites Bett, geschreinert aus schweren Baumstämmen, die roh behauen waren. Darauf lagen jede Menge Felle. Klar, der Ötzi hatte Fellkleidung getragen, der schlief eben auch unter Fellen, dachte Tanja zerstreut. Neben dem Bett ganz traditionell ein Nachttisch mit einem Päckchen Papiertaschentücher darauf. In der Mitte der Jurte fand sich ein Ofen, das Rohr entschwand durchs Dach. Auf dem Ofen stand ein Wasserkessel, daneben lagen Holzscheite.

»Hier hat der Typ gewohnt«, sagte Claes.

Tanja betrachtete ihren behäbigen Kollegen. Er dachte auch nicht schneller, als er sich bewegte. Das Offensichtliche musste man doch nicht erwähnen. Ihr stellte sich eine ganz andere Frage: »Wieso hat er in diesem Zelt gelebt, wenn er doch ein Haus hatte?«

»Vielleicht, weil ihm das Geld ausgegangen war, um weiterzurenovieren.«

»Wir werden beantragen, Einblick in seine Bankkonten zu erhalten. Dann wissen wir, ob er Geldprobleme hatte. Eine Hypothek, laufende Ratenzahlungen, die er nicht mehr bedienen konnte.«

Claes verdrehte die Augen. »Das kann dauern.« Er warf einen angeekelten Blick auf die Felle. »Muss nachts ganz schön kalt gewesen sein.«

»Eben. Unser Opfer hätte sich doch ein Schlafzimmer im Haus einrichten können. Hat ja genug Zimmer. Zur Not hätte es eine Couch im Büro getan.« Tanja umfasste mit einer kreisförmigen Geste den Innenraum der Jurte: »Ich glaube, der hat hier gewohnt, weil es ihm gefiel.« Sie trat den Rückzug an. »Das ist ein Fall für die Kollegen von der Tatortgruppe, wir kümmern uns um die Sachlage.«

Draußen zeigte ihr Claes, was er hinter der Jurte auf einem kleinen Wiesenstück gefunden hatte. Lange Weidenzweige, im Kreis in den Boden gesteckt und oben zu einer Kuppel zusammengebunden.

»Land Art?«, fragte Tanja. Als sie merkte, dass Claes nicht verstand, setzte sie hinzu: »Kunst?«

»Oder ein Hühnerstall aus Naturmaterialien, der nicht fertig geworden ist?« Claes klang wenig inspiriert.

Im Vorbeigehen hatte Tanja bemerkt, dass er nach Alkohol roch. Schwach, aber deutlich. Hatte er schon morgens gebechert? Sie würde von jetzt an darauf achten, ob er heimlich trank. In der Schulung zu »Suchtverhalten im Beruf« war sie erst vor Kurzem dafür sensibilisiert worden, Alkoholismus zu erkennen und damit umzugehen.

Sie machte mit dem Handy ein paar Fotos von dem Gebilde, bevor sie gemeinsam ins Haus zurückgingen.

Claes schnaufte unüberhörbar, als sie die drei Stufen vom Hintereingang hinaufstiegen.

Seit letztem Jahr hatte er an die zehn Kilo zugelegt, schätzte sie. Sport war offensichtlich nicht sein Ding – während sie ihre Karatestunden schon jetzt vermisste. Hoffentlich kämen sie gut voran, sodass sie am Freitag keine Nachtschicht einlegen müsste und pünktlich zurück in Koblenz wäre, um im Dojo zu trainieren. Oder sie würde einfach früher Schluss machen und Claes die Arbeit aufs Auge drücken. Schließlich musste sie sich auch noch auf die Fallanalyse für ihren Vortrag bei der Fortbildung vorbereiten. Auch das galt als Arbeitszeit.

Tanja ging in das Büro mit dem schweren Schreibtisch und nahm den Hörer von dem altmodischen Telefon. Das Freizeichen erklang. »Angeschlossen. Wir werden die Telefongesellschaft um eine Liste der letzten Verbindungen bitten. Dieses Ding speichert ja nichts.«

Mit einem Stöhnen ließ sich Claes auf den Stuhl hinter dem Tisch fallen.

Der Ötzi hatte in seinem Büro mehr Bücher gelagert, als alle Bauern der Umgebung zusammen je besessen hatten. Tanja würde wetten, dass er zur Uni gegangen war. Nach dem Zufallsprinzip zog sie einige Werke aus dem Regal. »Gott und Mammon – Biblische Perspektiven zum Umgang mit Geld«, »Eine Geschichte der Eifel in Wort und Bild«, »Alte Steinsetzungen in Simmerath«. Der Band »Windenergie im Binnenland: Handbuch der Wirtschaftlichkeit und Projektplanung an Binnenlandstandorten« war besonders schwergewichtig. Fünfhundert Seiten dick. Tanja erkannte kein System in der Lektüre. Offensichtlich hatte ihr Opfer sehr vielseitige Interessen gehabt. Dann fiel ihr auf, dass auf einer Seite des Regals fast alle Bücher einen grünen Rücken hatten. Sie beugte den Kopf und überflog die Titel. Bücher über Kräuter, Ratgeber zur Verwendung von Heilpflanzen und Bücher zur Bestimmung der heimischen Flora. Ihr Ötzi war ein Pflanzenfan gewesen.

Tanja dachte an ihr eigenes Bücherregal mit den Schmökern. Liebesromane, Krimis, solches Zeug. Leichte Lektüre für den Feierabend. Im Regal des Ötzi war kein einziger Roman zu finden. Sie stellte die Bände, die sie herausgezogen hatte, an ihren Platz zurück. Die Kriminaltechnik würde sich die Zeit nehmen müssen, sämtliche Titel durchzugehen, um eventuell darin versteckte Papiere oder Hinweise auf einen Mörder zu finden. Gut möglich, dass die Kollegen auf Bargeld stoßen würden. Womöglich hatte ihr Ötzi keiner Bank vertraut.

»Schau mal hier, das ist interessant«, sagte Claes plötzlich hinter ihr.

Sie drehte sich um und trat an den Schreibtisch.

Ihr Kollege hatte die Schubladen aufgezogen. In der obersten rechts war ein großer Kasten aus Holz. Claes hatte ihn aufgeklappt. Er enthielt Dutzende gelber, linierter Kärtchen.

Karteikarten, wie Tanja sie zum Englischlernen benutzte, um sich wichtige Vokabeln einzuprägen.

Eine Karte lag oben auf den anderen. »Ella Dorn/Antweiler«, stand darauf, zusammen mit einer Telefonnummer.

»Kommt dir die bekannt vor?« Claes' Frage war rein rhetorisch. »Das war doch die letztes Jahr mit der Wünschelrute.«

Nie hätte Tanja diesen Namen vergessen. »Die Eifelhexe!«

Polizeibesuch

Ella lockerte den nächsten Dachziegel und ließ ihn nach unten in den Container fallen, den die Entsorgungsfirma ihr hingestellt hatte. Dann blickte sie auf. Von der Leiter aus hatte sie eine tolle Aussicht, fast noch besser als von ihrer Veranda. Wald, Wald und nochmals Wald, so weit sie blicken konnte. Nur an einigen Stellen waren braune Flecken zu sehen, wo der Sturm neulich die Bäume abgeknickt hatte. Die Forstarbeiter waren noch immer damit beschäftigt, den Windbruch zu beseitigen.

Sie atmete tief ein und wandte sich wieder dem Dach des Anbaus zu. Der Sturm mit dem freundlichen weiblichen Namen hatte einen Teil der Ziegel heruntergefegt. Ein Zeichen, dass es nun wirklich an der Zeit war, den Schuppen zu renovieren. Wenn sie die restlichen Ziegel selbst abdeckte, käme die Renovierung viel billiger, als wenn der Dachdecker das übernehmen würde. Der konnte anschließend neu eindecken, das war eine Aufgabe für Profis. Handwerker waren offensichtlich auf Monate im Voraus ausgebucht. Ella hatte betteln müssen, bis ihr einer versprochen hatte, sich in der übernächsten Woche ihr Dach anzusehen. Was bitter nötig war, wenn es vor dem Winter fertig sein sollte. Sie hatte noch zehn Tage, um mit ihrem Teil der Arbeit fertig zu werden.

Heute war sie spät in die Gänge gekommen. Morgens war es recht kalt gewesen, dann hatte sie umständlich Mittagessen gekocht und erst danach angefangen. Besser spät als nie, dachte sie jetzt und warf ihre störrischen Locken nach hinten.

Im nächsten Jahr würde sie hier Heu lagern. Für das Pferd, das dann hoffentlich bei ihr leben würde. Eine Weide brauchte sie auch noch, aber das dürfte kein großes Problem darstellen. Bestimmt würde einer aus dem Dorf daran interessiert sein, ihr eine Wiese zu verpachten.

Wenn sie zwei oder drei zusätzliche Gutachten für ihren ehemaligen Chef schreiben würde, wäre auch die Finanzierung kein Problem. Sie selbst brauchte in der Eifel kaum Geld. Außer Lebensmittel kaufte sie nur selten etwas ein. Beeren und Früchte aus Garten und Wald ergänzten ihren Speiseplan, die Nachbarn brachten manchmal etwas aus eigener Ernte vorbei. Dafür revanchierte sie sich bei ihnen mit einer Heilsalbe oder einem Kräutertee. Neulich hatte ihr Olga vom Forellengut drei dicke Wirsingköpfe aufgedrängt, die sie noch verarbeiten musste.

Shoppen war nicht ihr Ding, und eine große Auswahl gab es hier sowieso nicht. Wenn Ella mal nach Adenau fuhr, kam sie meist mit einem Kofferraum voller Einmachgläser oder ähnlich praktischer Dinge zurück. Ihr Haus thronte hoch oben über dem Ort Antweiler, der nur einen Kilometer entfernt war. Außer dem Bäcker gab es dort nur einen Landwirtschaftshandel.

Modische Kleidung brauchte sie ebenfalls nicht. Seit sie hergezogen war, hatte sie ein Paar Gummistiefel gekauft, das war alles.

Zack! Sie warf einen weiteren alten Dachziegel mit Schwung in den Container. Es gefiel ihr, nach Herzenslust Krach machen zu können.

Das Licht nahm langsam eine rötliche Tönung an. Die Tage wurden kürzer. Es blieb nicht mehr viel Zeit bis zur Dämmerung.

Später würde sie am Gutachten über den Biotechmarkt weiterschreiben. Ihr früherer Chef wollte wissen, welche Nischen es gab, die Start-ups Chancen boten. Sein Consulting-Unternehmen beriet Geldgeber, die Risikokapital in junge Firmengründungen investieren wollten.

Nach ihrer Episode als Workaholic und dem anschließenden Zusammenbruch hatte Ella sich zwar geschworen, nur eine begrenzte Zahl an Gutachten pro Jahr zu verfassen, aber um das Geld für die Anschaffung eines Pferdes zu verdienen, konnte sie ihre eigenen Regeln auch mal etwas weiter auslegen, befand sie.

Schäferhund Rocco schlug an, dann hörte auch sie das Motorgeräusch. Sie drehte sich auf der Leiter um, schwankte und griff haltsuchend nach der Regenrinne.

Tatsächlich bog ein Auto in den Feldweg ein, der zu ihrem Haus führte. Besuch? Ella liebte die Einsamkeit. Sie hatte ganz bewusst ein Haus in Alleinlage gesucht und das ehemalige Forsthaus hier am Hang des Arembergs gefunden. Der Makler hatte eine saftige Provision kassiert, aber dafür fast alle ihre Wünsche erfüllt. So wenige Nachbarn wie möglich zum Beispiel. Ein Haus ganz ohne Besuch – das war allerdings ein unrealistischer Wunsch. Seufzend brach sie ihre Arbeit ab und stieg die Leiter hinunter.

Rocco war außer Rand und Band. Er bellte ohne Unterlass. Sie griff nach seinem Halsband.

Das Auto bog am Waldrand um die Ecke und kam auf ihr Hoftor zugeholpert. Ein Streifenwagen!

Sie zerrte Rocco ins Haus und sperrte ihn ins Wohnzimmer. Sie wusste nicht, wie der Hund auf Uniformen reagierte. Sie hatte ihn vor einem Jahr von einem ihrer wenigen Nachbarn übernommen, der jetzt in der JVA Rheinbach einsaß. Auch weil sie dazu beigetragen hatte, ihn eines Giftmords zu überführen.

Es klingelte an der Tür. Sie hatte immer noch keinen Spion eingebaut, aber sie wusste ja, dass Polizisten draußen standen. Es blieb ihr nichts anderes übrig, als zu öffnen. Die Beamten hatten sie bestimmt schon draußen gesehen.

Eine kleine, drahtige blonde Frau mit Pferdeschwanz und ein Mann mit Bauchansatz standen ihr gegenüber. Die Frau war vielleicht Anfang dreißig, der Mann wirkte etwas älter.

»Guten Tag, Frau Dorn, Sie erinnern sich vielleicht an uns.« Die Frau streckte ihr die Hand hin.

Und ob sie sich erinnerte. Ella drückte die Hand kurz und schwach. Dem Mann nickte sie nur zu.

Er nickte ebenfalls. Wie hieß er noch? Klas oder so.

»Kommissarin Marx, das ist Kollege Claes.« Die Polizeibeamtin hatte offensichtlich Ellas Irritation gespürt. »Unsere letzte Begegnung ist schon eine Weile her. Dürfen wir reinkommen?«

Ella drehte sich wortlos um und ging in die Küche voran. Rocco veranstaltete immer noch einen Höllenlärm. Er bellte und kratzte wie verrückt an der Wohnzimmertür. Offenbar hielt er es für seine Aufgabe, jeglichen Besuch zu kontrollieren. Das musste sie ihm dringend abgewöhnen. Aber wie? Es kam ja kaum Besuch. Was ihr eigentlich ganz lieb war.

Die beiden Beamten quetschten sich auf die Eckbank am Küchentisch. Ella nahm auf dem Stuhl am Kopfende Platz, setzte sich ganz vorne auf die Stuhlkante.

»Sie kennen Leonhart Schmidt?«

Leonhart Schmidt, Leo mit den sanften braunen Augen. »Ja.«

»Wann haben Sie zuletzt von ihm gehört?«

»Er hat am Samstag angerufen, aber ich war nicht da. Er hat aufs Band gesprochen, dass er mich treffen wollte.«

»Warum?«

»Ich weiß nicht.« Ella spürte, dass sie errötete. Ihre Wangen waren plötzlich verdächtig heiß. Sie hatte keine Ahnung, warum er angerufen hatte. Vielleicht wollte Leo mit ihr ausgehen? Aber das ging niemanden etwas an, auch die Polizei nicht. Das war ihr Privatleben.

»Woher kennen Sie Herrn Schmidt?«

»Was ist mit ihm?« Sie hatte die beiden Polizeibeamten bei einer Mordermittlung kennengelernt, bei der sich ihr Nachbar, Roccos Herrchen, als Täter herausgestellt hatte. Jetzt erinnerte sie sich wieder: Der dickliche Claes war Wachtmeister in Adenau, aber die Marx arbeitete doch bei der Mordkommission. Wieso war sie hier?

»Bitte beantworten Sie meine Frage.« Kommissarin Marx klang scharf, ihr Blick war bestimmt, und ihr Pferdeschwanz schien ständig zu wippen, obwohl sie ruhig auf der Bank saß.

»Ich habe an einer Kräuterwanderung teilgenommen, da sind wir uns begegnet und haben Telefonnummern ausgetauscht. Wir interessieren uns beide für Pflanzen. Vielleicht hat er eine botanische Besonderheit entdeckt und wollte mir davon erzählen.« Ja, dachte Ella, das war sogar wahrscheinlich. Leo hatte vermutlich wegen irgendetwas Banalem angerufen. Wieso nur bildete sie sich ein, dass er mit ihr ausgehen wollte? Wie kam sie darauf, dass er ihre Gefühle teilte? Sie riss sich zusammen. »Worum geht es denn?«

»Was macht Herr Schmidt beruflich?«

Ella stockte. Was ging das die Polizei an? Dann gab sie sich einen Ruck. Im letzten Jahr hatte sie die beiden angelogen, das hatte böse Folgen gehabt. Außerdem war es kein Geheimnis, womit Leo sein Geld verdiente. Das wusste hier sowieso jeder, und er sprach auch gerne darüber.

»Er bietet schamanische Reisen an.«

»Schamanische Reisen«, echote Kommissarin Marx. Claes zog die Stirn kraus.

»Ja. Das ist nicht verboten.«

»Hier in der Eifel?«

»Wie?«

»Die Reisen? Wohin gingen die?«

Wieso sprach die Kommissarin in der Vergangenheit? Ella wurde noch heißer. »Das sind eher Reisen der Seele. Er hilft anderen Menschen, sich und ihr Leben besser zu verstehen. – Warum fragen Sie nach Leo?«, presste sie schließlich hervor.

»Frau Dorn, ich muss Ihnen leider eine traurige Mitteilung machen. Herr Schmidt ist gestern ums Leben gekommen.«

Etwas in Ella zerbrach.

Die Ameise

Die trockenen Blätter raschelten. Ein Eichelhäher krächzte empört. Normalerweise störte es Ella, wenn die Tiere des Waldes sich über ihr Kommen beschwerten. Doch heute war ihr alles egal. Sie sah den blauen Himmel nicht, achtete nicht auf die Pracht der roten Hagebutten. Der Hund trottete hinter ihr her. Heute würde sie ihm keine Stöckchen werfen.

An der alten Eiche angekommen, glitt sie an deren Stamm hinunter, setzte sich ihr zu Füßen. Rocco schien zu ahnen, dass nichts Spannendes passieren würde. Mit einem leisen Aufseufzen ließ er sich nieder, legte den Kopf auf die Vorderpfoten und blickte Ella an, ein steter Bewunderer.

Leo, der Mann mit den sanften Augen, war tot. Etwas krampfte sich in ihr zusammen. Sie war ihm doch gerade erst begegnet, und nun sollte er tot sein? Für immer aus ihrer Welt verschwunden? Konnte den schmerzenden Seelen der Menschen nicht mehr helfen?

Ella rief sich zur Ordnung. Immerhin hatte sie den Mann kaum gekannt, ihn nur einmal gesehen. Sie wusste noch nicht einmal, ob ihre Begegnung für ihn genauso wichtig gewesen war wie für sie. Ob auch er etwas Besonderes in ihr gesehen hatte. Sie strich über das weiche Moos auf den Wurzeln der Eiche. Es war noch feucht vom Morgentau.

Aber er hatte angerufen, sagte sie sich, also wollte er sie wahrscheinlich wiedersehen. Wenn auch vielleicht nur, um Kräuterwissen auszutauschen. Was jetzt nicht mehr geschehen würde. Nie mehr. Die Endgültigkeit seiner Abwesenheit erschütterte sie.

Eine Ameise wuchtete ein Ästlein über den unebenen Waldboden. Trockene Blätter lagen ihr im Weg. Die Ameise musste um sie herumwandern, dabei immer das Zweigstück mit sich schleppend. Ameisen konnten Lasten tragen, die ihr eigenes Körpergewicht weit übertrafen, hatte Ella gelesen. Sie selbst konnte keine Last mehr ertragen, kein Federgewicht, kein Ästlein.

»Ums Leben gekommen«, echote die Stimme von Kommissarin Marx in ihr, die ihr anschließend »möglichst schonend« beigebracht hatte, dass Leo erstochen worden war. Als ob man so etwas überhaupt irgendwie schonend erklären konnte. So umständlich und beschönigend die Worte auch waren, die die Pferdeschwanzfrau gewählt hatte, sie hatten die Wucht der Wahrheit nicht mindern können. Leo war tot. Es würde sich nichts anbahnen zwischen ihnen. Er würde nicht noch mal anrufen. Sie würde nicht herausfinden, ob er Pflanzen wirklich so sehr geliebt hatte wie sie selbst. Ob sie gemeinsam etwas auf die Beine hätten stellen können, etwas Gutes. Und nie würde sie erfahren, ob seine Hände so sanft gewesen waren wie seine Augen.

Sie war ehrlich gewesen zu den Polizeibeamten. Sie hatte kein Alibi für den möglichen Tatzeitpunkt. Sonntagabend war sie müde gewesen, ihre erste Reitstunde hatte sie mehr angestrengt als gedacht. Sie hatte auf der Couch gelegen, ihren Kater auf dem Bauch, eine Decke über den Füßen, Rocco neben sich, und ein Buch gelesen. Im Kamin hatte das Feuer geknistert, alles war gut gewesen. Das Buch hatte von einer Frau gehandelt, einer Falknerin, die einen Habicht zähmte und damit die Trauer um ihren verstorbenen Vater überwand. Im Nachhinein erschien Ella das jetzt wie ein Zeichen, eine Vorhersage. Tod und Trauer, sollten das ihre Themen dieses Herbstes werden?

Eine Bö ließ sie erschauern. Ihr Hintern war kalt und feucht geworden. Es war definitiv nicht die richtige Jahreszeit, um draußen zu meditieren, wozu sie gar nicht gekommen war. Zu viele Gedanken. Die Kraft der Eiche hatte sich nicht auf sie übertragen. Diesmal nicht. Ella rappelte sich hoch und dehnte die steif gewordenen Muskeln.

Rocco sprang auf. Endlich tat sich was. Schnell blickte er sich um, fand einen Ast, nahm ihn ins Maul, sprang spielerisch umher, dabei nach Ella schielend. Sie achtete nicht auf ihn. Sie wusste, dass er ihr nach Hause folgen würde. Rocco brauchte keine Leine. Er ließ sie nie aus den Augen. Seit die Polizei sein Herrchen abgeführt hatte, war Ella sein Ein und Alles. Er schien fürchterliche Angst davor zu haben, auch sein neues Zuhause und sein neues Frauchen zu verlieren.

Ella zog den Reißverschluss ihrer Jacke bis zum Kinn hoch und ging einen Schritt schneller. Es war wirklich zu kalt, um im Wald herumzusitzen.

Auf dem Weg zu ihrem Haus, den Hang des Arembergs hinunter, entdeckte Ella einen ihrer Nachbarn. Er beugte sich über einen Zaunpfahl und spannte Draht neu. Sollte sie ihn nach einer Weide fragen, die sie pachten könnte? Sie könnte sich ja mal erkundigen, was das kosten würde.

»Hallo!« Ella sprach den Mann schon aus einiger Entfernung an, damit er nicht erschrak. Doch Rocco war ohnehin schon bei ihm, sprang begeistert um ihn rum, um ihn zum Spielen aufzufordern.

Der Bauer richtete sich auf. Er trug einen fleckigen Blaumann, der schon so viele Male durch die Waschmaschine gewandert war, dass er nur noch graublau war, und einen alten Fleecepullover. Auf dem Kopf saß eine speckige Kappe wie festgewachsen, um die Augen hatten sich Hunderte kleiner Fältchen eingegraben. Im Dorf nannten sie ihn den »Wasser-Juppes«, weil er vor Urzeiten mal beim Wasserwerk angestellt gewesen war. Um ihn von den drei oder vier anderen Juppes in der Umgebung zu unterscheiden.

»Hallo.«

Die Eifler wirkten auf den ersten Blick schweigsam, aber Ella wusste mittlerweile, dass das täuschte. Sie brauchten nur ein Weilchen, um aufzutauen.

Rocco wurde freundlicher begrüßt. Der Mann tätschelte seinen Kopf, bis es dem Hund zu viel wurde.

Ella ließ ein paar Bemerkungen über das Wetter fallen. Der Sommer viel zu trocken. Danach Regen, zu spät und zu viel auf einmal. Und dann noch der Sturm.

Wasser-Juppes brummte zustimmend.

Schließlich kam sie auf ihr eigentliches Anliegen zu sprechen. »Die Wiese, über die wir neulich schon gesprochen haben, was ist mit der?«

»Jo, die Wiese da oben, die wär schon passend für ein Pferd«, reagierte Wasser-Juppes positiver, als sie erwartet hatte. »Groß genug auch. Aber …« Jetzt druckste er herum.

»Was aber?« Sie blickte ihn offen an.

»Hab sie verkauft.«

Das war natürlich schade. Sie hatte ihm vor einigen Wochen von ihrem Plan erzählt. Damals hatte er gesagt, er werde sich die Sache überlegen. Sie hatte den Verdacht gehegt, dass er mit seiner Frau darüber sprechen wollte. Häufig waren die Frauen ja die Finanzminister in der Ehe.

Nun hatte er sich anders entschieden. Nicht schön, aber schließlich konnte Wasser-Juppes seine Wiese verkaufen, wann und an wen er wollte. Aber wieso blickte er ihr nicht in die Augen? Schämte er sich vielleicht, weil er den Käufer über den Tisch gezogen hatte?

»Guten Preis bekommen?«, wollte sie wissen.

Er nickte und grinste über beide Ohren. »Pferd willste halten? Frag doch die Frau aus Köln.« Er nickte in Richtung der beiden Tiere auf der Weide weiter hangabwärts, die Ella überhaupt erst auf die Idee mit dem Pferd und dem Reiten gebracht hatten. »Die ist nur am Wochenende hier, aber Margret oben aus Aremberg hat ein Auge auf die Tiere, guckt, ob Wasser da ist und so. Dafür bekommt sie ein paar Euro.« Der Bauer wischte sich über die Stirn, obwohl er nicht schwitzte. »Vielleicht kannste die Wiese ja pachten und die Pferdchen dazukriegen. Die Kölnerin hat dat doch bald satt, immer herzufahren.« Er blinzelte ihr verschwörerisch zu.

Ella nickte gedankenverloren. Das war eine Möglichkeit. Außerdem gab es ja noch mehr Bauern mit Wiesen hier in der Nähe. Die vom Wasser-Juppes war allerdings für sie besonders günstig gelegen. Optimistischerweise hatte sie angenommen, dass er in seinem Alter den Hof ohnehin verkleinern wollte. Er hatte schon die Schweine abgeschafft und dann auch noch die Kühe. Jetzt stieß er Land ab, wie es schien. Leider war ihr jemand zuvorgekommen.

Vielleicht war das mit dem Pferd und der Wiese ja ohnehin eine Schnapsidee. Zuerst musste sie mal das Dach vom Anbau reparieren und den dann zu einem Stall umbauen. So ein Pferd brauchte doch einen Stall für den Winter, oder? Außerdem wäre es dann immer in ihrer Nähe, und sie könnte jederzeit seine samtigen Nüstern streicheln. Am besten würde sie bei ihrer nächsten Reitstunde Marnie fragen, was sie alles vorbereiten musste, wenn sie plante, sich ein Pferd anzuschaffen. Sie nickte Wasser-Juppes zum Abschied zu.

»Mach et joot.« Der Mann wirkte erleichtert, als sie weiterging.

Ella pfiff nach Rocco, der seine Nase aus einem Mauseloch zog und freudig hinter ihr hersprang.

»War es Ritualmord? Toter am Goloring entdeckt – das Werk einer Sekte?«

Peter las die Überschrift auf der Titelseite der Tageszeitung und verschluckte sich an seinem Kaffee.

»Der Fall eilt.« Tanja klopfte mit dem Kuli auf den Tisch, was Peter auf der Stelle nervte. »Je schneller wir ihn lösen, desto eher hat dieser Unsinn ein Ende.« Sie schlug mit der flachen Hand auf die Zeitung und las vor: »›Bei dem Toten handelt es sich um Leonhard S. aus dem Kreis Ahrweiler‹ – Leonhart ist falsch geschrieben, mit d statt mit t. Nicht einmal richtig recherchieren können diese Pressefritzen. Zum Glück wird die seltsame Kleidung des Toten nicht erwähnt. Oder die fehlenden Schuhe. Unsere Kollegen haben dichtgehalten.«

Peter griff nach dem Blatt. »Das hat Matze verbrochen«, stellte er fest. Sein ehemaliger Schulkamerad Matthias Reuter, genannt Matze, war als Chefreporter bei der »Rheinzeitung« für aktuelle und aufsehenerregende Nachrichten zuständig. »Meinst du, da ist was dran?«

»Am Ritualmord?« Tanja schüttelte den Kopf. »Hast du den Obduktionsbericht der Rechtsmedizinerin nicht gelesen, der heute Nacht noch reingekommen ist?«

Peter senkte seinen Kopf und nippte am Kaffee. Er fühlte sich schon deutlich fitter als gestern, war aber morgens nicht aus den Federn gekommen.

Lag wahrscheinlich an der Jahreszeit. Es war noch stockdunkel gewesen, als der Wecker schellte. Er hatte ihn ausgemacht und war umgehend wieder eingeschlafen. Weil er deshalb die Morgenbesprechung in der großen Runde verpasst hatte, wollte Tanja mit ihm anscheinend jetzt die Einzelheiten durchgehen, als wäre er ihr Nachhilfeschüler.

»Renate Schade schreibt, Todesursache seien die Messerstiche. Insgesamt ein Dutzend davon.« Sie blickte ihn kritisch an: »Was sagt uns das?«

Sofort kam Peter sich vor wie damals in der Schule, wenn

der Lehrer ihn abgefragt hatte. Sein Hirn blockierte. »Ja, was?«, brachte er heraus.

»Dass der Täter total ausgerastet ist. Er hat besinnungslos auf sein Opfer eingestochen. Nichts an dem Dutzend Stiche wirkt wie ein Ritual.«

»Eher wie eine Beziehungstat im Affekt. Eifersucht oder so«, mutmaßte Peter.

»Genau.«

Er seufzte innerlich. Diesen oberlehrerhaften Ton konnte sie sich echt sparen.

»Außerdem deutet nichts darauf hin, dass mehrere Täter vor Ort waren«, erläuterte Tanja weiter, während sie den Obduktionsbericht überflog, den sie sich auf den Bildschirm geholt hatte. »Ein Ritualmord würde mit einem planmäßigen Vorgehen einhergehen. Und mit der Anwesenheit von Komplizen oder Zuschauern, denn sonst würde ja niemand von dem rituellen Opfer erfahren, einverstanden?«

Peter nickte. Er verspürte überhaupt keine Lust darauf, sich mit Leuten anzulegen, die Menschenopfer praktizierten. Waren die nicht auch schon ausgestorben? Allerdings war bei der seltsamen Kleidung des Toten und seinem Schlafzimmer in der Jurte nicht auszuschließen, dass er einer seltsamen Religion angehangen oder obskure Bräuche gepflegt hatte.

»Opfern Schamanen Menschen?«, fragte er. »Oder tun das Mongolen? Ich meine, weil unser Ötzi doch in einer Jurte geschlafen hat. Vielleicht hielt er sich für einen Mongolen?«

»Keine Ahnung.« Tanja googelte hektisch. »Auf den ersten Blick kann ich nichts finden, was darauf hindeutet.« Sie murmelte: »Menschenopfer bei Azteken … Gut und schön, aber Azteken gibt es hier ja nicht.«

»Dafür Kelten. Und der Tatort ist doch ein Keltendenkmal, oder?« Peter erinnerte sich an ein solches Detail aus den Berichten.

Tanja tippte weiter auf der Tastatur, während Peter seinen Kaffee trank und den Autokalender an der Wand anstarrte. Auf dem aktuellen Monatsbild war ein heißer Schlitten zu sehen, auf dessen Kühlerhaube sich eine leicht bekleidete Frau rekelte. Verstieß wahrscheinlich gegen irgendwelche Gender-Richtlinien, dass die Kollegen ihn hier aufgehängt hatten.

Eine nackte Frau würde er auch gerne mal wieder live sehen. Schmerzhaft fiel ihm sein Ausflug nach Köln ein. Nachdem seine Lieblingskneipe in ein Veganerbistro umgewandelt worden war, hatte er ein Lokal gefunden, das weder schickimicki noch Kaschemme war.

Glück gehabt. Scheinbar. Eine ältere Brünette war auf seine Flirtversuche eingegangen. Eine Frau mit schönen Rundungen, wie sie ihm gefielen. Sie hatten einige Gläser Tequila getrunken, die alle er bezahlt hatte. Dann hatte Peter sie nach Hause gebracht, doch statt ihn auf einen Kaffee hochzubitten, hatte sie ihn abgewimmelt. Er hatte die Nacht in dem Billighotel verbracht, in dem er in Köln immer abstieg. Allein. Es lag zentral in einer Gasse hinter dem Heumarkt, das Zimmer war sogar einigermaßen modern, aber das Frühstück mies. Für seinen nächsten Besuch sollte er sich etwas anderes suchen. Das Wochenende hatte damit geendet, dass er einige Scheinchen weniger im Portemonnaie hatte, aber dafür mit einem fetten Kater nach Hause fuhr.

»Ha!«

Peter fuhr zusammen.

»Ich hab was, hör zu: ›Die Kelten weihen nämlich einen Menschen und stoßen ihm dann ein Schwert in die Brust, und indem das Opfer getroffen zusammenstürzt, erkennen sie aus der Art und Weise, wie es niederfällt, sowie aus den Zuckungen der Glieder und dem Ausströmen des Blutes das Zukünftige, wobei sie einer alten und durch lange Beobachtung erprobten Erfahrung Glauben schenken.‹ Hat ein römischer Historiker über die Kelten geschrieben.«

»Aber die sind doch längst ausgestorben«, stellte Peter fest. Er wollte nicht zugeben, dass er so gut wie nichts über Kelten wusste.

»Waren das nicht irgendwie unsere Vorfahren?« Auch Tanja schien sich nicht besser auszukennen. Sie wandte sich wieder dem Monitor zu und tippte etwas. »›Antike Volksgruppe der

Eisenzeit, 8. bis 1. Jahrhundert vor Christus‹«, las sie vor. »Kelten und Gallier – scheint irgendwie dasselbe zu sein.« Ihr Blick flog über den Bildschirm. »Anscheinend beherrschten sie mal Europa. Von Frankreich über Mitteleuropa bis Österreich – ganz schön großes Gebiet. Dann wurden sie von germanischen Stämmen verdrängt.« Sie wandte sich ihm wieder zu: »Okay, aber selbst wenn unser Opfer ein keltischer Schamane gewesen wäre, hat diese Theorie ein großes Manko. Ein Menschenopfer würde doch so aussehen, dass der Schamane einen anderen Menschen opfert, nicht sich selbst. Aber er wurde nun mal umgebracht.«

»An einem keltischen Heiligtum.«

»Worüber wir noch viel zu wenig wissen. Wir müssen mehr über den Tatort erfahren«, sagte Tanja entschlossen, »und über das, was unser Ötzi als Schamane so getrieben hat.« Sie schnaufte verächtlich. »Schamanen, die gibt's doch nur in Afrika.«

»Was ist eigentlich mit den Wanderern, die ihn entdeckt haben?«, warf Peter ein.

»Harmlose Typen vom Eifelverein Mayen. Sind den Burgweg, einen dieser Traumpfade, gewandert, der an einer Art Aussichtsplattform vorbeiführt. Von da aus hat man einen Überblick über den Goloring. Als sie oben standen, haben sie die Leiche gesehen und sofort den Notruf gewählt. Alles vollkommen korrekt, keiner von denen hat den Tatort betreten.«

»Was sagt die Rechtsmedizinerin noch?«, fragte Peter und hätte sich im nächsten Moment am liebsten die Zunge abgebissen. Jetzt hatte er sogar freiwillig zugegeben, den Bericht nicht gelesen zu haben.

Tanja ging nicht darauf ein. Sie klickte zu dem Ergebnis der Gerichtsmedizinerin zurück. »Männliche Leiche, eins achtundsiebzig groß, Mitte vierzig. Laut Papieren war der Typ sechsundvierzig. Ich zitiere weiter: ›eher untergewichtig, durchtrainiert, gute bis sehr gute Allgemeinverfassung‹ … Ah, das hier ist noch interessant: ›Tätowierung auf dem linken Schulterblatt, Leopard oder andere Großkatze‹.«

»Leonhart, der Leopard«, meinte Peter.

Tanja nickte. »Hier ist noch etwas Seltsames. Schade hat

mehrere Brandflecken am Körper des Opfers gefunden. Deren Abstände könnten darauf hinweisen, dass der Mann mit einem Rinderschocker gequält wurde. Außerdem ein Dutzend Stichwunden, Breite drei Zentimeter, Tiefe bis zu fünfzehn Zentimeter.« Sie überflog den Text weiter. »Es war nicht festzustellen, welche Verletzungen zuerst vorlagen.« Sie blickte auf: »Aber logisch ist ja wohl, dass erst der Rinderschocker eingesetzt und dann der Mann erstochen wurde. Andersherum würde es wenig Sinn machen.«

Rechtsmedizinerin Schade war zuverlässig, Peter hatte sie als geradezu penibel und übereifrig in Erinnerung. Aber was meinte sie mit einem Rinderschocker? »Rinderschocker?«, fragte er.

»Hier steht eine Anmerkung: ›Rinderschocker, auch Rindertreiber, ähnlich einem Taser, gibt schwache Stromstöße ab, um Rinder zum Beispiel auf einen Transporter zu verladen.‹«

Peter runzelte die Stirn.

»Das sagt dir nichts? Dabei bist du doch der Eifler von uns beiden«, sagte Tanja.

Peter war zwar nicht auf einem Bauernhof aufgewachsen, erinnerte sich aber, dass einige seiner Freunde als Kinder den Eltern hatten helfen müssen, morgens die Kühe auf die Weide und abends heimzutreiben. Dazu hatten sie die Tiere mit Stöcken angetrieben, wenn sie trödelten. Stromschläge waren nicht nötig gewesen. Von einem Rinderschocker hatte er noch nie gehört.

»Finde heraus, wo man die Geräte herkriegt, wie man die anwendet, wie die wirken«, herrschte Tanja ihn wieder in ihrem Feldherrenton an.

Peter duckte sich über seine Kaffeetasse.

»Jetzt zum Bericht der Tatortgruppe«, fuhr sie fort. »Haben nichts Weltbewegendes herausgefunden. Tatwerkzeug war ein Messer mit fünfzehn Zentimeter langer Klinge, eventuell ein Bowiemesser, steht hier. Ist das nicht ein Jagdmesser?«

»Das heißt, der Täter ist ein Jäger?«

Tanja zuckte die Schultern. »Solche Messer kann jeder kaufen, auch wenn eigentlich nur Jäger sie führen dürfen, jedenfalls mit dieser Klingenlänge.«

Peter zückte einen Notizblock, kritzelte »Rinderschocker« auf die erste Seite, malte einen Kringel drum herum und schrieb »Jagdmesser?« daneben. »Der Volvo vom Ötzi – hat dessen Untersuchung was erbracht?«

»Alte Karre«, schnaubte Tanja verächtlich und konzentrierte sich wieder auf den Bericht. »Baujahr 1998. Über dreihunderttausend Kilometer gelaufen. Aber TÜV neu und gut gepflegt. Im Seitenfach steckte eine Karte vom Hunsrück und der Eifel. Inhalt des Handschuhfachs ... Puh, eine lange Liste.« Sie murmelte vor sich hin: »Betriebsanleitung, Eisschaber, Enteisungsspray, eine Packung Kaugummi, ein Paar Arbeitshandschuhe, Federn von unterschiedlichen Greifvögeln und Eulen. Was unser Opfer wohl mit denen wollte?«

»Irgendwas Schamanisches?«

»Hm, vielleicht. Im Kofferraum das Übliche: Abschleppseil, eine alte Decke, Erste-Hilfe-Set. Nichts, was uns weiterhilft.« Schon wieder klopfte sie mit dem Kuli auf den Tisch. »Tünnes Brettschneider hat uns angewiesen, die Nachbarn zu befragen. Er hofft, dass irgendwer irgendwas gesehen hat. So wie häufig.«

Vor allem in der Eifel, dachte Peter. Das Vorgehen schien vielversprechend, aber er ahnte, dass er schon wieder die Laufarbeit machen musste. Letztes Jahr hatte Tanja ihn alle Kunden von Ella Dorn befragen lassen, für die diese mit der Wünschelrute angebliche Erdstrahlen und Wasseradern gesucht hatte. »Ist jedenfalls besser, als Verkehrsunfälle zu protokollieren«, versuchte er, sich aufzumuntern.

Die Prügelei

Der Bäcker unten in Antweiler hatte vor Kurzem den Besitzer gewechselt und das Sortiment erweitert, nur die Verkäuferin war dieselbe geblieben. Bärbel herrschte über den kleinen Laden wie eh und je.

Ella zögerte. Sie wusste, dass sich das halbe Dorf beim Bäcker traf. Zumindest die weibliche Hälfte. Wollte sie sich all diesen Blicken aussetzen, möglichen Kommentaren? An manchen Tagen ertrug sie einfach keine Menschen, vor allem nicht so viele auf einem Fleck.

Wieder sah sie die sanften braunen Augen Leos vor sich. Irgendjemand hatte ihn umgebracht. Sie war es ihm schuldig, mehr darüber herauszufinden. Wie konnte ein so friedfertiger Mensch Feinde gehabt haben? Oder immerhin einen Feind, der ihm den Tod wünschte? Ihn eigenhändig getötet hatte?

Ella atmete tief ein, stieg die wenigen Stufen hoch und zog die Tür auf. Warme Luft strömte ihr entgegen, zusammen mit dem Duft von Brot und Brötchen. Normalerweise backte sie ihr eigenes Brot, aber sie wollte den Dorfklatsch hören.

Wie erwartet war der Laden gestopft voll. Ella ließ ihren Blick schweifen. Da waren Olga, die Frau vom Forellengutbesitzer, und zwei Frauen, die sie nur vom Sehen kannte. Sie diskutierten gerade über die vielen Umleitungen wegen der Verlegung von Breitbandleitungen. Überall wurden die Dorfstraßen gesperrt, damit bald auch abgelegene Gemeinden endlich schnelles Internet hätten. Aber durch die Baustellen wurden Ortsfremde regelmäßig von ihren Navis in die Irre geleitet, einige von ihnen waren sogar schon auf matschigen Feldwegen gestrandet und hatten aus dem Schlamm gezogen werden müssen.

Als Olga Ella entdeckte, wandte sie sich ihr zu und fragte halblaut, ob sie noch Ringelblumensalbe bekommen könne.

Ella versprach ihr, einen Tiegel vorbeizubringen.

Schließlich kam Olga an die Reihe, kaufte Brot und verstaute es umständlich im Ziehkärrchen. Als die beiden anderen Frauen ihr Gespräch nicht unterbrachen, trat Ella an die Theke und wählte einige Teilchen aus, die besonders verlockend aussahen.

Auf der Ladentheke lag das regionale Gratisblatt aus. Die Schlagzeile lautete: »Menschenopfer am Goloring?«

Ella tippte auf die Zeitung. »Wie furchtbar.«

Als hätte sie ein lang erwartetes Stichwort geliefert, brach es aus Olga heraus: »Der Leo war so ein netter Typ, bisschen irre, aber sonst wirklich nett.«

Die beiden anderen Frauen unterbrachen ihren Schwatz und nickten bestätigend.

»Mir hat er neulich geholfen, unseren Hund einzufangen, der weggelaufen war«, sagte die eine.

»Und mir hat er mal die Einkaufstüten bis nach Haus getragen«, fiel die andere ein.

»Ein wirklich herzensguter Mensch«, sagte Olga. »So friedfertig.«

»Von wegen friedfertig.« Bärbel beugte sich vor und blickte in die Runde. »Neulich hat er den Uwe verprügelt.«

Ella erschrak, versuchte aber, sich ihre Überraschung nicht anmerken zu lassen. Leo sollte jemanden verprügelt haben? Das konnte sie sich nicht vorstellen.

»Welchen Uwe?« Auch Olga klang erstaunt.

»Na, den aus Dorsel. Soll ihn richtig zusammengeschlagen haben, hab ich gehört.« Bärbel hielt inne. Ihr schien eine Idee gekommen zu sein: »Ob der sich jetzt gerächt hat? Nee, oder?«

»Was du immer erzählst. Ich glaub nicht, dass der Leo wen verprügelt hat. Der war doch Buddhist oder so was«, sagte Olga.

»Schamane«, warf Ella ein. »Gib mir bitte noch ein Roggenbrot«, bat sie Bärbel.

»Geschnitten oder am Stück?«

»Geschnitten.« Sie würde die Hälfte der Scheiben einfrieren, ein ganzes Brot war viel zu viel für eine Person. »Wieso sollen die sich geprügelt haben?« Sie hoffte, dass ihre Stimme unbeteiligt klang.

»Eifersucht?« Bärbel warf die Brotschneidemaschine an und ließ den Laib surrend durchlaufen. Dann wandte sie sich wieder den Frauen zu: »Jedenfalls war der doch so ein Yogafreak. Immer am Meditieren.«

Ella runzelte die Stirn. Bärbel brachte so einiges durcheinander. Aber alles, was nicht katholisch war, war den Eiflern suspekt. Dafür kannten sie jeden einzelnen Heiligen samt Namenstag.

»Aber der Uwe bringt doch keinen um«, behauptete Olga.

»Der regt sich vielleicht mal auf, aber ein Mörder ist er deshalb noch lange nicht.«

Die anderen Frauen stimmten ihr nickend zu.

»Komisch war der Leo aber doch«, fing Bärbel wieder an. »Der hat in Eichenbach ein Haus gekauft, aber dann im Garten gewohnt. In einem Zelt!«

»In einer Jurte«, berichtigte Olga sie.

Ella horchte auf. Leo hatte im Garten gelebt? In einer Jurte? Wie seltsam. Dann erinnerte sie sich, dass er gesagt hatte, er ertrage geschlossene Räume nicht mehr, seit er wochenlang einen Pilgerweg gegangen war. Wieder wünschte sie sich, sie hätte den Mann mit den sanften Augen näher kennengelernt.

»Jedenfalls, wenn ich ein Haus habe, dann wohne ich doch drin.« Bärbel ließ nicht locker. »Wenn ihr mich fragt, dann war der nicht ganz dicht.«

Niemand reagierte.

Von draußen war ein Trecker zu hören. Vor der Tür stoppte das Geräusch, der Motor tuckerte im Leerlauf weiter.

Zufrieden, dass sie das letzte Wort gehabt hatte, wandte Bärbel sich wieder an Ella: »Macht dann fünf siebzig, bitte.«

Ein Mann kam die Stufen hochgeschlurft, öffnete die Tür. Es war Wasser-Juppes, wie immer in seinem fleckigen, verwaschenen Blaumann.

Schlagartig schien den Frauen klar zu werden, dass sie schon viel zu lange hier gestanden und getratscht hatten. Eine nach der anderen packte ihren Einkauf zusammen und ging. Auch Ella nickte Wasser-Juppes zu und verließ die Bäckerei. Was sie eben über Leo erfahren hatte, konnte sie nicht glauben.

Eifler Stonehenge

Der Mann trug ein schmuddeliges hellblaues Sweatshirt. In der Hand eine Motorsense. Pflanzenteile hatten sich in seinem weißen Haar verfangen. Er war deutlich über siebzig, wirkte aber sehnig und fit. Zu frieren schien er nicht. Hatte keine Jacke an, während Tanja trotz ihres dicken Mantels fröstelte.

Für das Gespräch mit ihr hätte er sich schon ein bisschen besser anziehen können, dachte sie. Thomas Dickens vom Heimatverein hatte erklärt, er wolle den Termin mit ihr mit etwas Nützlichem verbinden und Brombeeren zurückschneiden. Die würden sonst den Graben überwuchern.

Tanja starrte auf den flachen Graben, der streckenweise kaum zu erkennen war. Der niedrige Erdwall, der daneben verlief, war auffälliger. Dreitausend Jahre alt sollte die Anlage sein, hatte Dickens ihr eben erklärt. »Der Goloring ist ein Ringheiligtum wie Stonehenge in Großbritannien. Stonehenge ist Ihnen ein Begriff?« Er blickte sie streng an.

Tanja nickte. Vor Ewigkeiten hatte sie eine Fernsehdoku über den Kreis aus übermannshohen Steinen gesehen. Es schien eine Art Wallfahrtsort für Hippies zu sein. Ihr Blick fiel wieder auf den kaum hüfthohen Wall. »Hier sind aber keine Steine.«

»Nein, im heutigen Deutschland gibt es keine Steinkreise, hier haben wir nur den Wall. Trotzdem handelt es sich um ein Henge-Denkmal der gleichen Kultur. Früher gab es noch einen äußeren Wall außerhalb des jetzt umzäunten Geländes, aber der ist dem Bimsabbau zum Opfer gefallen.« Dickens wies auf eine höher gelegene Fläche in der Ringmitte: »Das da drüben ist der eigentliche heilige Tempelbezirk. Dort stand einst ein Holzpfahl. Acht bis zwölf Meter hoch. Wissenschaftler konnten Überreste des organischen Materials nachweisen und eine Rampe, mit deren Hilfe er aufgestellt worden war. Deshalb hat unser Verein an der Stelle eine Markierung angebracht.« Er deutete auf einen Holzpfosten auf der Wiese in der Mitte des Rings.

Gleich daneben standen die drei großen Eichen. Unter der mittleren hatten sie Ötzis Leiche gefunden. Von der Arbeit der Spurensicherung war kaum noch etwas zu erkennen, nur der Boden in der näheren Umgebung war auffallend zertrampelt.

»Der Name der Anlage geht auf eine Legende zurück, die –«

Tanja hob die Hand, um Dickens zu unterbrechen. Der Name war nun wirklich unwichtig, die Legende erst recht.

»Was sind das für Häuser dort drüben?« Sie nickte in Richtung von zwei hell gestrichenen Flachbauten, die die Einfahrt flankierten. »Können wir uns vielleicht dort weiterunterhalten?« Sie war schon ganz durchfroren.

Dickens nickte, legte seine Motorsense weg, und gemeinsam gingen sie zu den Gebäuden.

»Das Gelände wurde lange Zeit militärisch genutzt. Nach dem Zweiten Weltkrieg haben die Franzosen diese Baracken gebaut, um darin Waffen zu lagern. Später hat die Bundeswehr alles übernommen und ein Quarantänezentrum für Hunde eingerichtet. Im Zuge dessen wurden auch Teile des Ringwalls plattgemacht.« Er klang empört. Als hätte man den Kölner Dom planiert.

»Deshalb auch der Zaun«, warf Tanja ein. Dessen Oberkante knickte nach außen und war mit NATO-Draht gesichert.

»Die Bundeswehr hat alles abgeriegelt, worüber wir jetzt froh sind. So wurde wenigstens nicht noch mehr zerstört. Heute gehört das Kulturdenkmal der Gemeinde Kobern-Gondorf, und wir müssen es schützen. Nur unser Heimatverein hat Zugang.«

Tanja dachte an das Loch im Zaun, das die Kollegen gefunden hatten. Es schien schon länger zu bestehen. Der Draht war an den Schnittstellen verrostet gewesen, hieß es im Bericht. »Aber der Zaun wurde aufgeschnitten.«

»Wann immer wir solche Beschädigungen bemerken, flicken wir ihn sofort. Aber manchmal entgehen uns die Schäden.«

Tanja verdrehte innerlich die Augen. So viel zum Thema »Nur unser Heimatverein hat Zugang«. Laut sagte sie: »Wer will denn hier rein?«

»Jugendliche, zum Knutschen. Andere kippen Müll ab. Sie würden nicht glauben, was wir hier alles finden. Könnten einen Altreifenhandel aufmachen.« Er schüttelte den Kopf. »Dann noch jede Menge Schatzsucher mit Metalldetektoren, obwohl die Archäologen längst alles abgesucht haben. Die Funde aus den umliegenden Gräbern werden in Koblenz aufbewahrt, im Haus der Archäologie auf der Festung Ehrenbreitstein. Innerhalb des Kreises wurden keine Gräber gefunden, aber ringsum sind an die hundertfünfzig nachgewiesen. Die Autobahn verläuft mitten hindurch. Das Gräberfeld –«

»Sind hier auch irgendwelche Sekten aktiv?«, unterbrach Tanja ihn wieder.

»Es kommen Druiden, Schamanen, Geomanten.«

»Geo... was?«

»Wünschelrutengänger.«

Tanja zuckte zusammen. Auch Eifelhexe Ella Dorn hatte letztes Jahr vor ihrer Nase mit einer Wünschelrute rumgefuchtelt. Langsam hatte sie gründlich die Nase voll von Spinnern aus der Eifel. Dennoch musste sie den Mord an dem Ötzi aufklären. »Kommen welche von denen regelmäßig?«

Dickens hob die Schultern. »Kann ich nicht sagen, weil einige von ihnen einfach einbrechen. Wobei die meisten uns vom Heimatverein vorher anrufen und ganz höflich um Erlaubnis fragen.« Er guckte Tanja prüfend an. »Von mir aus kann jeder hier machen und glauben, was er will. Selbst die Wissenschaft hat noch keine eindeutige Erklärung für die Anlage des Rings liefern können, also sind wir für alle Informationen dankbar – auch wenn sie von Geomanten kommen oder von anderen Quellen, die auf den ersten Blick nicht wissenschaftlich erscheinen.«

Tanja zückte ihr Handy und rief das Foto auf, das die IT-Techniker vom Ötzi gemacht hatten. Es war ziemlich gut bearbeitet worden, ihr Opfer wirkte lebensecht. Sie streckte das Smartphone Dickens hin. »Den schon mal gesehen?«

Er nahm das Handy und hielt es, so weit es ging, von sich weg.

Tanja lächelte kurz. War wohl so weitsichtig, dass sein Arm langsam zu kurz wurde.

Dickens blinzelte angestrengt, während er sich das Handy jetzt direkt vor die Nase holte. »Nein, den kenne ich nicht.«

Tanja seufzte. Wäre ja auch zu schön gewesen, wenn sich durch eine einfache Befragung eine Spur ergeben hätte.

Sie hatten das erste der beiden lang gestreckten Gebäude erreicht, das bei näherem Hinsehen seine besten Zeiten hinter sich hatte, und stiegen die kleine Treppe zum Eingang hoch.

Dickens hielt ihr die Tür auf.

Von einem langen Gang gingen rechts und links Räume ab, deren Türen offen standen. Die Bundeswehr hatte die Baracken anscheinend in Mannschaftsräume unterteilt. Es roch muffig. Wesentlich wärmer als draußen war es auch nicht.

Dickens trat an Tanja vorbei und ging voraus in einen größeren Raum mit einem langen Tisch und rund zwanzig Stühlen. »Einmal im Jahr machen wir beim Tag des offenen Denkmals mit. Dann kommen viele Besucher zu unseren Führungen.« Begeistert wies er auf eine Reihe von Schautafeln an der Wand. »Sehen Sie hier, eine Rekonstruktion der Anlage.«

Das Schaubild zeigte den Wall mit dem Graben daneben. »Der Graben liegt innerhalb des Walls, diente also nicht der Verteidigung. Das stärkt die Annahme, dass es sich nicht um eine ehemalige Befestigungsanlage, sondern eine Kultstätte handelt.«

Tanja betrachtete das Bild. In der Mitte des Rings stand der Holzpfahl, den Dickens ihr eben schon beschrieben hatte. Die Anlage wirkte gewaltig. »Wie groß ist das Areal?«

»Es ist die größte Henge-Anlage auf dem europäischen Festland.« Worauf Dickens unüberhörbar stolz war. »Hundertachtundneunzig Meter im Durchmesser, doppelt so groß wie Stonehenge.« Er schob Tanja zum nächsten Schaubild. »Und hier sehen Sie den Goloring von oben. Er hat zwei Öffnungen und eine die Mitte schneidende Prozessionsstraße. Die Tore und die Straße weisen in verschiedene Himmelsrichtungen.« Er war in seinem Eifer nicht zu stoppen.

Gerade als Tanja überlegte, was ihr dieses Gespräch brachte, klingelte ihr Handy. Claes' Nummer leuchtete auf dem Display. »Was gibt's, Kollege?«

»Ich bin mit den Nachbarn durch, aber die haben nichts Neues erzählt. Der Schamane war ein friedfertiger Typ, der keiner Fliege was zuleide tun konnte. Er sammelte Pflanzen und lebte in seiner Jurte.«

»Und das fand keiner komisch?«

»Doch, aber es hat keinen gestört. Unser Opfer hatte einen guten Ruf bei den Nachbarn. Keine Gerüchte, keine Feinde, nichts.«

»Eine Sackgasse.«

»Er soll einen Bruder in Kobern-Gondorf haben.«

»Dann müssen wir den treffen. Als Nächstes nimm dir die Höfe in der Umgebung des Golorings vor«, beschloss sie. Die Mordkommission in Koblenz war wie immer unterbesetzt. Je mehr Laufarbeit Claes übernahm, desto besser für sie.

»Ma'am, yes, ma'am.«

Tanja schnaufte. Die dummen Kommentare konnte sich der Kollege echt sparen.

Sie drückte ihn weg.

Dickens holte Luft und machte genau da weiter, wo er stehen geblieben war. »Hier also die Luftaufnahme. Die Öffnungen vom Goloring haben eine kalendarische Bedeutung, wie Archäologen nachweisen konnten. Wir nehmen an, dass sie einst zu Toren ausgebaut waren. Zum keltischen Fest Beltane am 1. Mai geht die Sonne genau in Richtung des Tors unter, das zum Karmelenberg weist. Zur Wintersonnenwende senkt sie sich hier, wo in Verlängerung des Tors die Dreitonnenkuppe liegt. Und hier, am einen Ende der Prozessionsstraße«, er presste seinen knochigen Zeigefinger auf das Schaubild, »geht die Sonne am Abend des 31. Oktober unter, am keltischen Samhain.«

Tanja merkte auf. Das war doch die Tatnacht. In der Nacht war der Ötzi ermordet worden.

War sie vielleicht doch auf einen Hinweis gestoßen, der auf eine keltische Sekte hindeutete? Die einem uralten Glauben anhing, in dem der keltische Kalender und der Goloring eine zentrale Rolle spielten?

»Was muss ich mir unter Samhain vorstellen?«

»Das Fest, das wir heute Halloween nennen. Früher hängte man am Abend vor dem 1. November Fratzen an die Türen, als Schutz vor Geistern. Denn in dieser Nacht stehen die Tore zur Anderwelt offen.«

Eifersucht

Sie hatte nicht bis Sonntag warten wollen. Sie vermisste Joe, den braunen Wallach mit der Samtnase. Zum Glück hatte Marnie spontan Zeit für eine weitere Reitstunde.

Das Satteln und Aufsitzen klappte schon deutlich besser als beim ersten Mal, und durch das Striegeln war Ella mit dem Körper des Tieres vertrauter geworden. Jetzt versuchte sie, Marnies Kommandos auszuführen. Sie bewegte ein Bein nach vorne, presste den Unterschenkel des anderen an den Pferdebauch – und Joe lief nach rechts.

Ella war stolz und glücklich. Das riesige Tier folgte ihren Anweisungen, die sie ihm durch Gewichtsverlagerung und Schenkeldruck gab. Sie ließ ihren Blick schweifen. Jenseits der Koppel erstreckten sich Wiesen in allen möglichen Grün-, Beige- und Brauntönen bis zum Waldrand.

Ella überlegte, sich bei Wasser-Juppes zu erkundigen, an wen er »ihre« Wiese verkauft hatte. Dann könnte sie einfach den neuen Besitzer fragen, ob er sie an sie verpachten würde. Die Lage war einfach ideal, um ein paar Pferde in der Nähe ihres Hauses zu halten. Schnell rief sie sich zur Ordnung. Erst mal nur ein Pferd. Was sollte sie mit einer ganzen Herde?

Marnie ermahnte sie, den Rücken gerade durchzustrecken.

Ella fiel auf, wie blass die Trainerin aussah. Ihre braunen Locken hingen wirr herab.

»Geht's dir gut?«, fragte sie

»Ja, alles klar.«

Ella kniff die Lippen zusammen. So bleich, wie die junge Frau aussah, war auf keinen Fall alles in Ordnung. »Und deinem Sohn?«

»Auch gut. Er wird jeden Tag wilder.«

»Das liegt an seinem Alter.« Sie hatte keine Ahnung, wie alt Tobi genau war. Hatte Marnie bei ihrer ersten Stunde nicht etwas von Kindergarten erzählt? Also war er noch nicht mal im Vorschulalter und steckte bestimmt voller Energie. Mehr Energie als seine gestresste Mutter hatte so ein Kind auf jeden Fall. »Ist bestimmt anstrengend. Mutter zu sein und sich dann noch um den Reiterhof kümmern zu müssen.«

»Geht schon. Ich weiß, dass ich das Richtige tue. Soll ich mich etwa beim Sozialamt melden? Hartzen gehen? Nur weil der Mann abgehauen ist?«

Ihr Mann war abgehauen? Die Information war neu für Ella. Kein Wunder, dass Marnie jede Menge Stress hatte. Sie versuchte, ihr Mut zu machen. »Natürlich nicht. Das Sozialamt ist keine Alternative. Ich finde gut, dass du das alleine durchziehst.«

»Meine Mutter unterstützt mich mit Tobi, ich komm klar. Es war schon immer mein Traum, mit Pferden zu arbeiten, und ich höre bestimmt nicht auf, nur weil Uwe jetzt weg ist.«

»Uwe?« Ella durchzuckte es. Etwa der Uwe aus Dorsel, von dem die Frauen beim Bäcker geredet hatten? Aber halt, bloß keine vorschnellen Schlüsse ziehen, schließlich gab es jede Menge Uwes in der Eifel.

»Ja, Uwe Röder, der Traummann. Mein Ritter.« Marnie biss sich auf die Lippen. Ihre Mundwinkel fielen nach unten. Sie schniefte kurz, aber dann strich sie sich mit den Händen übers Gesicht und drückte ihren Rücken durch. »Jedenfalls habe ich alles im Griff. So, und damit reicht es für heute.«

Beim Absitzen blieb Ella mit dem Fuß im Steigbügel hängen. Heißer Schreck durchflutete sie, und sie drohte zu stürzen. Sie strampelte mit dem Bein. Es gelang ihr gerade noch rechtzeitig, den Fuß zu befreien.

Schwer atmend führte Ella Joe zurück in den Stall. Als Marnie ihr die Trense abnahm, warf Ella ihr einen mitfühlenden Blick zu. »Ich könnte dir eine Teemischung zusammenstellen, die dir hilft.«

»Wie soll mir denn Tee helfen?«

»Pflanzen besitzen starke Kräfte. Es gibt Tee gegen Erschöpfung, andere Mischungen helfen bei Stress oder Depressionen.«

»Gibt's auch was, was Tote lebendig macht?« Marnie lachte kurz auf, verstummte aber schnell. »Sorry, ich bin total neben der Spur.«

»Was meinst du?«

»Hast du nicht gehört, dass Leo tot ist? Irgendein Mistkerl hat ihn erstochen.«

»Du kanntest ihn?«

Jetzt fing Marnie an zu schluchzen.

Ella trat zu ihr und nahm sie in den Arm. »Scht, scht. Ganz ruhig.« Immer wieder streichelte sie der jüngeren Frau sachte über den Rücken, bis sie sich einigermaßen beruhigt hatte.

»Ohne ihn gäbe es diesen Hof so nicht.« Marnie erzählte, dass sie Leo oft im Wald begegnet war. Der Schamane war auf der Suche nach Kräutern, Marnie unterwegs mit den Pferden. »Er kannte die schönsten Ecken.« Sie schniefte wieder. »Hat mir Tipps für die Routen meiner geführten Touren gegeben, gesagt, wo ich mit Pferden übernachten kann. Er kannte unheimlich viele Leute.«

Ella spürte einen Stich. Anscheinend war sie eine der wenigen in der Gegend, die den Schamanen nicht gut gekannt hatten. Aber sie war ja auch erst vor Kurzem hergezogen. Vielleicht hätte er ein Seelenfreund werden können, aber jetzt war es zu spät.

»Ohne ihn wäre das Unternehmen Reiterhof nicht so schnell gewachsen. Erst durch seine Führung habe ich meinen Lebensweg erkannt. In der Schwitzhütte ist mir das ganz deutlich geworden.«

»In der Schwitzhütte?«

»Das ist eine Zeremonie, die Leo angeboten hat. Dabei sitzt man in einer Hütte und schwitzt. Er hat …« Sie schluckte. »Hatte eigens dafür im Garten so ein Weidengerüst gebaut. Um eine Schwitzhütte daraus zu machen, legt man Decken drüber, holt heiße Steine rein und begießt sie mit Wasser. Wie in einer Sauna, allerdings gibt es dabei Rituale.«

»Was denn für welche?« Ellas Neugier war geweckt.

Marnie fuhr sich mit dem Finger über den Mund. »Ich hab schon viel zu viel gesagt. Das Ritual der Schwitzhütte unterliegt dem heiligen Schweigen.«

»Aha, aber gut, dass es dir geholfen hat.«

Wieder schluchzte Marnie auf. »Und jetzt ist Leo tot. Einfach weg. Für immer.«

Erneut strich Ella ihr beruhigend über den Rücken.

»Er war so ein feiner Mensch«, schniefte Marnie ein weiteres Mal.

In dem Moment kam Corinna in den Stall und nahm Ella Joes Zügel aus der Hand. »Er war echt ein toller Typ«, sagte sie traurig. Anscheinend hatte sie die letzten Worte gehört.

Auf einmal hatte Ella das Gefühl, nur eine unter vielen zu sein, die etwas für Leo empfunden hatten. Aber Leo und ein Teenager?

»Er war ein Guter«, plapperte Corinna weiter. »Und das blaue Auge hatte der Uwe echt verdient.« Sie kicherte.

»Halt die Klappe«, fuhr Marnie sie an.

»Blaues Auge?«, echote Ella. »Was war denn los?«

»Ach, die beiden hatten eine kleine Meinungsverschiedenheit. Nichts Wichtiges.«

»Für eine kleine Meinungsverschiedenheit sah Uwe aber ziemlich übel aus«, platzte Corinna heraus.

»Reib jetzt bitte Joe trocken«, wandte sich Marnie mit warnender Stimme an sie. »Und dann räumst du den Sattel weg.«

»Das hört sich aber schon übel an«, beharrte Ella. »Worum ging es bei dem Streit?«

»Der Uwe hat aber auch bekloppt reagiert.« Corinna stand immer noch neben den Frauen.

»Mach, was ich dir gesagt habe!«, fuhr Marnie sie scharf an. Dann wandte sie sich wieder Ella zu: »Nichts. Es war nichts Besonderes. Männer eben.« Sie zuckte die Achseln und machte dann einige Vorschläge für die nächste Reitstunde.

Ella starrte auf den Terminkalender in ihrem Handy, war aber in Gedanken noch immer bei dem, was sie gerade erfahren hatte. Marnies Ex und Leo hatten sich geprügelt.

Als sie schließlich einen neuen Termin gemacht hatten, verabschiedete sich Ella von Marnie. Sie ging zu ihrem Auto, als Corinna ihr mit einer Schubkarre voller Pferdemist entgegenkam, gefolgt von Marnies Hund.

»Du kannst wirklich gut mit Pferden umgehen.«

Fast hätte Corinna die schwere Karre umfallen lassen. Im letzten Moment gelang es ihr, sie abzusetzen. »Echt jetzt?«

»Ja, sicher.«

Das Mädchen strahlte sie an. »So verdiene ich mir ein kleines Taschengeld. Mein Traum wäre, später was mit Pferden zu machen. Aber mein Vater ist dagegen.«

»Schade.« Doch nur allzu verständlich. Der Vater hatte bestimmt ehrgeizigere Pläne für seine Tochter. Das mit dem Pferdefimmel würde sich noch geben, davon war Ella überzeugt. Jedes Mädchen in Corinnas Alter schwärmte für Pferde. Obwohl, sie selbst hatte ja erst jetzt, mit Mitte dreißig, ihre Leidenschaft für sie entdeckt. Oder warum deckte sie mühevoll das Dach ab, um aus dem Anbau einen Stall zu machen, und suchte nach einer passenden Weide? Egal, sie musste auf das Thema zurückkommen, das sie eigentlich interessierte.

»Der Leo, der hat dir viel bedeutet, oder?«

Das Mädchen wurde knallrot. Oha, »bedeutet« war wohl noch untertrieben, anscheinend war sie total verknallt in ihn gewesen. Und wieder spürte Ella einen Stich.

»Leo war echt total super. Und ein voll cooles Tattoo hatte er auch. Einen Leoparden. Leopard wie Leo, wissen Sie?«

Ella erinnerte sich an keine Tätowierung. Gut, bei der Kräuterwanderung war es recht kalt gewesen, und sie hatten lange Jacken getragen. Wo das Tattoo wohl gewesen war? An einer intimen Stelle? Bei welcher Gelegenheit hatte Corinna es gesehen? Leo hatte doch hoffentlich nichts mit einer Schülerin angefangen?

»Er hatte immer Verständnis.« Corinna war gar nicht mehr zu bremsen. »Man konnte ihm einfach alles erzählen, er hat einem immer zugehört. Und eingesetzt hat er sich auch, für die Umwelt und überhaupt.«

Marnies riesiger Hütehund presste sich gegen Ellas Beine. Während sie ihn tätschelte, drifteten ihre Gedanken ab. Was tat sie hier eigentlich? Ein Kind ausfragen? Was ging es sie überhaupt an, was mit Leo passiert war? Aber sie wollte wissen, wieso er gestorben war, dachte sie trotzig.

Als Corinnas Redestrom verebbt war, hakte Ella nach. »Bei dem Streit zwischen Leo und Uwe, worum ging es da?«

»Puh.« Corinna blies sich eine Haarsträhne aus der Stirn. »Ich würde mal sagen, die standen beide auf Marnie.«

»Und deshalb haben die sich geprügelt?«

»Glaub schon.« Damit griff Corinna nach den Holmen der Schubkarre, hob sie an und balancierte die schwere Karre vorsichtig weiter zum Komposthaufen im Hof.

Die schöne Gertrud

Peter starrte auf die topografische Karte. Der Goloring war deutlich zu sehen. Er legte seinen linken Zeigefinger auf den Weg, der zu dem Strommast führte, wo sie den Volvo von Leonhart Schmidt gefunden hatten.

Dann folgte er mit dem rechten Zeigefinger dem Keltenrundwanderweg, der von Bassenheim kommend über den Karmelenberg in einem Bogen um den Goloring verlief. An ihm lag der Aussichtspunkt, von dem aus man das Ringheiligtum überblicken konnte. Dort hatten die Wanderer aus Mayen am Montagmorgen gestanden und die Leiche entdeckt. Gleich unterhalb des Aussichtspunkts war die Öffnung im Zaun gewesen, durch die sich Schmidt gewunden hatte. Die Spurensicherung hatte an dem aufgeschnittenen Maschendraht Fasern gefunden, die eindeutig zu dem Fell gehörten, das der Mann getragen hatte.

Es gab nur einen Hof, der nahe dem Goloring lag. Der Keltenrundwanderweg führte direkt an ihm vorbei. Peters Nase näherte sich der Karte, um die kleine Schrift lesen zu können. »Achterspannerhof.«

Sofort tauchte vor seinem inneren Auge eine schmucke Kutsche mit acht Pferden auf. Peter lächelte. Zum Glück hatte sein Motorrad mehr als acht PS. Hoffentlich könnte er noch eine Ausfahrt machen, bevor das Wetter allzu eklig wurde. Sobald es begann, feucht zu werden, verwandelten herabfallende Blätter die Straßen in Rutschbahnen.

Aber egal, jetzt würde er sich erst mal den Achterspannerhof vornehmen. Mal sehen, ob dort ein aufmerksamer Nachbar wohnte. Wobei, eigentlich könnte er ja mit dem Bike hinfahren. Den unerwartet schönen Novembertag nutzen.

Er ließ es ruhig angehen und genoss jede Kurve. Es war nahezu windstill, der Fahrtwind angenehm, nur sein Hals war etwas kalt, trotz Tuch. Ein sicheres Zeichen dafür, dass die Saison zu Ende ging.

Hinter einer lang gezogenen Kurve stand ein Motorrad am Straßenrand, über das sich eine schwarz gekleidete Gestalt beugte. Ein Unfall? Aber wo war der Unfallgegner? Peter drosselte das Tempo, zog rechts rüber und kam neben dem Typ zum Stehen.

Der Motorradfahrer richtete sich auf. Es war kein Typ, sondern eine Frau. Und was für eine. Etwas kleiner als er, ihre kurvige Figur ließ sich sogar in der schwarzen Lederkleidung erahnen. Als sie das Visier am Helm hochklappte, kam ihm das Gesicht bekannt vor.

»Hallo.«

Ihre tiefe, rauchige Stimme brachte sein Gedächtnis in Schwung. »Hallo, Gertrud, was ist passiert?«

»Kennen wir uns?«

»Aus deinem Café Fahrtwind.« Es war schon eine Weile her, dass er in Hönningen eingekehrt war, wo Gertrud den Bikertreff mit strenger Hand führte. Wer Ärger machte, flog raus. Wer zu viel soff, wurde ins Hinterzimmer auf ein Sofa verfrachtet und konnte den Schlüssel für seine Maschine am nächsten Morgen an der Theke abholen.

»Ach ja.« Sie ließ sich nicht anmerken, ob sie ihn erkannt hatte.

»Was hat die Maschine denn?«

Gertrud zuckte die Schultern. »Hab kurz mal angehalten, um zu … äh … pinkeln. Jetzt springt sie nicht mehr an.« Sie drehte den Schlüssel. Nichts tat sich. »Wahrscheinlich ist die Zündsteuerung defekt.«

Peter musterte das Bike. Eine Suzuki GSX-S mit 750er Hubraum. Modernes Modell und eine schlaue Wahl: Auch kleinere Frauen wie Gertrud kamen gut damit zurecht. Aber je mehr Elektronik verbaut wurde, umso empfindlicher war die Maschine. Seine Triumph hatte noch eine gute alte mechanische Steuerung, die er regelmäßig exakt einstellte. Heutzutage warben die Hersteller mit »wartungsfrei«, was gut klang, aber wenn die elektronische Zündsteuerung hin war, musste sie ersetzt werden. Nichts, was man mal eben am Straßenrand erledigen konnte. Er sah seine Chance: »Willst du bei mir aufsitzen? Ich bring dich nach Hause. Um deine Maschine kümmern wir uns später.«

»Nicht nötig, ich werde schon abgeholt.«

Krampfhaft überlegte er, welches Thema er noch anschneiden könnte. Er wollte noch nicht weiterfahren. »Übrigens gibt es extrakleine und leichte Warndreiecke für Motorräder, wäre gut, wenn du dir so eins vorsorglich besorgst.« Er wies auf die Landstraße. »Nicht jede Kurve ist so weit wie die hier.«

In diesem Moment näherte sich ein Pick-up. Der Fahrer bremste und kam hinter den beiden Bikes am Straßenrand zum Stehen. Ein riesiger Typ in Lederjacke stieg aus.

Peter beäugte den Typ kritisch, dann nickte er ihm zu.

Der Mann verengte seine Augen zu Schlitzen, musterte ihn und nickte zurück, bevor er sich an Gertrud wandte: »Komm, lass uns dein Bike auf den Anhänger verfrachten.« Er hievte eine Blechrampe von der Ladefläche.

Peter begutachtete den Wagen. Ein VW Amarok, mächtiges Gefährt. Von seinem Beamtengehalt könnte er sich so was nicht leisten.

Der Mann bemerkte seinen Blick. »Hundertsechzig PS, Allradantrieb, drei Liter Hubraum. Sonst noch Fragen?«

Peter winkte ab. Der Typ war ihm auf Anhieb unsympathisch.

Als er sah, dass Gertrud Anstalten machte, ihre Maschine die Rampe hochzuschieben, trat er hinzu und packte mit an.

Der Riese stellte sich neben ihn, um zu schieben, und gemeinsam wuchteten sie das Teil auf die Ladefläche. Peter war schweißüberströmt, als es geschafft war. Kein Wunder, immerhin wog selbst so ein kleineres Bike über zweihundert Kilo.

»Das war's, Schwesterherz.« Der Riese nickte Gertrud zu. »Setz dich in den Wagen.«

Sofort wurde es Peter leichter ums Herz. Schwesterherz? Und er hatte den riesigen Typen für Gertruds Freund gehalten. Er betrachtete die Frau mit der weiblichen Figur noch interessierter. »Dann bist du ja jetzt in guten Händen.« Er beugte sich vor und blickte ihr tief in die Augen. Sie waren blaugrau mit goldenen Sprenkeln.

Als er sich schließlich von beiden verabschiedet hatte, achtete er darauf, möglichst elegant auf seine Triumph zu steigen und beim Starten extraviel Gas zu geben.

In Zukunft würde er öfter im Café Fahrtwind einkehren, so viel war sicher. Dann fiel ihm siedend heiß ein, dass der Bikertreff ja ab Dezember geschlossen war. Nun gut, dann würde er eben schon sehr bald dort vorbeischauen.

Bastis Geheimnis

Peter fand den Achterspannerhof auf Anhieb. Wie anhand der Karte zu vermuten, war es tatsächlich das einzige Wohnhaus in unmittelbarer Nähe des Golorings. Eine kurze Recherche im Internet hatte ihm einige weitere Informationen geliefert. Die Senke des Anwesens war durch Bimsabbau entstanden. Vermutlich in den fünfziger Jahren war dann als eine Art Aussiedlung aus dem Ortskern der Hof an jener Stelle angelegt worden, der aus mehreren in einem offenen Rechteck gruppierten Gebäuden bestand.

Im Netz hatte Peter auch eine wenig romantische Erklärung für den Namen »Achterspanner« gefunden. Achtern stand für »hinten, weit weg«, und eine Spanne war eine altertümliche Maßeinheit für eine Entfernung. Der »Achterspannerhof« war demnach am Ende der Gemarkung, weit weg von der Gemeinde Kobern-Gondorf, errichtet worden. Die Idee mit der achtspännigen Kutsche hatte Peter deutlich besser gefallen.

Jetzt ging er über den Vorplatz zum Haupthaus und klingelte. Es war fast zwölf Uhr, die Zeit, zu der eine traditionelle Eifler Familie beim Mittagessen saß. Ideal, um Bauern zu Hause anzutreffen.

Eine mittelalte Frau in Kittelschürze öffnete. Peter hielt ihr seinen Ausweis hin und stellte sich vor. Die Frau warf nur einen kurzen Blick auf das Kärtchen, trat zur Seite und lotste Peter durch einen langen Flur in die Küche, wo der Fernseher in ohrenbetäubender Lautstärke lief. Irgendein Fußballspiel, eine Wiederholung anscheinend. An der Wand hing das Bild einer Madonna, auf dem Herd brodelte ein Eintopf. Die Frau drängte Peter einen Teller voll auf.

Am Tisch saß der Bauer, neben ihm ein halbwüchsiger Junge, vielleicht zwölf oder dreizehn Jahre alt, schätzte Peter.

Drei weitere Stühle waren frei. Die Frau deutete in die Runde: »Die Kinder sind in der Schule, aber Basti ist noch erkältet.«

Wie zur Bestätigung schniefte der Junge.

Die Frau sprach ein kurzes Tischgebet, beendete es mit »Amen«, dann begannen alle zu essen.

Peter löffelte die dicke Suppe und bat schließlich darum, den Fernseher leiser zu stellen. Die Frau griff zur Fernbedienung.

Der Bauer hatte bisher kein einziges Wort gesprochen. Als der Fußballkommentator nur noch in Flüsterlautstärke zu hören war, nannte Peter den Grund seines Besuchs. Dass ein Mann am Goloring ermordet worden war.

Beim Wort »Mord« zuckte der Junge zusammen.

»Stand in der Zeitung«, meinte die Frau. Es klang unbeteiligt.

»Habt ihr was beobachtet? Am Sonntagnachmittag oder -abend?«

Der Bauer schüttelte den Kopf.

»Nein, aber wir können auch gar nicht nach drüben sehen«, antwortete wieder die Frau. »Da stehen doch Bäume. Zeit zum Spazierengehen haben wir nicht. Der Hof macht genug Arbeit.«

Der Mann nickte. Er schien damit zufrieden, dass seine Frau die Unterhaltung bestritt.

»Und du?« Peter nickte dem Jungen zu. Mehr, um wirklich

alle anwesenden Familienmitglieder befragt zu haben, als dass er sich von ihm eine hilfreiche Aussage erhoffte.

Der Junge wurde knallrot, schüttelte den Kopf und vermied es, Peter in die Augen zu blicken.

»Erkältung hin oder her, du hilfst mir jetzt, den Zaun an der oberen Weide zu flicken«, machte der Bauer endlich den Mund auf. »Nächstes Jahr sollen die Kälber da stehen.« Seine Stimme klang rau.

Der Sohn nickte ergeben und zog erneut die Nase hoch.

Peter bat, die Toilette benutzen zu dürfen, bevor er wieder fuhr. Als er aus dem Gästeklo kam und durchs Fenster sah, stand Basti neben seinem Motorrad und befingerte die Troddeln aus Leder, die an den Handgriffen baumelten. War zwar irgendwie retro, aber Peter stand auf diesen Kram. Als Nächstes würde er sich einen Fuchsschwanz von den Jägern besorgen. Er trat nach draußen.

»Gefällt dir das Bike?«

Bastis Hand zuckte zurück, als hätte er sich verbrannt. Er nickte, sah Peter aber immer noch nicht an.

»Willst du eine Runde mitfahren?«

Der Junge wurde schon wieder rot. »Ich muss dem Papa helfen.«

»In ein paar Minuten sind wir zurück.« Er reichte Basti seinen Helm.

»Und Sie?«

»Die Polizei wird mich schon nicht verhaften.«

Der Junge grinste und saß auf.

Peter zeigte ihm, wie er seine Füße auf den Fußrasten abstützen konnte. »Halt dich gut fest.«

Er ließ die Maschine an, drehte am Gas und fuhr los. Der Junge klammerte sich an ihn. In den Kurven blieb er steif aufrecht sitzen, sodass Peter sein Gewicht besonders weit nach rechts und links verlagern musste, um die Maschine auszubalancieren. Als er beschleunigte, drückte sich der Junge enger an seinen Rücken. Peter wendete beim nächsten Feldweg, fuhr wieder zurück zum Achterspannerhof, und sie stiegen ab.

Der Junge hatte rote Wangen, als er Peter den Helm zurückgab.

»Na, wie war das?«

»Ganz okay.«

Das war wohl die Untertreibung des Jahrhunderts. Basti war klar anzusehen, dass die Fahrt ihn begeistert hatte.

Plötzlich blickte er zu Boden. »Ich muss Ihnen was sagen«, flüsterte er. »Ich war am Samstag am Goloring.« Er schaute wieder auf. Die Röte in seinem Gesicht kam jetzt vermutlich nicht mehr von der Ausfahrt.

»Gut, und was hast du da gemacht?«

»Meine Freundin ... Wir treffen uns manchmal da.« Der Junge blickte sich schnell auf dem Hof um. »Aber das dürfen meine Eltern nicht wissen.«

Peter nickte. »Klar. Bleibt unter uns. Hast du jemanden dort gesehen?«

»Da war dieser Typ mit den komischen Klamotten. Also der, der später ...«

»Das Opfer?«

»Ja, genau.« Der Junge schien froh zu sein, Wörter wie »Leiche« oder »Toter« nicht aussprechen zu müssen. »Wir sind dann an eine andere Stelle gegangen, wo der uns nicht sehen konnte. Der saß da unter einem Baum, hat weiter nichts gemacht.«

»Wann war das ungefähr?«

»Wir waren um siebzehn Uhr verabredet und sind vielleicht zwei Stunden geblieben. Es war schon dunkel, als wir gegangen sind.«

Was machten zwei Jugendliche zwei Stunden lang auf dem Gelände vom Goloring? Peter konnte es sich denken. Er lächelte. Bestimmt war die Zeit für sie wie im Flug vergangen. »Wie heißt deine Freundin? Wo wohnt sie?«

Der Junge erschrak und presste die Lippen fest zusammen.

»Ich muss mit ihr sprechen.«

»Nein, das ... das geht nicht.«

»Ihr passiert schon nichts. Sie wird nicht festgenommen oder so, wir möchten sie nur als Zeugin befragen.«

»Niemand darf wissen, dass wir zusammen sind.« Basti lief schon wieder feuerrot an. »Meine Eltern ... Sie wollen das nicht.«

»Ich befrage das Mädchen, ohne dass jemand etwas von euch beiden erfährt, einverstanden?«

Basti schüttelte nur stumm den Kopf.

Sosehr Peter auch weiter auf ihn einredete, der Junge gab den Namen seiner Freundin einfach nicht preis. Einerseits bewunderte Peter ihn für seine Standhaftigkeit, andererseits verfluchte er seine Halsstarrigkeit.

Natürlich könnte er ihn aufs Revier schleppen und ihm die Hölle heißmachen, doch es wäre fraglich, ob so ein Vorgehen etwas nutzte. Mindestens ein Elternteil müsste den Minderjährigen begleiten. Peter stellte sich das katholische Bauernpaar vor. Die Mutter würde ihren Jungen wie eine Glucke vor allen Fragen abschirmen. Kein erfolgversprechender Weg.

Er würde das Mädchen auf andere Art finden müssen. Peter wusste auch schon, wie.

Er nickte Basti zu und startete seine Triumph. Er verspürte überhaupt keine Lust, aufs Revier zurückzukehren. Bestimmt würde Tanja ihn nur mit nervigen Aufgaben überschütten.

Erst mal musste er nachdenken. Zu viel war passiert. Immer wieder tauchten die goldenen Sprenkel in Gertruds Augen in seinen Gedanken auf. Hatte sie womöglich gar keinen Freund? Sonst hätte sie doch den um Hilfe gebeten und nicht ihren Bruder. Oder hatte sie den nur angerufen, weil er dieses Riesenteil von Angeberauto besaß, mit dem er das Motorrad transportieren konnte?

Unvermittelt fand sich Peter auf dem Parkplatz am Goloring-Areal wieder. Der geschotterte Weg führte von dort in einigem Abstand weiter am Gelände entlang, nur ein »Durchfahrt verboten«-Schild hielt Autofahrer davon ab, hier durchzufahren. Der Ötzi, wie Tanja den Toten nannte, hatte sich nicht daran gehalten. Da hatte der Eifler gegen den Öko in ihm gewonnen, dachte Peter und grinste. Ein Eifler ging nicht zu Fuß, wenn er fahren konnte.

Außerdem war der Ötzi barfuß gewesen, rief er sich in Erinnerung. Mit nackten Füßen über Schotter zu laufen, stellte er sich nicht unbedingt angenehm vor.

An einer Kreuzung zweier Feldwege hing neben Wanderkennzeichen ein Schild. »Zufahrt zu Mast Nummer 15:16«, stand darauf, darunter prangte ein Firmenlogo. Deshalb also war der Feldweg so gut in Schuss. Zur Wartung des Strommastes musste dieser leicht erreichbar sein. Tatsächlich ging der Schotter in Schlamm über, sobald Peter den Mast passiert hatte.

Peter parkte die Triumph an der Stelle, wo sie Leonhart Schmidts Wagen gefunden hatten, und ging zu Fuß weiter Richtung Goloring, der hier ausgeschildert war.

Er bemerkte zwei Hochstände in unmittelbarer Nähe voneinander. Nahmen die Jäger die Wildschweine jetzt schon ins Kreuzfeuer? Dann sah er, dass einer der Hochstände fast schon eine Art Hütte war, während der andere nur aus einer simplen Sitzbank bestand. Vielleicht hatte der Jäger in Bequemlichkeit investiert und den alten Hochsitz einfach stehen lassen.

In Gedanken versunken, keuchte Peter den Hang hinauf, bis er den Zaun erreichte, der den Goloring umgab. Er wandte sich nach rechts und kam nach wenigen Metern zum Aussichtspunkt, von dem aus die Wanderer des Eifelvereins den Toten entdeckt hatten.

Er spähte zum Plateau in der Mitte des Ringheiligtums. Moment, saß da nicht jemand unter der Eiche? Direkt am Tatort? Er kniff die Augen zusammen. Doch, da hockte jemand. Eine Frau. Sie kam ihm irgendwie bekannt vor.

Zu ihren Füßen bewegte sich etwas. Ein Hund!

Er zückte sein Handy und machte mehrere Fotos.

Tatortmeditation

Die riesige Eiche im Zentrum des Golorings teilte sich bereits am Fuß in drei Stämme. Die beiden benachbarten Bäume waren zweigeteilt. Auffällig. Offenbar war die Energie hier im Zentrum des Ringheiligtums so stark, dass sie selbst Bäume in ihrem Wuchs störte.

Ella hatte sich im Schneidersitz niedergelassen und versuchte, sich zu konzentrieren. Obwohl sie allein war, fühlte sie sich beobachtet. Sie blickte sich um. Niemand war zu sehen. Wer sollte auch jetzt, mitten in der Woche, an einem Novembernachmittag zum Goloring kommen? Es gab hier nichts zu sehen, wie sie sich selbst überzeugt hatte. Keine Spur einer mörderischen Tat. Obwohl vor wenigen Tagen ein Mensch hier sein Blut vergossen hatte, sah sie nicht einen Flecken. Die Erde schien alles aufgesogen zu haben.

Auch Rocco fand keine Ruhe. Er erhob sich, streckte umständlich die Hinter-, dann die Vorderbeine, schüttelte sich, streckte den Körper und witterte mit erhobenem Kopf. Ob er ein Wildschwein roch? Oder doch Menschenblut?

Dann drehte Rocco sich um sich selbst, erst einmal, dann noch einmal, und ließ sich schließlich mit einem Aufseufzen fallen.

Ella rief sich das Mantra in Erinnerung, das sie beim Meditieren vor sich hin sagte, um abzuschalten. »Om mani padme hum«, murmelte sie. Die Formel der Buddhisten, die unter anderem für das Erschaffen und Verlöschen der Welt stand. Da Ella die Wörter im Einzelnen nicht übersetzen konnte, halfen ihr deren Klang und deren unablässige Wiederholung dabei, alle anderen Gedanken zu verdrängen. Eine angenehme Leere im Kopf entstehen zu lassen, die ihr neue Energie gab. Normalerweise. Heute funktionierte das nicht. Anstelle der angenehmen Leere spürte sie nur Verwirrung.

Wieder schaute sie sich um. Immer noch fühlte sie sich beobachtet. Versteckte sich jemand hinter einem Baum? Wenn sie ohne Weiteres den runtergetretenen Zaun überwinden konnte, dann auch jeder andere. Zwischen den Brombeerranken verlief bereits ein Trampelpfad, was darauf hindeutete, dass die Lücke im Zaun regelmäßig genutzt wurde.

»Om mani padme hum.« Ella konzentrierte sich auf ihren Atem, versuchte bewusst, möglichst tief ein- und langsam wieder auszuatmen. Vor ihrem inneren Auge sah sie Menschen, die sich an den Händen fassten, im Kreis tanzten, rhythmisch mit den Füßen stampften. Um sie herum der Goloring. Der gesamte Platz bestand aus einer Wiese, keine Brombeerranken weit und breit. Dann verstummte das Geräusch der stampfenden Füße langsam, und sanfte braune Augen tauchten auf. Leo blickte sie ernst an, schien sie zu etwas aufzufordern. Sie verstand nicht, was er von ihr wollte, verspürte aber ein Drängen. Das Bedürfnis, etwas zu vollenden. Etwas, das er nicht hatte vollenden können.

Als Rocco bellte, riss Ella die Augen auf.

Eine Gestalt näherte sich auf dem Pfad, den auch sie genommen hatte.

Der dickliche Polizist! Ob es ein Gesetz gab, das ihre Anwesenheit hier verbot? Hatte sie Hausfriedensbruch begangen, war sie eingebrochen oder hatte die Kultstätte entweiht? Letzteres wohl kaum, denn der Goloring gehörte keiner bekannten Kirche oder heutigen Religionsgemeinschaft.

Rocco rannte Claes entgegen, sprang um ihn herum. Als Wachhund war er eine Niete, zumindest hier draußen.

Schließlich stand Claes schnaufend vor ihr. »Was machen Sie hier?«, fragte er, statt sie zu begrüßen.

»Meditieren«, antwortete Ella wahrheitsgemäß.

»Wie sind Sie reingekommen? Der Goloring ist Privatgelände.«

»Der Zaun war runtergetreten.« Ella merkte selbst, wie lahm die Erklärung klang.

Claes verzog den Mund.

Eigentlich fand sie ihn ganz in Ordnung, im vergangenen Jahr, bei der Verhaftung ihres Nachbarn, hatte er sich korrekt verhalten. Gleichzeitig hatte die Polizei sie deutlich spüren lassen, wie es war, als Verdächtige in einem Mordfall zu gelten. Die Hausdurchsuchung in ihrem Forsthaus hatte einen Nervenzusammenbruch ausgelöst, der zu einem Krankenhausaufenthalt führte. Mit Schaudern dachte sie an das Chaos, das die Beamten in ihrem Zuhause hinterlassen hatten. Sie beschloss, alles zu tun, um nicht wieder in den Fokus der Ermittlungen zu rücken.

»Ich wollte die Energie des Ortes in mich aufnehmen.«

»Dieser Ort ist ein Tatort. Sie haben hier nichts zu suchen.«

War Leo etwa genau hier ermordet worden? Unter den Eichen? Sie wagte es nicht nachzufragen. »Ich habe keine Absperrung gesehen.«

Claes runzelte die Stirn, sagte aber nichts.

Ella rappelte sich hoch. An Ruhe war jetzt sowieso nicht mehr zu denken.

Rocco tänzelte erwartungsvoll um sie herum. Wahrscheinlich erhoffte er sich einen längeren Spaziergang. Mit genug Pausen, um nach Wühlmäusen zu buddeln.

»Haben Sie eine Vermutung, wer Leonhart Schmidt getötet haben könnte?« Claes starrte sie forschend an.

Nur weil sie im vergangenen Jahr beim Giftmord an einem Adenauer Politiker auf den Täter gestoßen war, hieß das doch noch lange nicht, dass sie jetzt andauernd in Mordfällen ermittelte. Sie hatte weiß Gott anderes zu tun, etwa den Anbau ihres Hauses in einen Pferdestall zu verwandeln. Ella schüttelte den Kopf.

»Aber Sie kannten ihn doch. Was könnte Ihrer Meinung nach das Motiv für die Tat gewesen sein?«

Eifersucht, wenn man den Frauen in der Bäckerei glaubte. Aber das war ja nur Klatsch. Sie zögerte, ob sie etwas von der angeblichen Prügelei erzählen sollte. »Keine Ahnung«, sagte sie schließlich, »so gut kannte ich ihn jetzt auch wieder nicht.«

»Solange wir nichts Bestimmtes wissen, ist jeder verdächtig, der Leonhart Schmidt auch nur aus der Ferne gesehen hat«, erwiderte Claes.

Ella erschauerte.

Der Jäger

Peter gähnte. So früh war er schon lange nicht mehr aufgestanden. Wie sollten die Kinder in der Schule überhaupt etwas lernen, wenn sie zu nachtschlafender Zeit mit dem Unterricht begannen? Hinter einem Baum verborgen, beobachtete er durch einen Feldstecher den Hof der Realschule in Kobern.

Bisher war Basti nicht aufgetaucht. Blieb er vielleicht wegen der Erkältung noch zu Hause? Dann stand Peter sich hier vergeblich die Beine in den Bauch. Aber die Bauern waren hart. Wegen eines Schnupfens würden die Eltern dem Jungen nicht erlauben, noch länger dem Unterricht fernzubleiben. Peter schwenkte den Feldstecher zum Tor, wo die Schüler nach und nach eintrafen. Einige von den älteren standen in einem Eck hinter ein paar Mülltonnen zusammen und rauchten.

Peters Gedanken wanderten wieder zu Gertrud in ihren heißen Bikerklamotten. Wie gerne würde er ihren Hintern mal so richtig durchwalken. Und wenn der Riese, der um sie herumscharwenzelt war, wirklich nur ihr Bruder war, standen seine Chancen darauf vielleicht gar nicht mal so schlecht. Er würde sich unauffällig bei seinen Kumpels vom Motorradstammtisch erkundigen, ob die Chefin vom Café mit irgendjemandem liiert war.

In dem Moment trat Basti durchs Schultor. Fast hätte Peter ihn übersehen. Der Junge ging sofort in Richtung der Raucherecke, aber kurz vor den Mülltonnen trat ein Mädchen auf ihn zu. Er nahm ihre Hand, und die beiden steckten die Köpfe zusammen.

Peter betrachtete das Mädchen. Sie trug eine Wollmütze, einen dicken Schal, der die Ausmaße einer Wolldecke haben musste, und einen dunkelgrünen Parka. Allerdings hatten die anderen Schülerinnen in ihrem Alter fast identische Klamotten an. Peter versuchte, sich das auffällige Muster des riesigen Schals einzuprägen.

Er wollte sie nach der Schule abpassen. Aber wann war der Unterricht zu Ende? Vielleicht bräuchte er doch einen neuen Plan.

Als es klingelte, rannten einige Kinder zur Schultür, während andere eher hinüberbummelten. Die Jugendlichen aus der Raucherecke setzten sich betont langsam in Bewegung, wahrscheinlich wollten sie cool erscheinen. Kaum war Basti im Schulgebäude verschwunden, hastete Peter auf den Schulhof. Er war außer Atem, als er ankam, erwischte aber noch einen der Lehrer, die den Hof beaufsichtigt hatten. Er stellte sich vor, beschrieb das Mädchen, so gut er konnte, und erkundigte sich nach ihrem Namen.

Der Mann zuckte die Schultern.

»Sie ist die Freundin von Basti, dem Jungen vom Achterspannerhof.«

»Ach, Sie meinen die Susanne Becker. Da haben Sie aber Glück, dass ich die beiden kenne. Bei siebenhundert Schülern.« Der Mann, der einen Dreitagebart trug, lächelte. Mit seinen Jeans und der legeren Jacke wirkte er jugendlich, obwohl er schon auf die vierzig zugehen musste, wie die Falten rund um seine Mundwinkel verrieten. »Susanne ist in meiner Theater-AG. Hat sie etwas angestellt? Eigentlich ist sie sehr vernünftig.«

Peter winkte ab. »Ich möchte sie als Zeugin befragen, aber niemanden erschrecken. Könnten Sie sie unter einem Vorwand ins Lehrerzimmer holen, damit ich kurz mit ihr reden kann?«

Der Lehrer überlegte, nickte dann aber. »Das sollte möglich sein. Ist es wegen dem Mord am Goloring?«

Der geschwätzige Typ ging Peter auf die Nerven. Er brummte eine unbestimmte Antwort.

Gemeinsam betraten sie das Schulgebäude. Drinnen roch es genau wie in Peters ehemaliger Schule, nach einer Mischung aus Angstschweiß und Bohnerwachs. Er war im Unterricht keine Leuchte gewesen und hatte durch die Bank weg eher mittelmäßige Noten bekommen. Am meisten hatte ihm das Fußballspielen mit seinen Kumpels in der Pause gefallen. Immerhin war sein Abschluss gut genug gewesen, um an der Polizeiakademie Rheinland-Pfalz anzufangen.

Heute vermisste er kaum etwas von den Kenntnissen, die er sich zu Schulzeiten hätte aneignen können. Bei einem schwierigen Dreisatz benutzte er den Taschenrechner, für fehlerfreie Texte sorgte die Rechtschreibkorrektur, und seine Englischkenntnisse reichten aus, um Ersatzteile für seine Triumph aus Großbritannien zu bestellen. Wobei er meist ein Online-Wörterbuch zu Hilfe nahm. Schließlich wollte er keine Zündkerze anstelle einer Nockenwelle auspacken.

Sie betraten ein Zimmer, in dem es intensiv nach Kaffee duftete. Der Lehrer wies auf einen der Stühle, die an einem Konferenztisch standen. »Warten Sie hier. Ich gucke gerade mal in den Computer, wo Susanne jetzt ist, dann hole ich sie her.«

Als er weg war, sah Peter sich um und entdeckte eine vollautomatische Kaffeemaschine auf einem Beistelltisch. Er legte eine Kapsel ein, stellte eine Tasse unter die Düse und machte sich einen Cappuccino. Er schmeckte besser als der Kaffee auf dem Revier, aber nicht so gut wie der selbst aufgebrühte zu Hause.

Keine drei Minuten später kam Susanne Becker in den Raum. Ihr folgte der Lehrer, der jetzt seine Jacke über einen Stuhl warf. Darunter trug er ein Sweatshirt mit einem großen Smiley auf der Brust.

Peter hatte die Vermutung, dass er sich bemüht jugendlich anzog, um bei den Schülern gut anzukommen. Auf ihn wirkte das eher lächerlich. Welcher erwachsene Mann trug denn bitte schön Pullis mit Smileys drauf? Und musste der nicht unterrichten? Aber Lehrer hatten ja alle Zeit der Welt. Er sagte: »Ich möchte Sie bitten, uns kurz allein zu lassen.«

Enttäuscht zog der Lehrer ab.

Peter deutete auf einen Stuhl, stellte sich vor und berichtete, dass er mit Basti gesprochen hatte.

Das Mädchen sah ihn verunsichert an.

»Setz dich. Und keine Angst. Ich habe nur ein paar Fragen. Wir suchen Zeugen wegen der Sache am Goloring.«

Das Mädchen zuckte zusammen. Ohne den überdimensionalen Schal wirkte sie zerbrechlich und um einiges jünger.

»Basti hat mir erzählt, dass ihr zwei am Sonntagabend dort wart, deshalb würde ich gerne von dir wissen, was du dort gesehen hast.« Er hielt inne, setzte dann aber hinzu: »Niemand wird erfahren, dass wir miteinander geredet haben.«

»Die Eltern von Basti dürfen auf keinen Fall wissen –«

»Schon verstanden«, sagte Peter. »Ich verrate ihnen nichts. Also, was hast du gesehen?«

Das Mädchen blickte auf seine Hände, die mit dem Pulloversaum spielten. »Da saß ein Mann unter einem Baum. Er hat sich nicht bewegt, das war ein bisschen unheimlich. Weil wir von ihm nicht gesehen werden wollten, sind wir hinter ein Gebüsch gegangen. Von dort konnten wir den Mann nicht sehen und er uns auch nicht.« Sie sprach sehr leise.

»Hast du noch irgendwen anders bemerkt?«

Sie schüttelte den Kopf, immer noch, ohne aufzusehen.

»Und dann?«

»Bin ich wieder nach Hause gegangen.«

»Wo ist das?«

»In Wolken, gleich beim Goloring, Richtung Kobern.«

»Ist dir auf dem Heimweg jemand aufgefallen?« Peter hoffte, dass er aufmunternd klang.

»Nein, es war schon dunkel. Ich bin schnell gegangen, weil ich Angst hatte.«

Peter wunderte sich, dass der Junge seine Freundin nicht nach Hause gebracht hatte. Als Gentleman hatte er noch viel zu lernen.

Susanne schien seine Gedanken lesen zu können. »Bastis Mutter macht immer einen Aufstand, wenn er nicht pünktlich zu Hause ist. Und er wohnt doch in der entgegengesetzten Richtung.«

Der Goloring war demnach für die beiden Jugendlichen die beste Möglichkeit, sich zu treffen. Er lag auf halber Wegstrecke zwischen Achterspannerhof und Wolken, und Erwachsene machten sich vermutlich selten die Mühe, durch den Zaun zu kriechen. Auf dem alten Keltengelände waren sie sicher vor unangenehmen Überraschungen. Wenn nicht gerade ein Mörder dort sein Unwesen trieb. »Es war also schon dunkel, als du nach Hause gegangen bist?«

»Schon, aber ich kenne die Gegend ja. Ich bin den Weg schon oft gegangen.« Sie stockte. Wahrscheinlich sollte Peter nicht wissen, dass sie sich regelmäßig auf dem eingezäunten Gelände verabredeten.

Er nickte ihr auffordernd zu. Es war ihm egal, ob sie dort

knutschten, wobei ihm flüchtig der Gedanke kam, ob sie auch Sex hatten. Die Jugend fing ja immer früher damit an. Oder lag er damit falsch? Neulich hatte er eine Statistik zu dem Thema gesehen, erinnerte sich aber nicht mehr an die Aussage. Vielleicht guckten die Jugendlichen heutzutage auch alle nur Pornos im Internet und trauten sich überhaupt nichts mehr selbst zu. Jedenfalls ging es ihn nichts an, was Basti und Susanne zusammen taten, ermahnte er sich und setzte wieder an: »Du bist also im Dunkeln nach Hause gegangen und hast niemanden gesehen.«

Sie nickte. »Obwohl ja jemand anders da gewesen sein muss, oder?« Sie blickte Peter hilflos an.

Natürlich. Auch der Mörder musste sich an diesem Abend in der Nähe aufgehalten haben. »Hast du was gehört?«, überging Peter Susannes Frage.

Das Mädchen überlegte eine Weile, verneinte dann aber.

Nun gut, dachte Peter, wenn sie niemanden gesehen hatte, war das auch eine Information. Dann musste der Mörder später am Goloring gewesen sein. Oder er hatte einen anderen Weg genommen.

»Wie genau bist du nach Hause gegangen?«

»Gleich neben dem Aussichtspunkt für die Wanderer endet ein Feldweg. Den bin ich entlanggegangen und dann nach rechts zu dem Strommast abgebogen.«

Peter nickte. Auch er war gestern so gegangen, als er Ella Dorn beim Meditieren überrascht hatte. Bei dem Gedanken fiel ihm ein, dass er noch bei der Wartungsfirma nachfragen wollte, ob ein Mitarbeiter zufällig gerade in der Mordnacht den Mast kontrolliert und etwas gesehen hatte. »Und dann?«

»Dann biegt der Weg zu dem Wäldchen ab. Die Bäume haben unheimlich geknarrt.«

»Das passiert, wenn zwei Stämme aneinanderreiben.«

»Genau. Außerdem hatte ich Angst, dass der Jäger mich erschießt.« Sie lachte verlegen. »Weil es doch so dunkel war. Mein Vater sagt immer, Jäger schießen auf alles, was sich bewegt.«

Peter lächelte. Der Vater hatte nicht unrecht. So mancher Jäger war über achtzig, kurzsichtig, aber noch immer schießwütig. Jedes Jahr landeten einige Jagdunfälle auf seinem Schreibtisch. »Und der Jäger saß im Hochsitz?«

Susanne nickte. »Ja, ein Wagen stand direkt daneben.«

»Gut beobachtet«, zollte Peter ihr Respekt. Jäger fuhren meistens mit dem Auto unmittelbar bis zum Hochstand, das war auch Peters Erfahrung. »Ich habe zwei Hochsitze gesehen, welchen meinst du?«

»Der Wagen stand bei dem direkt am Weg.«

Damit musste sie wohl den einfachen Ansitz meinen. Der luxuriösere Hochstand war weiter von dem Feldweg entfernt gewesen. Peter frohlockte innerlich. Wenn das Mädchen recht hatte, musste der Jäger einfach ausfindig zu machen sein. Sicher hatte er länger dort angesessen und mit dem Fernglas immer wieder die Gegend nach Wild abgesucht. Vielleicht würde er sich als wertvoller Zeuge entpuppen.

»Wie sah der Wagen denn aus?«, hakte er nach.

»Es war so ein Geländewagen, ziemlich dunkel.«

»Wie, dunkel?«

»Schwarz oder dunkelgrau oder so. Keine Ahnung, es war schon ziemlich finster. Könnte auch dunkelgrün gewesen sein.«

»Hast du das Kennzeichen gesehen?«

Sie schüttelte den Kopf.

Egal, auch ohne die Information würde er bei der Kreisjägerschaft erfahren, wer das Revier dort gepachtet hatte. Peter lobte die Schülerin für ihre Aufmerksamkeit und versprach noch einmal hoch und heilig, niemandem von ihrer Beziehung zu Basti zu erzählen.

Susanne schien erleichtert, dass die Befragung vorüber war, aber auch ein wenig stolz, dass die Polizei sie um Hilfe gebeten hatte. Endlich ließ sie ihren Pulloversaum in Ruhe und huschte zurück in den Unterricht.

Peter sah keinen Sinn darin, den Lehrer zu suchen, der Susanne geholt hatte. Ohne Verabschiedung kehrte er aufs Revier nach Adenau zurück.

Ein Anruf bei der SPIE GmbH, die die Strommasten beim Goloring wartete, erbrachte keine weiteren Erkenntnisse. Nein, in der Nacht zum 1. November sei kein Mitarbeiter dort unterwegs gewesen. Ohnehin würden die Masten ausschließlich tagsüber gewartet. Die Gewerkschaft sei strikt gegen Nachtarbeit, außerdem sei das viel zu gefährlich.

Als Nächsten nahm sich Peter den Jäger vor. Bei der Kreisjägerschaft erfuhr er, dass ein gewisser Werner Müller das Jagdrevier rund um den Goloring gepachtet hatte. Unter der Koblenzer Nummer, die die Kreisjägerschaft Peter gegeben hatte, nahm niemand ab, also tippte er die Handynummer des Jägers ein. Es dauerte ein wenig, bis der Wählton erklang. Nach einigen Klingeltönen meldete sich eine brüchige Stimme.

»Müller!«

Peter grüßte und stellte sich vor. »Ich würde gerne wissen, ob Sie am Sonntagabend in der Nähe des Golorings angesessen haben.«

»Was?«, brüllte der Mann.

Wahrscheinlich war er nicht nur alt und kurzsichtig, sondern auch schwerhörig. Peter holte tief Luft und sprach lauter und langsamer. »Am Goloring, an der L 52 bei Wolken. Da ist doch Ihr Revier?«

»Und was soll ich da gemacht haben?«

»Am Sonntagabend waren Sie dort auf dem Hochsitz. Haben Sie währenddessen jemanden gesehen? Autos? Menschen?«

»Da sind Sie falsch informiert. Am Sonntag war ich schon hier!«, schrie der Mann. »Das Revier muss ohne mich auskommen. Die Wildschweine brauchen auch mal ihre Ruhe.« Es folgte ein krächzendes Lachen.

»Wo ist hier?«, fragte Peter verdutzt.

»Na, auf Teneriffa. Ich bin im November immer auf Teneriffa. Viel besseres Wetter als in der Eifel.«

Jetzt erst fiel Peter auf, dass der Mann mit einer kleinen Verzögerung antwortete. Offensichtlich dauerte die Übertragung einen winzigen Moment länger als bei Inlandsgesprächen.

»Was fahren Sie für ein Auto?«

»Was geht Sie das an? Mit meinem Wagen ist alles in Ordnung. Hab gerade erst TÜV machen lassen.«

»Das ist nicht das Problem. Verraten Sie mir wenigstens das Modell?«

»Wenn Sie es genau wissen wollen: Ich fahre einen Toyota Land Cruiser. Klasse Wagen. Damit hab ich schon 'nen Zwölfender aus dem Revier gebracht. Sicher auf jedem Feldweg, super Untersetzung, kann ich nur empfehlen. Die UNO setzt den weltweit ein, in Afghanistan, Afrika und so. Also bestens für die Eifel geeignet.« Er fand das offenbar witzig.

Peters Herz schlug schneller. Susanne Becker hatte einen Geländewagen gesehen! Hatte der Täter sich auf die Kanaren abgesetzt? Die Flugdaten ließen sich leicht überprüfen. Womöglich hatte der Mann gelogen und war erst am Montag abgereist.

»Welche Farbe hat Ihr Wagen?«, fragte Peter streng.

»Weiß, das heizt sich im Sommer nicht so auf. Wieso? Wollen Sie ihn kaufen?« Er lachte wieder. Der Mann war offensichtlich in Urlaubslaune.

Peter seufzte. Wahrscheinlich hatte er sich zu früh gefreut. Er teilte dem Jäger seine Mailadresse mit und bat ihn, ihm die Flugdaten und sein Autokennzeichen zu übermitteln. Dann wünschte er ihm noch einen schönen Aufenthalt und beendete das Gespräch. Kollege Weber würde die Daten überprüfen, aber Peter hatte das enttäuschende Gefühl, dass alles stimmte, was der Mann gesagt hatte.

Er starrte auf seinen Notizzettel. Nahe dem Goloring, keine hundert Meter entfernt vom Volvo des Ötzi, hatte zur Tatzeit oder kurz davor ein dunkler Geländewagen gestanden, der nicht dem Jagdpächter gehörte. Wer war dann der Besitzer? Er griff zum Hörer und tippte die Kurzwahl für die Spurensicherung.

Der Platzhirsch

Fasziniert betrachtete Ella durch ihr Fernglas die Silhouette des Hirsches, die sich vor dem Wald abzeichnete. Das Tier hatte seinen Kopf mit dem mächtigen Geweih stolz erhoben.

Ein leichter Windhauch streifte ihr Gesicht. Es war kühl an diesem frühen Morgen, aber nicht kalt. Trotzdem zog sie sich den Schal enger um den Hals.

Neben Ella klackten Kameraverschlüsse, zwei Rentner tuschelten aufgeregt. Doch nichts davon konnte sie ablenken. Sie beobachtete, wie der Hirsch den Kopf vorstreckte und zu einem langen Röhren ansetzte. Das Tier modulierte den Ton, als wollte es etwas erzählen.

Ella war das Geräusch vertraut. Schon seit Wochen erklang es in den Wäldern rund um ihr Haus. Meist in der Abend- und Morgendämmerung.

Eben hatte der Ranger des Nationalparks der kleinen Gruppe erklärt, dass die Brunft normalerweise Anfang November bereits beendet sei, sie aber Glück hätten: Ausnahmsweise konnten sie das Paarungsritual der mächtigen Tiere noch so spät im Jahr mit eigenen Augen sehen. Doch Ella hatte sich nicht wegen der Tiere zu der Führung angemeldet.

»Die männlichen Hirsche werden erst ab dem Alter von fünf Jahren geschlechtsreif. Die ältesten Hirsche kommen jedes Jahr als Este in Brunft. Daher treffen sie auch als Erste hier auf der Hochfläche ein«, erklärte Uwe Röder. Der Ranger trug einen Filzhut mit breiter, geschwungener Krempe. Sein Fernglas hing vor seiner Brust auf der grünen Lodenjacke. Neben Ella in ihrer Wolljacke war er der Einzige, der Kleidung in gedeckten Farben trug. Alle anderen Teilnehmer hatten sich für grellbunte Funktionskleidung entschieden.

Die Ranger veranstalteten regelmäßig Führungen für Touristen und Interessierte. Ella hatte die Termine auf der Website des Nationalparks gefunden und gesehen, dass Uwe Röder für heute eingeteilt war. Eigentlich sollte er den Anblick der Hirsche gewohnt sein. Trotzdem schien auch ihn das Geschehen auf der

Hochfläche nicht kaltzulassen. Sein Gesicht leuchtete vor Begeisterung.

Ella betrachtete ihn von der Seite. Er sah auf klassische Weise gut aus. Wie ein Filmstar, mit scharf geschnittenen Zügen und energischem Kinn. Kein Wunder, dass Marnie sich in ihn verliebt hatte. Oder wirkte er nur durch den breitkrempigen Hut wie ein Westernheld? Das Ding erinnerte Ella an einen Stetson.

Wieder fuhr ihr der Wind ins Gesicht. Er kam von vorne. Eine ideale Voraussetzung, um die Hirsche zu beobachten, die so die Menschen nicht wittern konnten. Von ihrem Ausguck aus, einer Art Holzhütte auf Stelzen, blickte man über die ausgedehnten Wiesen der Dreiborner Hochfläche. Eine Gruppe von etwa einem Dutzend Hirschkühen äste dort in aller Ruhe, aufmerksam von dem Hirsch mit dem riesigen Geweih bewacht.

Er ist eifersüchtig, fuhr es Ella durch den Kopf. Darum ging es hier ja auch. Besitzstandswahrung unter Hirschen sozusagen.

Der Ranger deutete auf das große Tier. »Hier seht ihr den Platzhirsch. Er bewacht seinen Harem, um sich möglichst oft zu paaren«, erklärte er. »Die weiblichen Tiere heißen übrigens Kahlwild.«

Eine Bezeichnung, die wahrscheinlich männliche Jäger erfunden hatten, sinnierte Ella. Die Weibchen wurden über das Fehlen eines Geweihs definiert und deshalb als »kahl« bezeichnet. Als ob weibliche Wesen nur durch ein Manko zu erfassen wären.

In dem Moment trat ein zweiter, etwas kleinerer Hirsch aus dem Wald. Ella hielt den Atem an. Der Platzhirsch reagierte sofort. Er stakte mit breiter Brust auf den Rivalen zu. Dieser blieb eine Weile reglos stehen, warf sich dann aber auf den Hinterbeinen herum und verschwand wieder im Dickicht.

Ein hörbares enttäuschtes Ausatmen ging durch die Gruppe. Sie hatte mehr erwartet. Einen spektakulären Kampf mit Blutvergießen womöglich. Doch die Tiere vergeudeten ihre Energie nicht. Aussichtslose Kämpfe sollte man nicht führen, so könnte die Devise der Hirsche lauten.

Ella genoss es, in der Natur zu sein. Nebelschwaden stiegen von den Wiesen auf und verliehen der Szene etwas Märchenhaftes. Die ersten Sonnenstrahlen lugten über den Wald, und im Gras glänzten Tautropfen in Tausenden von Spinnennetzen.

Wieder wurden Handys und einige große Spiegelreflexkameras gezückt. Ella presste das Fernglas an die Augen und beobachtete eine einzelne Hirschkuh, die sich langsam über die Wiese bewegte, während sie in aller Ruhe äste.

Als die Sonne höherstieg, verließen die Tiere nach und nach die Hochfläche und verschwanden im Wald. Der mächtige Hirsch war der Letzte der Gruppe, er folgte dem Kahlwild in einigem Abstand, ließ es aber nicht aus den Augen.

Zusammen mit den anderen Mitgliedern der Gruppe stieg Ella vom Ausguck hinunter, dann wanderten sie zusammen mit dem Ranger zurück zum Parkplatz.

Ella streckte sich. Jetzt würde sie endlich zum eigentlichen Grund kommen, aus dem sie an der Führung teilgenommen hatte. Schließlich hatte sie sich nicht von ungefähr die Veranstaltung von Uwe Röder ausgesucht, bei der sie die Hirschbrunft beobachten konnte.

Sie überlegte, ob sie den Mann duzen oder siezen sollte. Er hatte die Gruppe geduzt, wenn auch in allgemeiner Form, also beschloss sie, ihn ebenfalls mit Du anzusprechen. Das würde eine vertrauliche Atmosphäre schaffen, hoffte sie.

Während sie den schmalen Pfad entlangliefen, verwickelte Ella Uwe Röder in ein Gespräch, fragte ihn weiter nach den Gewohnheiten des Wilds aus und lief dabei immer langsamer, sodass sie bald das Schlusslicht der Gruppe bildeten. »Hast du gehört, dass der Leo aus Eichenbach tot ist?«, setzte Ella an, als sie einigermaßen ungestört waren. »Du kanntest den doch bestimmt auch? Er war so gern im Wald.«

Der Ranger blickte sie scharf an. »Ja. Tragisch«, brummte er.

»Wirklich furchtbar, oder?«

Keine Antwort.

»Ich habe gehört, dass du Streit mit ihm hattest«, bohrte Ella nach.

»Na ja, die Leute erzählen viel, wenn der Tag lang ist.«

»Du sollst ihn ordentlich verprügelt haben.«

Der Ranger blieb stehen und sah sie direkt an. »Auf was willst du eigentlich hinaus? Ja, ich habe ihn nicht gemocht. Aus gutem Grund. Und ja, wir haben uns gekloppt, okay, aber das soll unter Männern schon mal vorkommen. Trotzdem ist es natürlich schrecklich, dass er umgebracht wurde.« Er schnaufte.

»Was war das für ein guter Grund?«

»Er hat meine Frau gevögelt, verdammt.«

»Ich dachte, ihr wärt geschieden.«

Uwe Röder starrte sie wütend an. »Wir leben getrennt. Nur vorübergehend. Wer hat was von Scheidung gesagt?«

Ella schluckte. Weil Marnie von ihrem »Ex« gesprochen hatte, hatte sie automatisch angenommen, dass die beiden geschieden waren. »Da hab ich wohl was falsch verstanden. Also hat der Leo was mit deiner, äh, Frau gehabt?«

Uwe Röder nickte und fischte ein Handy aus seiner Tasche. »Ich hab sogar Beweise.« Er klickte einige Fotos an.

»Ups«, machte Ella und hätte sich am liebsten auf die Zunge gebissen.

Die Bilder zeigten einen Mann und eine Frau. Sie waren unscharf und anscheinend aus einem Versteck hinter einem Busch aufgenommen worden. Im Vordergrund waren immer wieder Blätter zu sehen. Außerdem war bei Gegenlicht fotografiert worden, die Sonne hatte helle Flecken auf die Bilder gebrannt. Ella konnte die Frau nicht genau erkennen, aber der Haarfarbe und Frisur nach konnte es Marnie sein. Daran, dass ihr Partner der Schamane war, bestand hingegen kein Zweifel. Unwillkürlich griff sie nach dem Handy und wischte durch die Fotos. So wirkten sie fast wie ein Film. Leo streichelte Marnie. Auf jedem Foto waren seine Hände an einer anderen Stelle ihres Körpers. Sie trug nichts als ihren Slip, von ihm war nur der Oberkörper zu sehen, und der war nackt.

Ella war betroffen. Sie hatte Leo sofort sympathisch gefunden – sogar mehr als das. Aber der Schamane hatte offensichtlich bereits eine Beziehung gehabt, und zwar mit einer verheirateten

Frau, auch wenn diese getrennt lebte. Mit einer Frau, die deutlich jünger war als sie. Ella biss sich auf die Lippen. Sie war so naiv gewesen zu glauben, Leo könnte auch nur das geringste Interesse an ihr haben.

Sie war verrückt, dass sie ihn nicht ruhen lassen konnte. Schließlich war er tot, lebte nicht mehr, was nutzte es ihm dann noch, wenn sie womöglich seinen Mörder fand?

Uwe Röder starrte sie herausfordernd an.

»Das tut mir leid«, sagte sie, um ihre dumme Reaktion auf die Fotos wiedergutzumachen.

»Das muss es nicht. Er wird sie ja nun nie wieder anfassen.«

Ella horchte auf. War das ein Geständnis?

Der Ranger merkte wohl, wie seine Worte geklungen hatten. »Also, sein Tod tut mir echt leid«, versicherte er. »Aber von Frauen anderer Männer sollte man besser die Finger lassen, oder?«

Sie waren am Parkplatz angelangt, wo Röder neben einem dunklen Jeep stehen blieb.

»Danke für die Führung. Sie war sehr interessant«, sagte Ella und meinte es auch so.

»Das ist mein Job.« Er beugte sich vor und starrte ihr in die Augen: »Der Mord an Leo – ich hab damit nichts zu tun, verstehst du? Wer auch immer du bist, hör auf, mir hinterherzuschnüffeln.«

Erschrocken wich Ella zurück. »Entschuldigung, ich war einfach nur neugierig.«

»Neugierde kann gefährlich sein.« Damit tippte sich Uwe Röder an den Hut, stieg in seinen Wagen und fuhr davon.

Hatte er ihr gedroht?, überlegte Ella. Oder war das nur ein allgemeiner Ratschlag aus der Klamottenkiste der guten Ratschläge fürs Leben gewesen? Auf sie hatte Röder harmlos gewirkt, noch dazu war er genauso naturverbunden wie sie, was ihn in ihren Augen schon mal sympathisch machte. Er war eifersüchtig, ja, aber ein Mörder? Das konnte sie sich beim besten Willen nicht vorstellen.

Gedankenverloren ging Ella zu ihrem Benz.

Die Sonne hatte über den Dunst gesiegt, ihre Strahlen wärmten ihr Gesicht. Ella nahm es kaum wahr.

Buschtrommeln

»BF Goodrich all Terrain«, las Tanja vor. Sie starrte auf die komplizierte Zahlenfolge, die folgte.

Die Kollegen der Spusi hatten den Werbeflyer der Reifenfirma beigelegt. Er versprach zehn Prozent mehr Grip, auch in Schlamm und auf feuchter Fahrbahn, O-Ton: »Mehr Gelassenheit unter extremen Bedingungen«.

Das wünschte sie sich auch manchmal. Heute zum Beispiel. Mehr Gelassenheit, obwohl die Spurensicherung den Reifenabdruck unter einem Hochsitz in der Nähe des Tatorts übersehen hatte.

»Die von der Spusi sind doch Pappnasen.« Tanja hätte sich nie erlaubt, so schlampig zu arbeiten.

»Die können auch nicht alles absuchen, und die Reifenspuren waren ja nicht direkt im Goloring, das musst selbst du zugeben«, verteidigte Claes die Kollegen.

Wollte der jetzt aufmucken? Tanja schnaubte. »Immerhin haben sie die Spur mit Nassgips gesichert, und wir wissen jetzt, um was für einen Reifen es sich handelt. ›BF Goodrich all Terrain‹, sagt der Trassologe.«

»Okay, und was hilft uns das?«

»Der Trassologe meint weiter, dieser Reifen sei typisch für Geländewagen.«

»Stimmt damit überein, dass die Schülerin ausgesagt hat, sie habe einen dunklen Geländewagen gesehen.«

»Modell? Farbe? Kennzeichen? Leider haben wir dazu nichts Genaueres.« Tanja seufzte und zog das Telefon näher. »Das Kraftfahrt-Bundesamt soll uns mal einen Überblick geben, zu welchen Modellen der Reifen passt.«

Sie aktivierte den Lautsprecher, damit Claes mithören konnte. Es dauerte, bis sie mit dem richtigen Ansprechpartner verbunden wurde, dann grüßte sie und stellte sich kurz vor.

»Können Sie mir sagen, welches Automodell einen bestimmten Reifentyp fahren kann?«

»Grundsätzlich gibt es für Genehmigungsobjekte – so auch für Reifen – Verwendungsbereiche, die einen Rückschluss zuließen«, sagte der Mann.

Anscheinend hatte sie einen echten Beamten an der Strippe, der sich in Behördensprech ausdrückte. Tanja unterdrückte ein Aufstöhnen. »Okay, also könnten Sie nachschauen, welche Modelle für welche Reifen in Frage kommen?«

»Schon, aber die Ergebnisliste wäre ziemlich lang«, gab er zu bedenken.

»Ja und? Bitte mailen Sie sie mir.«

»Ein Reifenhandel hätte Ihnen da auch weiterhelfen können«, murmelte der Typ unfreundlich.

»Ich habe aber Sie gefragt.« Tanjas Stimme wurde schärfer. »Und Sie sind zur Unterstützung der Ermittlungsbehörden verpflichtet.« Wenn jeder seine Arbeit so unmotiviert wie ihr Gesprächspartner machen würde, würde vermutlich nie etwas funktionieren. »Wir stecken mitten in einer Mordermittlung, ich erwarte also eine schnelle Rückmeldung von Ihnen. Sollten Sie sich dazu nicht in der Lage sehen, können wir auch gern eine höhere Ebene einschalten.« Tanja wusste, wie solche Bürohengste tickten. Sie wartete gar nicht auf eine Antwort, gab ihm ihre Mailadresse durch und legte auf.

Claes räusperte sich. »Da ist noch was.«

»Ja?«

»Ich hab da was gehört.«

»Was?«

»Der Schamane, also der Leonhart Schmidt, der soll sich geprügelt haben. Mit einem Ranger vom Nationalpark Eifel.«

»Sagt wer?«

»Der Buschfunk. Ich hab einen Kumpel, der kennt einen anderen Ranger, der hat ihm das erzählt. Der Ranger, also der, der sich mit dem Schamanen gestritten hat, kam wohl mit einem blauen Auge zur Arbeit.«

Tanja pfiff durch die Zähne. Offenbar hatte sie doch den richtigen Riecher gehabt, als sie Claes zur Ermittlung hinzugezogen hatte. Ihr selbst wäre ein solcher Klatsch nie zu Ohren gekommen, aber er war in der Gegend gut vernetzt. Gut, bis jetzt war es nur Klatsch, aber sie würden jedem Gerücht nachgehen.

»Zeichnet sich da ein Motiv ab?« Sie zog die Tastatur des Rechners zu sich. »Wie heißt der Ranger, von dem dein Kumpel gesprochen hat?«

»Uwe Röder. Aber nur weil zwei sich streiten, muss das ja nicht in Mord enden.«

»Kann aber.« Tanja begann zu tippen. »Ich hab hier eine Meldeadresse in Dorsel, ist das weit?«

Claes schüttelte den Kopf.

Sie griff zu ihrer Jacke. »Worauf wartest du?«

»Mein Kumpel hat gesagt, es ging bei der Schlägerei um das Sammeln von Kräutern.«

»Wer die schönsten Kräuter findet, oder was?«

»Der Schamane ist anscheinend immer wieder dabei erwischt worden, wie er die Wege im Nationalpark verlassen hat. Das ist verboten. Irgendwann hat's dem Ranger gereicht. Er hat den Ötzi ermahnt, irgendwie ist die Diskussion dann aus dem Ruder gelaufen, und er hat ihm ein paar verpasst. Die sollen sich richtig geprügelt haben.« Claes guckte unsicher. »Das sagen jedenfalls die Buschtrommeln.«

»Klingt erst mal nicht nach einem Mordmotiv, aber vielleicht steckt ja mehr dahinter. Heute prügeln, morgen morden?« Tanja hatte keine Lust mehr, im stickigen Büro zu hocken. Je mehr sie über den Ötzi erfuhren, desto besser. »Auf, hopp, hopp!«

Der Nebel, durch den sie am Morgen von Koblenz zum Adenauer Revier gefahren war, hatte sich etwas gehoben. Eine fahle Sonne kämpfte sich durch den Dunst. Über der Ahr hingen noch Nebelfetzen, die sich weiter oben am Hang schon aufgelöst hatten. Sie kamen an einem der Windbrüche vorbei, die der Sturm vor einigen Wochen hinterlassen hatte. Von der Bundesstraße, die sich in Kurven am Fluss entlangwand, bogen sie hinter Müsch nach rechts ab, den Berg hinauf. Nach einigen Serpentinen erreichten sie Dorsel.

Ein leuchtend gelb gestrichenes Haus am Dorfende stellte sich als die gesuchte Adresse heraus. »Reiterhof Ahrtal-Treck«, verkündete ein Schild. Neben dem Haus war eine Koppel, ihr Boden von Pferdehufen zertreten.

Als sie ausstieg, rümpfte Tanja die Nase. Pferdehof, na klar. Es roch entsprechend nach den Viechern.

Als sie an der Tür des Hofes klingelten, rannte ein riesiger Hund auf sie zu, stoppte einen Meter vor ihnen und bellte lauthals.

Tanja vermied es, ihm in die Augen zu gucken. Sie hatte schon zur Genüge erfahren müssen, dass die Eifelbauern Hofhunde hielten, denen man nicht trauen konnte.

Claes sprach beruhigend auf das Tier ein.

Schließlich öffnete sich die Tür, und eine junge Frau in Jeans und kariertem Thermohemd stand vor ihnen. Hinter ihr lugte ein kleiner Junge hervor.

Eine miefige Wolke zog Tanja entgegen. Nasse Kleidung, Holzrauch, Mist? Nein, Pferd! Selbst in der Wohnung roch es nach Pferd. Tanja erinnerte sich, wie sie als Kind auf trotteligen Ponys im Kreis geritten war. Verblödete Tiere, eins war ihr nach dem Absitzen auf den Fuß getreten. Es hatte höllisch wehgetan, und noch drei Wochen später war der Fuß geschwollen gewesen. Sie konnte nicht verstehen, dass sich Erwachsene freiwillig mit den Zossen abgaben, aber jetzt musste sie sich zusammenreißen: »Marx von der Kripo Koblenz, dies ist mein Kollege Claes. Wir möchten bitte Uwe Röder sprechen.«

»Was wollen Sie von ihm?«

»Wir wollen uns nur kurz mit ihm unterhalten.«

»Der ist nicht da. Worum geht es denn?«

»Wann kommt er wieder?«

Die Frau strich sich eine Strähne aus dem Gesicht, schluckte. »Gar nicht.«

»Wie? Ist ihm was zugestoßen?« Waren sie etwa zu spät gekommen? Hatten sich vielleicht schon die Verwandten des Ötzi gerächt? In Gedanken vermerkte Tanja, dass sie die Angehörigen noch immer nicht befragt hatten. Das mussten sie schleunigst nachholen.

»Wir haben uns getrennt. Er ist ausgezogen.« Es klang wie: Den Kerl hab ich rausgeworfen.

»Er ist aber hier noch gemeldet. Marlene, Uwe und Tobias Röder.«

Die Frau zuckte die Schultern. Der Junge schrak zusammen, als er seinen Namen hörte, und verkroch sich hinter ihr.

»Aber Sie wissen sicherlich, wo wir ihn finden können, oder?«

»Er hat nichts mit der Sache zu tun.«

»Mit welcher Sache? Was glauben Sie denn, warum wir hier sind?«

Die Frau wandte sich zu ihrem Sohn. »Tobi, geh rein, Fernsehen gucken. Jetzt kommt doch die Serie, die du so gern magst.«

Das ließ sich der Junge nicht zweimal sagen.

»Wegen dem Toten am Goloring«, auch sie vermied das Wort »Mord«, »deswegen suchen Sie ihn doch, oder?«

»Und was hat Ihr Mann damit zu tun?«

»Nichts.« Sie kniff den Mund zusammen.

»Er hatte Streit mit Leonhart Schmidt. Das pfeifen doch die Spatzen von den Dächern«, mischte sich jetzt Claes ein.

Tanja verdrehte innerlich die Augen. Wieso konnte er nicht mal zehn Minuten die Klappe halten?

»Ich glaube, das ist übertrieben. Sie sind nur ein einziges Mal aneinandergeraten. Kann ja mal passieren. Wie Männer halt so sind.« Die Pferdefrau wickelte sich eine ihrer braunen Haarsträhnen um den Finger.

»Wo wohnt er jetzt?«, fragte Tanja streng.

Die Frau starrte sie schweigend an.

Sie würden es sowieso erfahren, wenn nicht von ihr, dann von seinem Arbeitgeber, dem Nationalpark Eifel. Dem würde er seinen Umzug ja wohl gemeldet haben. Trotzdem sagte sie: »Sie sind verpflichtet, uns bei unserer Arbeit zu unterstützen.«

»Er hat sich was in Kall gemietet«, presste die Frau endlich hervor und nannte dann eine Adresse. Anscheinend war der Ex nicht völlig spurlos verschwunden.

Tanja dankte ihr, und sie verabschiedeten sich. Als Claes zum Wagen trödelte, trieb sie ihn zur Eile an.

Tanja wunderte sich immer wieder, wie viele nette kleine Städtchen es in der Eifel gab. So wie Kall, das sie nicht gekannt hatte. Die Adresse, die Marlene Röder vom Reiterhof ihnen genannt hatte, lag direkt neben einer kleinen Eisdiele. Im Sommer wäre es sicher nett, hier zu sitzen, heute war es dafür viel zu kalt, und das Eiscafé hatte schon Winterpause. Ein paar Meter weiter plätscherte munter ein Flüsschen dahin. Die Ahr? Nein, wohl eher die Urft. Sie kannte sich immer noch nicht gut genug aus in der Eifel.

Die Klingelschilder an dem Wohnhaus, das zu der Adresse gehörte, waren so oft überklebt, dass sie schon ganz dick waren. Der Name »Röder« prangte auf dem obersten. Tanja senkte ihren Finger darauf.

Nichts rührte sich.

Sie bollerte an die Haustür, klingelte wieder.

Nichts.

»Der ist abgehauen«, sagte Claes.

Plötzlich erklangen schlurfende Schritte hinter der Haustür, sie öffnete sich einen Spaltbreit, und das Vogelgesicht einer alten Dame tauchte vor ihnen auf. »Was veranstalten Sie für einen Lärm? Was soll das?«

»Wir suchen Herrn Röder«, erklärte Tanja.

»Den Waldmenschen? Der ist nicht zu Hause. Was wollen Sie denn von dem?«

»Wann kommt er wieder?«

»Woher soll ich das wissen? Der meldet sich doch nicht bei mir ab.« Es klang, als sei sie enttäuscht darüber.

»Wann ist er denn weggegangen?«

»Gegangen nicht, gefahren ist er. Mit diesem Ungetüm von Auto, das er immer hier auf dem Bordstein parkt. Trotz Parkverbot.«

»Also gut«, Tanja lächelte gequält, »wann ist er weggefahren?«

Die Dame überlegte. Sie hatte die Tür nicht einen Zentimeter weiter geöffnet. »Gestern Abend, glaube ich. Oder vorgestern?« Sie zögerte. »Kann auch schon drei Tage her sein. Jedenfalls hab ich ihn gehört, wie er mit seinen Stiefeln die Treppe runtergetrampelt ist. Kein bisschen Rücksicht nehmen die, die jungen Leute.«

»Was ist das für ein Auto, das er fährt?« Schon wieder mischte sich Kollege Claes ins Gespräch ein.

»Ein dunkles. Es wird wirklich Zeit, dass er wegen dem Parken mal ein Knöllchen bekommt.« Die Alte nickte mehrmals vor sich hin.

»Was für ein Modell?«

»Keine Ahnung. Damit kenn ich mich nicht aus. Ist doch auch egal für das Knöllchen, oder?«

»Können Sie es näher beschreiben?«

»Na, so eins für den Wald.«

»Ein Geländewagen?«

»Ja, genau. Wie der vom Förster. Der Uwe ist ja auch irgendwie so was Ähnliches. Dauernd im Wald unterwegs. Was glauben Sie, was der mir für Dreck ins Treppenhaus schleppt!«

Sie hatten genug erfahren. Tanja gab ihrem Kollegen ein Zeichen und verabschiedete sich von der alten Dame. Claes nickte ihr zu.

Als sie wieder im Streifenwagen saßen, sagte Tanja: »Die Aussage war nicht besonders konkret. Wer ist eigentlich der Chef von diesen Rangern?«

»Die Nationalparkverwaltung in Schleiden-Gemünd. Der Landesbetrieb Wald und Holz NRW hat da ein eigenes Forstamt für den Nationalpark.«

Was der Kollege alles wusste. Beeindruckt googelte Tanja auf dem Handy nach der Telefonnummer und wählte. Sie musste sich mehrfach verbinden lassen, bis sie jemanden erreichte, der sonntags arbeitete. Die Auskunft, die sie erhielt, war nicht ermutigend. »Der ist wahrscheinlich irgendwo im Nationalpark, sagen die«, informierte sie Claes, nachdem sie aufgelegt hatte.

»Der ist doch riesig.« Auch Claes war nicht besonders aufbauend.

»Eben. Der Mann, den ich an der Strippe hatte, sagte was von ›Führen durch Ziele‹. Röder kann seine Arbeit machen, wann und wie er will, solange die vereinbarten Ziele erreicht werden.« Sie verdrehte die Augen.

»Ist vermutlich sinnvoll. Der kann ja nicht bei jedem Handgriff den Chef fragen, wenn er mitten im Wald unterwegs ist.«

»Können wir sein Handy orten?«

Peter erinnerte sich an ähnliche Versuche. War nicht neulich eine ganze Schulklasse wie vom Erdboden verschluckt im Nationalpark verschwunden? »Die Mobilfunkzellen dort sind riesig«, sagte er gedehnt. »Außerdem könnte er das Handy entsorgt haben.«

Tanja dachte bereits voraus: »Das heißt, er könnte sich schon vom Acker gemacht haben. Wir sollten die Staatsanwaltschaft anrufen und nachhorchen, ob die unter den Voraussetzungen einen Haftbefehl ausstellen.«

Sie bat Claes, das zu übernehmen und dafür zu sorgen, dass die Streifenpolizisten die Augen nach dem Tatverdächtigen offen hielten. Es war Freitagnachmittag, sie würde gleich Claes in Adenau absetzen und nach Hause fahren. Gerade noch rechtzeitig für ihr Training im Dojo. Und die Vorbereitungen für den Lehrgang, zu dem Brettschneider sie angemeldet hatte, warteten auch noch auf sie.

Tanja war zuversichtlich. Mit etwas Glück wäre Röder am Montag gefasst. Sie würde ihn verhören, überführen und ein Lob einheimsen. Ein weiterer Baustein für ihre Karriere. Sie würde ihrem Vater schon zeigen, dass sie erfolgreich sein konnte, auch in einem »Männerberuf«.

Ihre Gedanken glitten zu ihrem Bruder, der in Afghanistan stationiert war. Er schickte regelmäßig Nachrichten aus Kundus, wo er sich anscheinend hauptsächlich langweilte.

Auch Tanja hatte eigentlich zur Bundeswehr gehen wollen, doch ihr Vater hatte ein striktes Veto eingelegt. Nach dem Krebstod der Mutter, der die ganze Familie sehr mitgenommen hatte, wollte sie ihrem Vater keine Sorgen bereiten. Er litt ohnehin schon genug. Also war sie gleich nach der Schule bei der Polizei eingestiegen. Ein Kompromiss, mit dem sich der Vater bis heute nicht abgefunden hatte. Aber wenn sie jetzt eine glänzende Karriere hinlegte, würde er schon sehen, dass sie sich in ihrem Berufswunsch nicht geirrt hatte.

Die Polin

Einen Dachziegel nach dem anderen schmiss sie in den Container. Die waren zu nichts mehr zu gebrauchen.

Ella wischte sich mit dem Ärmel den Schweiß von der Stirn. Trotz der morgendlichen Kühle war ihr heiß.

Sie zerrte an einem weiteren Ziegel, der sich verklemmt hatte, löste ihn mit einem Ruck und warf ihn in weitem Bogen auf den Haufen. Durch den Schwung verlor sie kurz die Balance, konnte sich aber wieder fangen. Das hätte ihr gerade noch gefehlt, dass sie vom Dach stürzte. Sie beschloss, es von jetzt an langsamer angehen zu lassen.

Rocco hatte sich auf die Treppenstufen vor der Haustür gehockt, wo er vor den fallenden Ziegeln sicher war, und beobachtete jede ihrer Bewegungen.

Die Arbeit war nicht kompliziert, aber ermüdend. Ella hatte bereits einen großen Teil des Anbaus abgedeckt. An einigen Stellen waren die Dachsparren verfault. Wasser war durch das undichte Dach eingedrungen.

Wenn sie schon einmal dabei war, konnte sie auch die kaputten Bretter runterholen, überlegte sie. Vorsichtig hangelte sie sich zurück zur Leiter, kletterte hinunter und ging in die Garage, um einen Hammer zu holen. Wieder auf der Leiter, schlug sie systematisch die angefaulten Bretter ab und warf sie auf einen Haufen neben dem Container mit den Dachziegeln.

Nach einer guten Stunde konnte sie die Arme kaum mehr

heben und atmete schwer. Für heute hatte sie genug geschafft. Zufrieden mit sich stieg sie vom Dach. Im Hausflur streifte sie die Schuhe ab, dann ging sie in die Küche und stellte den Wasserkessel auf den Herd.

Ihr Blick fiel auf das Gratis-Wochenblättchen, das man ihr immer in den Briefkasten stopfte. »Antweiler: Holz für das Martinsfeuer kann an der Grillhütte gestapelt werden.«

Da könnte sie die alten Dachsparren hinbringen, überlegte sie. Wäre immerhin ein guter Zweck.

Sie schüttete etwas von ihrer selbst zubereiteten Teemischung in einen Teefilter und goss heißes Wasser auf. Himbeerblätter, Minze und einige Hagebutten sorgten für Aroma und Duft. Sie rührte etwas Imkerhonig von ihrem Freund Herrmann hinein, setzte sich in den Sessel neben den Kaminofen und genoss das heiße Getränk. So ließ sich der Herbst aushalten.

Der Tote am Goloring ging sie nichts an. Schließlich hatte sie ihn kaum gekannt. Was hatte er ihr schon bedeutet? Ein Blick, ein freundliches Gespräch, mehr war zwischen ihnen nicht gewesen. Die Suche nach dem Mörder war Sache der Polizei. Die Beamten waren dafür ausgebildet und wurden dafür bezahlt.

Mit dem heißen Tee kehrten ihre Kräfte zurück. Ella raffte sich auf, um die Reste der Linsensuppe von gestern warm zu machen. Nachdem sie gegessen hatte, legte sie sich aufs Sofa. Ein Mittagsschlaf war jetzt genau das Richtige.

Sie war gerade eingedöst, da sprang Rocco aufs Sofa und schmiegte sich an ihre Füße. Der Körper des Hundes wärmte sie, trotzdem zog sie die Decke enger, bevor sie erneut einschlief.

Sie wurde wach, weil der Kater auf ihrem Bauch herumturnte. Schon fünfzehn Uhr! Sie rappelte sich hoch, machte sich frisch und verließ das Haus.

Draußen öffnete sie den Kofferraum von ihrem Mercedes, der für ihre heutigen Zwecke viel zu klein war. Sie sollte den Wagen verkaufen und einen anderen anschaffen, der sich besser für die Eifel eignete. Der elfenbeinfarbene Benz stammte noch aus ihrer Zeit als Unternehmensberaterin. Es kam ihr ewig lang her vor, dass sie im Rhein-Main-Gebiet von Kunde zu Kunde gefahren war. Stau morgens, Stau abends. Den Wagen auf dem Besucherparkplatz abstellen, schön sichtbar. Das Auto sollte dem Kunden zeigen, wie erfolgreich sie war. Dass es sich lohnte, das hohe Honorar für ihre Beratung zu bezahlen. Winner arbeiten mit Winnern.

Vorbei. Der Burn-out hatte ihr gezeigt, dass sie nicht zu den Winnern gehörte. Oder hatte sie durch ihn und ihren Umzug in die Eifel erst recht gewonnen?

Sie schaffte die alten Dachsparren nach und nach in den Kofferraum. Sie waren so lang, dass sie die Rückbank umklappen musste. Sie zerrte eine Plane über die Sitze, damit sie nicht schmutzig wurden. Die Latten reichten bis zum Beifahrersitz. Trotzdem ging der Kofferraumdeckel nicht zu. Sie holte ein Tau aus der Garage und band es behelfsmäßig am Schloss der Heckklappe fest. Das sollte halten für den kurzen Weg bis zur Grillhütte.

Der Motor sprang sofort an, schnurrte gleichmäßig. Zuverlässig war das edle Gefährt jedenfalls. Langsam fuhr sie den Feldweg bis zur Landstraße entlang. Umrundete die Schlaglöcher. Sie musste Wasser-Juppes bitten, sie vor dem Winter mit Schotter aufzufüllen, sonst würden sie nächstes Jahr noch tiefer sein.

Bald hatte Ella die kurvige Landstraße hinter sich gelassen und rollte durchs Dorf. Ein alter Mann fiel ihr auf. Er stand vor der Metzgerei, die seit Jahren geschlossen war, und bollerte an die Tür.

Sie hielt am Straßenrand an. »Kann ich Ihnen helfen?«

Über dem ehemaligen Schaufenster hing eine Leuchtreklame, die schon lange nicht mehr leuchtete. Die Schrift erinnerte an Schreibschrift, stammte vermutlich aus den fünfziger Jahren: »Metzgerei«. Doch im Ladenlokal stand nur noch eine Theke. Das Schaufenster war leer.

Der Alte trug ausgeleierte Jogginghosen und einen Wollpullover. Auf dem Kopf eine Baseballkappe mit der Aufschrift »Raiffeisen«.

»Brauchen Sie Hilfe?«, wiederholte Ella ihre Frage.

»Wieso haben die nicht offen? Ich will Schinkenspeck.«

»Der Laden hat geschlossen«, sagte Ella sanft.

»Aber die Mittagspause ist doch längst vorbei«, erwiderte der Mann störrisch und klopfte wieder an die Scheibe der Eingangstür.

Ella hörte ein Geräusch hinter sich. Sie drehte sich um. Eine junge, rundliche Frau schob eilig einen Doppelkinderwagen auf sie zu.

»Opa Rrrudi, komm her.« Sie rollte das R. Besonders wenn sie den Namen des alten Mannes aussprach. »Er wieder weggelaufen«, sagte sie zu Ella. »Sorry.«

Ein Baby im Kinderwagen plärrte los. Das andere stimmte ein. Zwillinge, wie Ella mit einem Blick auf die beiden geröteten Schreigesichter feststellte. Die mussten wohl alles gleichzeitig machen, und wenn es brüllen war.

»Er will einkaufen«, meinte Ella.

Die Frau fasste den Mann an einem Ellbogen. »Komm, Opa Rrrudi. Du musst nichts mehr holen.«

»Ihr Opa?«, fragte Ella.

Die junge blonde Frau sah zwar nicht aus wie ein Eifler Kind und sprach auch nicht so, aber man konnte ja nie wissen.

»Ich bin Au-pair. Agnieszka aus Polen. Sagen Sie Agnes.«

Wieder schlug der Alte gegen die Tür.

»Agnes hat schon Schinkenspeck besorgt, komm jetzt, Opa Rrrudi.«

Diesmal ließ er sich folgsam die Treppe hinunterhelfen.

»Kommen Sie klar?«, fragte Ella die Polin.

»Ja. Sorry, my German is not so good yet. I'm helping Mrs. Thielen and her family. Granddad is more trouble every day. He runs away all the time.« Im Gegensatz zum Deutschen war ihr Englisch gar nicht schlecht. Auch der Akzent machte sich kaum bemerkbar. »Opa wird wirklich immer vergesslicher. Neulich hat er das Gatter der Galloways offen gelassen.« Agnes rollte die Augen.

Galloways, die das ganze Jahr über draußen stehen konnten, selbst im rauen Klima der Eifel, waren der neueste Versuch, mit Landwirtschaft Geld zu verdienen. Ihr Fleisch brachte mehr ein als das der schwarzbunten Kälber, und sie benötigten weniger Pflege. Dass die Galloways der Thielens ausgebrochen waren, hatte der Dorfklatsch Ella zugetragen. Alle hatten sich darüber aufgeregt, dass die riesigen Viecher durchs Dorf getrampelt waren. Mancher Vorgarten hatte Schaden genommen. Jetzt war auch klar, wieso die schottischen Rinder frei herumgelaufen waren.

Ganz schön viel Arbeit für ein Au-pair, dachte Ella, wenn sie sich neben den Zwillingen auch um den dementen Alten kümmern musste. Am Ende noch nur gegen Kost und Logis sowie ein kleines Taschengeld. Lückenfüllerin der Pflegeversicherung. Bestimmt hatte sich Agnes ihren Aufenthalt in Deutschland anders vorgestellt. Ob sie sich beworben hätte, wenn sie gewusst hätte, dass sie in der tiefsten Eifel landen würde? Eine junge Frau wie sie wollte doch mal ausgehen, wenigstens am Wochenende, aber hier beschränkte sich das Nachtleben auf einen gelegentlichen Besuch von »Hanta's Rolling Disco«.

Ella sah den beiden nach. Agnes führte Opa Rudi langsam, aber bestimmt die Straße hinunter, mit der anderen Hand bugsierte sie den riesigen Kinderwagen vor sich her.

Bauer Thielen gehörte der große Hof an der Straße Richtung Eichenbach. Irgendwann hatte sie den Namen in letzter Zeit schon einmal gehört, überlegte Ella. Aber ihr wollte einfach nicht einfallen, wo oder wann.

Nachdenklich stieg sie wieder in den Mercedes und fuhr zur Grillhütte. Daneben türmte sich bereits ein Holzstapel aus Paletten, Ästen vom Baumschnitt und Bohlen. Sie schmiss ihre alten Dachsparren obenauf.

Die Kinder würden sich freuen, wenn an Sankt Martin ein großes Feuer entfacht würde. Vielleicht würde Ella ja auch vorbeikommen, für die Erwachsenen gab es Glühwein. Wenn sie es denn ertragen würde, so viele Leute zu sehen. Das würde auf ihre Tagesform ankommen. Halbherzig nahm sie sich vor, häufiger unter Menschen zu gehen, ihren Seelenpanzer etwas zu öffnen. Schließlich konnte sie sich doch nicht ihr Leben lang absondern.

Im Bikertreff

Peter starrte die Kurbelwelle auf einem Regal neben dem Kneipentisch an. Ausgebaut aus einem Sechszylinder. Das Café Fahrtwind hatte seine ganz eigene Auffassung von Dekoration.

Das Gelaber seiner Kumpels rauschte an ihm vorbei. Er ließ sich noch einmal den Ötzi-Fall durch den Kopf gehen.

Hatten sie überhaupt eine Chance, den flüchtigen Ranger zu fassen? Der Mann hatte nicht viel zu verlieren, Frau und Kind hatte er verlassen. Vielleicht war er bereits über die Grenze nach Luxemburg oder gar vom Flughafen Hahn in die Ferne entschwunden.

»Was darf's denn sein?«

Peter blickte auf und sah geradewegs in Augen mit goldenen Sprenkeln. Gertrud! Insgeheim hatte er gehofft, dass sie heute bedienen würde, als die Kumpels zum Treffen für den Stammtisch ins Bikercafé Hönningen eingeladen hatten. Er überlegte, was er Nettes zu ihr sagen könnte, und schluckte. »Ein großes Bier bitte.«

Als sie zum Tresen zurückging, folgten ihr seine Blicke. Er konnte sich an den weiblichen Rundungen Gertruds nicht sattsehen. Auch heute trug sie wieder eine enge schwarze Lederhose. Dazu ein Jeanshemd, das leider einen Teil ihres ansehnlichen Hinterns verdeckte.

Maik stieß ihn in die Seite. »Vergiss es. Bei der kannst du nicht landen.«

»Du kennst meinen männlichen Charme nicht.« Peter versuchte, cool zu klingen.

»Die steht nicht auf Männer, glaub mir.«

»Wie kommst du denn darauf?« Peter wurde heiß.

»Die ist Drummerin in 'ner Frauenband, das sagt doch schon alles.«

Peter kniff die Lippen zusammen.

»Verknallt?« Maik boxte ihn auf den Oberarm.

Peter antwortete nicht. Sein Liebesleben war nun wirklich kein geeignetes Diskussionsthema. »Habt ihr schon gehört?

Harley bringt jetzt ein E-Bike raus«, sagte er stattdessen. »'ne Harley mit Elektroantrieb!«

Maik stieg sofort auf das Thema ein: »Nee, oder? 'ne Harley, die nicht blubbert? So 'n E-Ding gibt doch gar keine Geräusche von sich, oder?«

Leider brachte nicht Gertrud die Runde, sondern ihre junge Kollegin, ein schlankes Mädchen mit komplett tätowierten Armen.

Die Männer prosteten sich zu.

Hotte grinste. »Eine E-Harley vibriert auch nicht. Können wir den Damen nicht zumuten.«

»Zieht aber nach der Ampel an euch allen vorbei, würde ich sagen.« Peter nahm einen großen Schluck Bier. »Die Beschleunigung von E-Motoren ist einfach genial.«

»Trotzdem. Da kann ich ja gleich 'nen Reiskocher fahren«, lästerte Wolle.

Das Stichwort ließ Peter sofort an Gertruds Suzuki denken. Ob die Zündung des »Reiskochers« wieder funktionierte? Sollte er sie darauf ansprechen? Aber wenn das Ding immer noch kaputt war, wäre das eher ein schlechtes Thema.

Unauffällig schielte er zu Gertrud hinüber. Stand sie wirklich auf Frauen, nur weil sie in einer Frauenband Schlagzeug spielte? Allerdings, Schlagzeuger waren meist Männer. Musste eine weibliche Schlagzeugerin automatisch Lesbe sein? Er trank sein Bier weiter in gierigen Schlucken und grübelte.

Als Gertrud an ihren Tisch kam, um die Essensbestellungen aufzunehmen, wagte er kaum, sie anzublicken. Er bestellte den »XXL Tankdeckel«, wie der Burger hier hieß, dazu Pommes und gleich noch ein großes Bier. Die Situation war so peinlich, dass sie sich nur mit einem gewissen Alkoholpegel ertragen ließ.

Wenig später brachte die Tätowierte die neue Getränkerunde und das Essen an ihren Tisch. Die anderen vom Stammtisch warfen ihr bewundernde Blicke zu, doch Peter fand sie zu mager. Und zu jung. In letzter Zeit war ihm bewusst geworden, dass er Frauen in seinem Alter oder sogar noch etwas ältere extrem attraktiv fand. Wie eben Gertrud, die jetzt leider im hinteren

Bereich vom Café Fahrtwind bediente, sodass er ihr üppiges Hinterteil wieder nicht bewundern konnte.

Als er seinen Burger vertilgt hatte, wollte er sich erleichtern. Er stand auf und schwankte. Hatte das Bier wohl zu schnell in sich reingeschüttet. Auf dem Weg zur Toilette sah er Gertrud und die junge Kellnerin am Tresen stehen.

Auf einmal legte Gertrud ihr einen Arm um die Schultern und zog sie an sich. Eng. Viel zu eng für seinen Geschmack. Die beiden Frauen flüsterten miteinander und kicherten.

Hatte sie etwa was mit der Tätowierten?, überlegte Peter. Stimmte es tatsächlich, was Maik gesagt hatte? Frustriert ging er zur Toilette.

Zwei Minuten später kehrte er an den Stammtisch zurück, ohne die Frauen an der Theke noch eines Blickes zu würdigen.

»Und du hast jetzt einen Fall aus der Steinzeit?« Das Thema hatte während seiner Abwesenheit offenbar gewechselt, seine Kumpels redeten über den Mord am Goloring.

»Nicht Steinzeit, Kelten«, korrigierte Peter.

»Hört sich ja gruselig an. Wenn ich am Autobahnparkplatz Goloring vorbeifahre, muss ich jetzt immer dran denken, dass der Mörder noch auf freiem Fuß ist.«

»Das wird sich bald ändern«, gab sich Peter zuversichtlich.

»Ihr habt eine heiße Spur?«

Peter kniff die Lippen zusammen. »Ihr wisst doch, dass ich nicht drüber reden darf.«

Die anderen reagierten mit Achs und Ohs, aber Peter wusste, dass sie ihn verstanden. Das war ja das Schöne am Bikerstammtisch, dass er hier mal nicht Polizist sein musste.

Weitere Runden wurden bestellt, und Peter beschloss, sein Bike für heute stehen zu lassen. Maik würde ihn nach Adenau mitnehmen.

Es wurde ziemlich spät, bis sie endlich zahlten.

Gertrud stand an ihrem Tisch und rechnete im Kopf die Summe für jeden Einzelnen aus.

Als Peter an der Reihe war, gab er ihr einen Schein. »Stimmt so.« Plötzlich fiel ihm siedend heiß ein, dass Gertrud ja die Besitzerin der Kneipe war. Existierte nicht die Regel, dass man Inhabern kein Trinkgeld gab? Er fühlte, dass er knallrot wurde.

»Danke.« Gertruds Stimme klang sanft.

Er blickte zu ihr auf.

Sie zwinkerte ihm zu.

Peter wurde heiß.

Maik grinste breit. »Die hat's dir ja echt angetan.«

Das Auto des Rangers

Tanja gähnte. Seit heute Morgen hatte sie sich nicht einen Moment ausgeruht. Sie griff nach der Fernbedienung und zappte durch die Kanäle, ohne sich für ein Programm entscheiden zu können.

Für ihre Fortbildung musste sie eine Fallanalyse als Referat vorbereiten. Sie hatte sich entschieden, über den Giftmord an einem führenden Adenauer Politiker zu schreiben, an dessen Aufklärung sie im vergangenen Jahr beteiligt gewesen war.

Es gab nur einen Haken: Sie hasste es, vor größeren Gruppen zu sprechen. Schon beim Gedanken daran brach ihr der Schweiß aus. Ihre Stimme rutschte automatisch eine Oktave höher, wenn sie vor anderen reden sollte. Dann klang sie piepsig wie eine Grundschülerin.

Seit dem Frühstück hatte sie an dem Entwurf ihres Referats gearbeitet: »Praxis der Mordkommission am Beispiel eines Giftmordes«. Die anderen Kursteilnehmer würden sie richtig grillen, das war klar. Sie selbst gehörte zu den besonders Wissbegierigen, die bei Vorträgen den Referenten Fragen über Fragen stellten. Sicher zwischen anderen Zuhörern sitzend, konnte sie frei sprechen, aber wenn sie vorne stand und alle sie anblickten, wurden ihre Knie weich.

Jetzt fielen ihr fast die Augen zu. Sie würde ein wenig fernsehen, anschließend ihren Entwurf noch einmal lesen, und dann hätte sie für dieses Wochenende genug getan.

Sie zappte weiter. Eine Sendung war so langweilig wie die andere. Schließlich blieb sie bei einem Sportkanal hängen. Zwar spielte nicht der 1. FC Köln, aber immerhin war es Fußball. Nur ein bisschen entspannen.

Ihr Handy klingelte. Sie schreckte hoch. Im Fernsehen lief eine Reportage über englische Gärten. Sie musste eingenickt sein. Sie stellte den Ton leiser und griff nach ihrem Telefon.

»Grmpf?«

»Du musst kommen. Wir haben den Wagen von Uwe Röder gefunden.« Es war Claes.

»Wo?« Sie räusperte sich. »Ich meine: Wohin soll ich kommen?«

»Zum Nationalparkeingang bei Schleiden-Gemünd. Auf den Parkplatz vom Infozentrum.«

»Okay.«

Sie hatte einen Geschmack nach Pappe im Mund. Rappelte sich auf, ging ins Bad und putzte sich die Zähne. Der Geschmack nach Mint-Zahnpasta war nur wenig besser, aber immerhin.

Ihr Magen knurrte vernehmlich. Sie würde beim Sofra-Kebabhaus vorbeifahren und einen Döner holen für unterwegs.

Sie war schon auf dem Weg zu ihrem Auto, als ihr auffiel, dass sie ihre guten Wildlederschuhe angezogen hatte. Völlig ungeeignet für die Eifel. Aber sie wollte nicht noch einmal zurückgehen.

Wenig später war Tanja auf der A 61 Richtung Schleiden unterwegs, den Styroporbehälter mit dem Döner auf dem Schoß. Obwohl sie sich bemühte, nicht zu kleckern, tropfte Knoblauchsoße auf ihre Jeans. Sie fluchte unterdrückt und versuchte, während des Fahrens mit den Servietten, die der Dönerverkäufer beigelegt hatte, die Flecken wegzureiben. Natürlich wurden sie dadurch nur noch größer.

Fast wäre sie einem Lkw zu nahe gekommen, der wie sie Schlangenlinien fuhr. Sie schubste die leere Dönerverpackung auf den Beifahrersitz, warf die verdreckten Servietten hinterher und konzentrierte sich wieder auf die Strecke.

Der Döner hatte zwar satt gemacht, aber dafür wurde Tanja

schon wieder müde. Sie unterdrückte ein Gähnen, als sie den Wagen auf dem Parkplatz vor dem Infozentrum abstellte. Die dickliche Figur von Kollege Claes erkannte sie zwischen den Streifenpolizisten sofort. Mit einem tiefen Seufzen stieg sie aus.

Die Begrüßung war eher halbherzig. Claes führte sie zu einem dunkelgrünen Geländewagen, Typ Land Rover Defender, der klassische Jeep der britischen Traditionsfirma. Dieser schien ein älteres Modell zu sein.

Claes deutete zum Seitenfenster.

Tanja beugte sich vor und blickte hinein. Im Wageninneren herrschte totales Chaos. Der Boden vor dem Beifahrersitz war mit leeren Wasserflaschen, Packungen von Fast Food und anderem Müll übersät. Auf dem Sitz lagen Fotos. Alle zeigten ein und dasselbe Motiv: eine Frau und einen Mann, nahezu nackt, im Wald. Den Mann hatte sie schon einmal gesehen: allerdings bekleidet mit einer Schaffellweste. Es war der Ötzi. Auch die Frau auf den Bildern kam ihr bekannt vor.

»Was soll das bedeuten?«, wandte sie sich an Claes.

»Die Fotos! Sie zeigen unser Mordopfer Schmidt.«

Tanja zog die Stirn kraus.

»Und zwar dabei, wie er mit der Pferdetante aus Dorsel rummacht. Die bekanntlich die Ex des Tatverdächtigen Uwe Röder ist. Seine angetraute Ehefrau bis heute.«

»Die lassen wir sichern«, bestimmte Tanja. »Einer der Techniker soll den Wagen öffnen und die Bilder kopieren.«

Ein Minivan mit den Kollegen von der Spurensicherung näherte sich. Vier Typen stiegen aus, schon komplett in weiße Plastikoveralls gehüllt.

Tanja trat einen Schritt zur Seite, um sie durchzulassen. Mitten in eine Pfütze. Verdammt, jetzt waren die Wildlederschuhe ruiniert. Dann konzentrierte sie sich wieder auf den Fall.

»Also nehmen wir uns die Pferdetante noch mal zur Brust«, gab sie die Marschrichtung vor. »Scheint, als hätte die uns einiges vorenthalten. Wo steckt Röder jetzt?«

Claes zuckte die Schultern. »Der kann hier überall sein.« Er wies auf den Wald, der wie eine geschlossene Wand wirkte.

Grün in grün, dazwischen das Braun der spätherbstlichen Laubbäume.

Im Wald

Er drückte den Hering mit dem Fuß in den Waldboden. Die Zeltplane spannte sich. Nachdem er seinen Hut ein Stück weiter in den Nacken geschoben hatte, blickte er sich um: Die Sonne senkte sich über die Baumkronen. Hier auf der Lichtung war es noch hell, doch zwischen den Bäumen breitete sich bereits die Dämmerung aus. Ein Vogel sang hoch und klar. Ein Rotkehlchen.

Es war höchste Zeit, den Schlafplatz herzurichten, bevor die Nacht anbrach.

Der Ranger kramte Isomatte und Schlafsack aus seinem Rucksack. Er kaufte stets die leichtesten Modelle. Sein Job verlangte von ihm, dass er viele Kilometer in der Natur zurücklegte, da musste er nicht unnötig Ballast mitschleppen. Gestern und heute war er je über zwanzig Kilometer gegangen, hatte dabei die Markierungen von Wanderwegen überprüft, lockere Schilder wieder befestigt, notiert, wenn welche fehlten. Er tat seine Arbeit gerne; auch die vielen Wochenenden, die er draußen verbrachte, machten ihm nichts aus.

Er setzte seinen Kocher zusammen, schüttete ein wenig Spiritus rein und zündete ihn an. Dann stellte er einen Topf mit Wasser über die Flamme.

Ob Marnie sich gemeldet hatte? Vielleicht hatte sie ja Sehnsucht nach ihm bekommen. Sie würde schon noch einsehen, dass er der einzig richtige Mann für sie war, dessen war er sich sicher. Er kramte das Handy aus dem Rucksack, um nachzusehen. Natürlich war der Akku wieder leer. Hier, nahe der deutschbelgischen Grenze, wählte sich das Gerät mal in das eine, mal in das andere nationale Netz ein. Die vielen Einwahlvorgänge erschöpften den Akku, ohnehin war der Empfang schwach.

Egal. Wenn sich Marnie nicht meldete, wer sonst sollte ihn schon anrufen? Niemand wusste, wo in dem riesigen Nationalpark er sich gerade aufhielt, und das war ihm ganz recht. Während andere Menschen im Wald vor allem die Gefahr des Unbekannten spürten, war die Wildnis für ihn sein Zuhause. In der winzigen Wohnung, in die er gezogen war, fühlte er sich eingesperrt, im Büro erstickte er fast.

Das Wasser begann zu kochen. Fasziniert beobachtete er die aufsteigenden Bläschen. Als es aufwallte, hängte er einen Teebeutel in seine Tasse und goss Wasser auf.

Das Röhren eines Hirsches, das aus dem Wald kam, ließ den Ranger wieder an die Frau denken, die am Freitag bei seiner Führung in Dreiborn aufgetaucht war. Nerviges Weib. Sie hatte ihn ausgefragt, das hatte er sofort gemerkt, er war ja nicht blöd. Sie sollte sich bloß von ihm fernhalten.

Er säbelte einige Scheiben von einem Stück Eifler Speck herunter. In Gedanken versunken, fuhr er mit seinem rechten Daumen über die Schneide des Jagdmessers. Sie war scharf. Sehr scharf.

Überhaupt gab es nach Leos Tod noch einiges für ihn zu erledigen. Das Wichtigste: Marnie zurückzugewinnen. Er war Tobis Vater, das konnte sie doch nicht einfach so vom Tisch wischen. Die Familie musste wieder zusammengeführt werden. Oder war Tobi am Ende gar nicht sein Sohn?

Er starrte in die kleine Flamme des Kochers. Nein, ganz sicher war Tobi von ihm, das fühlte er tief im Inneren. Außerdem hatte er seine hellen Augen und Haare geerbt, ein deutlicher Hinweis auf seine Vaterschaft.

Marnie hatte Leo ja auch erst letztes Jahr kennengelernt, bei dieser blödsinnigen Schwitzhüttenzeremonie. Er selbst hatte sie sogar noch darin bestärkt, an dem schamanischen Ritual teilzunehmen, und war sich dabei großzügig und modern vorgekommen. Seine Frau sollte ihren Weg gehen, hatte er gedacht. So ein Blödsinn. In Zukunft würde er es zu verhindern wissen, dass sie anderen Männern zu nahe kam.

Während Uwe Röder an dem heißen Tee nippte, fiel ihm ein,

dass er mit dem Jeep in den nächsten Tagen durch die Waschanlage fahren müsste.

Der Redestab

»Gerade sitzen«, kommandierte Marnie. »Du musst oben eine Tasse Tee trinken können, während unten deine Hüften Samba tanzen.«

Ella grinste in sich hinein. Marnie hatte eine nette Art, sie mit den Grundprinzipien des Reitens vertraut zu machen. Inzwischen fühlte sie sich auf dem Rücken des braunen Wallachs schon viel sicherer als bei der ersten Reitstunde. Routiniert drückte sie ihre Unterschenkel an den warmen Leib des Tieres. Gehorsam trottete Joe in Richtung Stall.

Sie saß ab – eine Kunst für sich. Auch heute gelang es ihr, sich nicht in den Steigbügeln zu verheddern, und Marnie lobte sie. Ein warmes Gefühl durchflutete Ella. Wie früher, wenn ihr Chef sie gelobt hatte, weil sie ein scheinbar aussichtsloses Projekt gerettet hatte. Stolz. Das war es, was sie spürte. Vermisste sie ihre beruflichen Erfolge etwa? Ella dachte an die vielen Stunden zurück, die sie vor dem Computer verbracht hatte. Wie sie hektisch eine E-Mail nach der anderen rausgehauen hatte. Nein, das war nicht, wonach sie sich zurücksehnte.

Ella rieb Joe ab. Eine eher symbolische Prozedur, denn die paar Runden auf der Koppel hatten den Braunen nicht im Geringsten ins Schwitzen gebracht. Dennoch erwartete Marnie, dass Ella wusste, worauf es bei der Pflege der Tiere ankam.

Auch jetzt beobachtete sie jede von Ellas Bewegungen.

Während Ella mit dem Striegel über den Rücken des Pferdes fuhr, sagte sie beiläufig: »Du kanntest Leo doch recht gut.«

Marnie trat einen Schritt zurück und verschränkte die Arme vor der Brust. »Warum kommst du jetzt schon wieder darauf? Was soll das heißen?«

»Zwecklos, es zu leugnen.« Ella beobachtete aus den Augenwinkeln Marnies Reaktion. »Ich hab die Fotos gesehen.«

»Was für Fotos?«

»Leo und du, im Wald.«

Marnie lief rot an. Jedoch nicht vor Scham, sondern vor Wut. »Verbreitet Uwe wieder Lügen?«

Ella zuckte die Schultern. »Er hat mir die Bilder gezeigt. Sie sind eindeutig.«

Zum Glück war Marnie zu erregt, um sich darüber zu wundern, dass Ella überhaupt mit ihrem Ex Kontakt gehabt hatte. Sie kniff die Lippen zusammen, nahm Joe am Strick und führte ihn auf die Weide, wo er freudig auf die anderen Pferde zulief.

»Die Fotos haben überhaupt nichts zu sagen«, erklärte sie, als sie wieder in den Stall zurückkam, und blickte Ella direkt in die Augen. »Leo und ich haben einen Waldspaziergang gemacht, um die Energie der Bäume aufzunehmen. Dabei haben wir uns verlaufen und mussten durch Gestrüpp zurück. Danach«, sie holte tief Luft, »haben wir uns gegenseitig nach Zecken abgesucht. Dafür haben wir uns kurz – ich betone: kurz – ausgezogen. Leo hat mir immer wieder eingeschärft, dass die Biester zu den gefährlichsten Tieren Mitteleuropas gehören. Ihr Biss kann Krankheiten übertragen, sich entzünden … ach …« Sie brach ab und seufzte. »Was weißt du überhaupt von Leo?«

Ella war entsetzt. Sie hatte Marnie unrecht getan. Sie schämte sich in Grund und Boden. »Sorry«, murmelte sie.

Die Reittrainerin winkte ab. »Schon okay.«

In Ellas Kopf arbeitete es. Die Bilder zeigten anscheinend eine harmlose Szene, keinen Ehebruch. Stimmte das? Marnie klang aufrichtig, aber was, wenn Uwe Marnie die Geschichte mit den Zecken nicht abgenommen hatte? Wenn er außer sich vor Wut gewesen war? Wenn er vor Eifersucht auf Leo nicht mehr gewusst hatte, was er tat?

»Komm, lass uns einen Kaffee trinken«, unterbrach Marnie ihre Gedanken und führte Ella zu einer Sitzgruppe aus Rattan auf der überdachten Veranda des Wohnhauses. Von drinnen holte sie eine Thermoskanne und zwei Tassen.

Ellas Beine zitterten. Reiten war anstrengender als gedacht. Außerdem fröstelte sie. Sie war dankbar, sich hinsetzen zu können, und kuschelte sich in das Kissen des Rattansessels. Lieber hätte sie drinnen gesessen, vielleicht in einer warmen Küche, aber sie konnte sich ja nicht einfach selbst einladen.

Marnie nippte an ihrem Kaffee und starrte vor sich hin. Schließlich gab sie sich einen Ruck. »Du lässt ja doch nicht locker«, sagte sie. »Du willst es wirklich wissen, oder?«

»Was?«, erwiderte Ella, spürte in dem Moment jedoch: Ja, sie wollte wirklich wissen, wer Leo umgebracht hatte. Ihre kleine, heile Eifelwelt war durcheinandergeraten, und sie musste wieder Ordnung hineinbringen, sonst hätte sie keine Ruhe mehr.

»Na, das, was mit Leo passiert ist. Mein Ex ist zwar eifersüchtig und rastet gern mal aus, aber er bringt niemanden um, da bin ich mir sicher. Im Grunde ist er ein ganz Lieber. Ich denke eher, der Leo hat sich in Sachen eingemischt, die eine Nummer zu groß für ihn waren. Irgendeiner der Mächtigen hat sich durch ihn gestört gefühlt. Das ist meine Meinung.«

Jetzt hatte Marnie Ellas volle Aufmerksamkeit. »Was meinst du damit?«

»Hast du von der Sache mit den Windrädern gehört?«

»Windräder?«, echote Ella.

»Es scheint sich noch nicht herumgesprochen zu haben. Seltsam eigentlich.«

»Wovon redest du?«

»Irgend so ein Energieriese will Windräder bauen. Richtig viele. Bei euch in Antweiler.«

Ella starrte Marnie fassungslos an. Windräder in Antweiler? Schon sah sie Laster durch ihr Dorf rollen, beladen mit riesigen Bauteilen für Masten, die in den Himmel wachsen sollten. Sie schluckte. »Woher hast du das?«

»Von Leo. Er ist Amok gelaufen.«

Ella blickte Marnie unverwandt an. Ihr Kaffee stand unberührt auf dem Tisch. Eine Fliege summte, sonst war kein Geräusch zu hören.

»Natürlich nicht richtig Amok gelaufen. Aber er war total

sauer. ›Das werde ich verhindern‹, hat er immer wieder gesagt, und dann war er tagelang verschwunden. Keine Ahnung, was er gemacht hat. Die Windräder könnten doch der Grund sein.«

»Der Grund wofür?«

»Dass er …« Marnie räusperte sich. »Dass ihn jemand umgebracht hat.«

Ellas Hirn ratterte. Wollte Marnie sie mit der Geschichte ablenken, um ihren Ex zu schützen? Von Windrädern in Antweiler hatte sie überhaupt noch nie gehört. So eine Planung hätte doch öffentlich gemacht werden müssen, oder? Sicher hätte es Gerüchte gegeben, in der Eifel blieb nichts lange verborgen – und Bürgermeister und Gemeinderat hätten zuerst zustimmen müssen. Sie würde im Internet recherchieren, wie Gemeinden verfuhren, in denen ein Windpark errichtet werden sollte.

»Woher hatte Leo die Information?«

Marnie schwieg und blinzelte.

Also doch, sie bluffte nur. Wut stieg in Ella auf. »Es ist keine gute Idee, einfach solche Gerüchte in die Welt zu setzen«, fuhr sie die Reitlehrerin an.

»Das sind keine Gerüchte. Der PR-Mensch hat's uns erklärt. In der Schwitzhütte.« Marnies Mund wurde zu einer schmalen Linie.

Das heilige Schweigen galt für alles, was in der Schwitzhütte offenbart wurde. Ella erinnerte sich an Marnies Worte. Jetzt hatte sie es gebrochen.

»Was genau ist in der Schwitzhütte passiert?«, hakte Ella nach.

Marnie zögerte.

»Du willst doch auch, dass wir Leos Mörder finden.« Wir? Hatte sie sich das zur Aufgabe gemacht?

»Ich darf das Ritual nicht näher beschreiben. Kann es auch nicht, weil ich nicht zu den Eingeweihten gehöre.«

»Das Ritual an sich ist nicht wichtig. Mich interessiert, woher Leo die Info mit den Windrädern hatte.«

»Also gut.« Marnie seufzte tief. »Ein Teil der Zeremonie ist die Redestabrunde. Dabei wird ein geschnitzter Stab herumgereicht. Jeder, der ihn hält, darf so lange sprechen, wie er möchte.

Über sich, über seine Gefühle, über alles, was ihn gerade bewegt. Niemand darf ihn unterbrechen, bis er den Stab an den Nächsten weiterreicht.«

Ella blickte Marnie erwartungsvoll an.

Diese holte tief Luft. »In der Runde vor etwa einem Jahr war auch ein Kölner dabei. Von einer PR-Firma oder so was. Der hat von den Windrädern erzählt, weil er bei seiner Arbeit damit zu tun hat.«

»Und ihr habt ihm geglaubt?«

»Natürlich.« Marnie blickte sie fest an. »Bei der Redestabrunde darf nicht gelogen werden, sonst funktioniert das Ritual nicht. In der Schwitzhütte wird nur die Wahrheit gesprochen.«

Nackte Tatsachen

Peter gähnte. Wolle hatte ihn gestern Abend noch auf ein Bier eingeladen, um gemeinsam »Tatort« zu gucken. Nach der erfolglosen Suchaktion im Nationalpark Eifel war Peter ein Absacker nur recht gewesen. Durchgefroren und erschöpft war er irgendwann auf Wolles Sofa vor dem Fernseher eingenickt.

Den Ranger hatten sie natürlich nicht gefunden, dafür waren sie Stunde um Stunde durch den kalten, nassen Wald gelatscht. Der Staatsanwalt hatte auf ihre Anfrage hin einen Haftbefehl ausgestellt, aber vielleicht hatte sich Röder auch schon ins Ausland abgesetzt, bevor seine Daten an den Flughäfen überhaupt vorlagen. Falls er sich nicht doch im Wald verkrochen hatte. Es war unmöglich, den gesamten Nationalpark zu durchkämmen, und Röder kannte sich dort aus.

Aus dem einen Bier mit Wolle waren drei oder vier geworden, so genau wusste er das nicht mehr. Auch vom »Tatort« waren ihm nur noch schemenhafte Bruchstücke in Erinnerung.

Wie immer waren die TV-Kommissare superschlau gewesen, hatten Verdächtige bevorzugt in Tabledance-Bars gesucht und waren in heißen Schlitten herumgekurvt, die sie von irgendwelchen Luden beschlagnahmt hatten – Peter wünschte sich, sie hätten hier in der Eifel auch so einen Fuhrpark. Im Lamborghini durch die Kurven, das hätte doch was.

Aber statt im Lambo waren sie heute in einem biederen Škoda Fabia unterwegs, Tanjas Privatkarre. Er unterdrückte ein weiteres Gähnen, als er Tanjas Seitenblick auffing.

Der Wagen zog langsam, aber stetig von der Ahr nach Dorsel hinauf.

Es nieselte schon wieder, Nebelschwaden zogen über die Straße.

Tanja schaltete zurück, um die nächste Serpentine zu nehmen, ohne dass der Motor muckte.

»Ich hab mir gestern Abend noch mal unsere Akte vorgenommen«, sagte sie. »Da sind noch einige lose Fäden.«

Streberin! Der Sonntagnachmittag war schon draufgegangen für die Suche nach dem Ranger, und anschließend hatte sie noch die Akte studiert? Hatte sie denn gar kein Privatleben? Peter bemühte sich um eine ausdruckslose Miene.

»Die Tatwaffe. Also nicht das Messer, das ist ja klar als Jagdmesser mit Bowieschliff identifiziert. Der Rinderschocker, was ist damit?«

Ihm wurde plötzlich heiß. Hatte er sich nicht darum kümmern sollen? Irgendwo in seinem Notizblock müsste noch das Stichwort stehen.

»Du wolltest das doch übernehmen. Was ist damit? Wo kriegt man so ein Teil? Wie wirkt es?«

Peter wand sich auf dem Beifahrersitz. »Dazu bin ich noch nicht gekommen«, räumte er ein.

Tanja zog die Brauen zusammen.

Am liebsten wäre er unter den Sitz gekrochen. Er musste schon wieder gähnen. »Übersprunghandlung« hatte sein Biolehrer so was genannt, fiel ihm ein.

»Spät ins Bett?« Tanja klang beißend.

Er grunzte.

Zum Glück hatten sie jetzt die Höhe erreicht und damit die

ersten Häuser von Dorsel. Ein Trecker bog knapp vor ihnen aus einem Feldweg auf die Landstraße ein.

Tanja bremste scharf. »Kann der nicht aufpassen!«

»Recht des Stärkeren«, meinte Peter.

Schweigend zockelten sie hinter dem Traktor her.

»Das mit dem Rinderschocker erledige ich heute noch«, versprach er. Sie hatte ja recht, das hatte er verschlampt.

Tanja antwortete nicht.

Sie parkten den Škoda auf dem Platz vor dem Reiterhof und klingelten.

Die Tür öffnete sich unmittelbar. Der kleine Junge, den sie schon kannten, stand vor ihnen.

»Ist deine Mutter zu Hause?«

Tanjas Stimme klang auf einmal zuckersüß. So hatte Peter sie noch nie erlebt.

»Die ist im Stall.« Damit knallte der Junge die Tür wieder zu.

Tanja eilte Richtung Stall, Peter trabte hinterher.

Sie zog die Tür auf.

Es dauerte eine Weile, bis sich seine Augen an das Halbdunkel gewöhnt hatten, dann machte er weiter hinten eine Bewegung aus.

»Frau Röder!«

Peter zuckte zusammen. Tanjas Stimme war überraschend laut. Von zuckersüß war nichts mehr zu hören.

»Wer ist da?«

Sie gingen in den Stall. Es roch intensiv nach Pferd, Staub hing in der Luft.

Die Reitlehrerin stand neben einem riesigen braunen Pferd mit weißer Blesse und fuhrwerkte mit irgendwelchen Bürsten an dem Tier herum.

Peter musterte sie jetzt genauer als bei ihrem ersten Besuch. Die Frau war attraktiv. Schlank, aber nicht zu schlank. Mitte zwanzig, schätzte er. Sein Blick glitt über ihren Körper. Schade, dass ihm die Hinteransicht verborgen blieb. Schnell rief er sich zur Ordnung. Pferdefrauen war nicht zu trauen. Den Erfahrungen seiner Kumpels nach war dieser Typ Frau mehr an den Vierbeinern interessiert als an allem anderen. Kein Wunder, dass die Beziehung mit dem Ranger geplatzt war. Wahrscheinlich hatte sich Marnie Röder liebevoller um die Gäule gekümmert als um ihn.

»Frau Röder, wir würden Ihnen gerne etwas zeigen. Hätten Sie einen Moment für uns?« Tanjas Tonfall machte klar, dass die Frage rhetorisch war.

Die Frau blickte unter dem Hals des Pferdes hervor. »Okay«, meinte sie zögerlich. »Einen Moment bitte.« Sie tätschelte das Tier zärtlich.

Ich hatte recht, dachte Peter. Bei ihr drehte sich alles um die Pferde, sie standen an erster Stelle, dann kam lange nichts, dann wahrscheinlich ihr Sohn. Sicher bekam der Gaul pro Tag mehr Streicheleinheiten, als der Ex während der ganzen Ehe bekommen hatte.

Marlene Röder hakte einen Strick mit einem Karabiner am Halfter des Braunen ein, zog ihn zur Wand der Scheune und legte ihn über einen Haken. Dann wandte sie sich den beiden Beamten zu. »Kommen Sie mit.«

Während sie zurück zum Haus gingen, konnte Peter endlich den breiten Hintern der Reitlehrerin bewundern. Oben schlank, aber ein ausladendes Hinterteil. Vermutlich breit gesessen auf dem Rücken der Pferde, dachte er. Nicht schlecht, so richtig was zum Anfassen.

Allzu schnell standen sie auf einer Terrasse mit Gartentisch und Rattanstühlen.

»Was gibt's?« Marlene Röder war kurz angebunden.

Statt einer Antwort zückte Tanja ihr Handy, tippte und wischte darauf herum und hielt es dann der Frau hin.

Die griff danach, bewegte es hin und her, vermutlich, um Spiegelungen auf dem Display zu vermeiden, und wischte ebenfalls mehrmals.

»Wo haben Sie die her?« Jetzt klang Marlene Röder nicht mehr nur kurz angebunden, sondern noch dazu aggressiv.

»Das ist egal. Wie war Ihre Beziehung zu Leonhart Schmidt? Doch etwas intimer?« Tanja zog das Wort süffisant in die Länge.

»Das war nicht so, wie Sie denken.« Die Reitlehrerin stöhnte genervt auf. »Hat die Dorn Sie darauf gebracht?«

Tanja blickte überrascht zu Peter, dann wieder zu Marlene Röder. »Ella Dorn? Was hat die denn damit zu tun?«

»Ach, egal.« Marlene Röder winkte ab. »Die Fotos sind völlig missverständlich. Leo und ich waren befreundet, aber nicht intim miteinander, wie Sie es nennen.« Jetzt hörte sie sich genauso süffisant an wie Tanja zuvor. Äffte sie sie etwa nach?

Peter beobachtete, wie ein Muskel an Tanjas Mund zuckte.

»Für mich sehen diese Fotos ganz eindeutig aus«, beharrte die Kollegin.

Marlene Röder biss sich auf die Lippen. »Leo und ich, wir sind immer mal wieder zusammen in den Wald gegangen. Wir brauchen das. Also ... er brauchte die Natur genauso wie ich.« Über ihre Augen legte sich ein Schleier. »Als die Bilder entstanden, war ich erstens schon von Uwe getrennt, und zweitens lief zwischen mir und Leo gar nichts. Die Bilder sind missverständlich«, wiederholte sie und schob trotzig nach: »Wir haben uns nach einem Spaziergang nur nach Zecken abgesucht.«

»Zecken, soso.«

Peter nahm Tanjas Handy und wischte auf dem Display herum, um sich die Bilder, die sie von den Fotos in Röders Jeep gemacht hatte, in schneller Folge nacheinander anzusehen. Die Hände des Ötzi waren überall an Marlene Röders Körper. Allerdings nicht zwischen ihren Beinen. Auf einem schien er ihre Arme zu heben, die Achselhöhlen zu untersuchen. Die Fotos konnten ein ausgedehntes Vorspiel zeigen, aber auch die Version der Frau bestätigen, dachte Peter. Früher war ein Zeckenbiss eine harmlose, wenn auch schmerzhafte Sache gewesen, doch heute übertrugen die Viecher gefährliche Krankheiten wie Borreliose und Hirnhautentzündung.

»Uwe hat die Fotos gemacht, richtig?« Die Reitlehrerin klang empört. »Er wollte nicht einsehen, dass es zwischen uns aus ist. Bestimmt ist er mir gefolgt.«

Tanja ging nicht auf die Frage ein. »Sie hatten was mit Leo Schmidt, Ihr Mann kam dahinter, und dann ... Ein typischer Fall von Eifersucht, würde ich sagen. Passt zur Statistik. Eifersucht gehört zu den Top Ten der Mordmotive.«

»Aber es ist, wie ich es sage. Ich hatte nichts mit Leo. Wir haben uns ausgezogen, okay, aber nur, um sicherzugehen, dass wir keine Zecken haben.«

Tanja warf ihr einen »Wer's glaubt, wird selig«-Blick zu. »Außerdem reicht es ja schon aus, wenn Ihr Mann geglaubt hat, dass Sie was miteinander hatten.«

Marlene Röder starrte sie wütend an. »So war's aber nicht«, presste sie hervor.

»Das werden wir herausfinden.«

Auch unerwiderte Liebe könnte ein Motiv sein, dachte Peter. Vielleicht hatte die Pferdefrau den Naturmenschen geliebt, aber dieser hatte nichts für sie übriggehabt. Oder nicht genug.

»Wo waren Sie eigentlich am Abend des 31. Oktober?«, fragte er.

Marlene Röder verdrehte die Augen. »Muss ich im Kalender nachsehen.« Sie tippte auf ihrem Smartphone herum. »Aha«, murmelte sie und blickte die beiden Beamten triumphierend an. »Da war ich beim Treffen der Möhnen hier im Gemeindehaus. Wir bereiten uns auf die Karnevalssession vor. Am elften Elften geht's los.«

Tanja zog Peter mit sich und ließ die Reitlehrerin einfach auf ihrer Terrasse stehen.

Der Werber

»Wir sind auf der Suche nach einer PR-Agentur, die für uns ein politisch, sagen wir mal, heikles Thema bearbeiten soll. Es geht um erneuerbare Energien, genauer gesagt um den Bau von Windkraftanlagen.«

Säusel, säusel, flöt, flöt. Ella war überrascht, wie leicht ihr die Businesssprache über die Lippen ging, und das über drei Jahre nachdem sie aus der hektischen Welt der Berater ausgestiegen war. Marnie hatte ihr noch den Namen des PR-Menschen aus der Schwitzhütte verraten. Jedenfalls fast. Bernd, Björn, Bernhard oder so ähnlich hatte der Gute geheißen. Wenn er sich denn überhaupt mit seinem richtigen Namen beim Schamanen angemeldet hatte. Während sie telefonierte, wünschte sich Ella sehnlichst, dass an der ganzen Sache mit der Windanlage nichts dran war.

»Sie sind mir empfohlen worden. Mein Kollege meinte, Sie hätten da eine echt sexy Agentur an der Hand.« Ellas Recherchen beim Bundesverband Windenergie hatten ergeben, dass es nur drei Energieunternehmen gab, die in der Eifel Windkraftanlagen bauten. Zwei hatten ihre Anfrage bereits höflich, aber entschieden zurückgewiesen. Sie benötigten die Dienste einer PR-Agentur nicht, hatten die Pressesprecher gesagt.

»Ich muss mal eben meinen Chef fragen, ob wir den Namen rausgeben dürfen«, flötete die junge Frau am anderen Ende der Leitung jetzt zurück. »Datenschutz, Sie wissen schon. Bleiben Sie bitte dran.«

Das Telefon klickte, dann ertönte Dudelmusik in Dauerschleife.

Das klang doch schon mal vielversprechend. Jedenfalls hatte sie nicht rundheraus geleugnet, mit einer PR-Agentur zusammenzuarbeiten.

Der Stimme nach stellte sich Ella vor, dass sie mit einer jungen Frau sprach, einer Praktikantin oder Berufseinsteigerin. Sie war zum Telefondienst eingeteilt, weil sie so hübsch klang, das war doch klar.

Es klickte wieder im Hörer, statt der Dudelmusik flötete erneut die junge Stimme: »Darf ich noch mal fragen, für wen Sie anrufen?«

Ella nannte den Namen der Frankfurter Consulting-Firma, bei der sie früher gearbeitet hatte.

Eine Pause entstand. Offensichtlich machte sich ihre Gesprächspartnerin Notizen. »Wir greifen für den Bürgerdialog auf professionelle Hilfe zurück«, sagte sie dann. »Unsere Agentur in Köln können wir Ihnen nur empfehlen, wir haben ausschließlich gute Erfahrungen mit ihr gemacht, gerade bei sensiblen Themen. Sie heißt ›Denkwerkstatt‹.« Die Frau gab eine Telefonnummer durch.

Ella bedankte sich herzlich.

»Keine Ursache«, sagte die junge Stimme. »Allerdings glaube ich, die sind mit der Arbeit für uns schon ziemlich ausgelastet.« Kichernd beendete sie das Gespräch.

Was gab es da zu kichern?, fragte sich Ella, als auch sie aufgelegt hatte. Das junge Huhn klang völlig überdreht. Wahrscheinlich zu viel Arbeit und zu viel Kaffee. Dazu der Glaube, die Welt mit erneuerbaren Energien verändern zu können. Die feste Überzeugung, hip und sexy zu sein. Oder die junge Frau hatte sich mit Ritalin oder Koks vollgepumpt, um den Arbeitsalltag durchzustehen und abends noch feiern gehen zu können. Wie viele von Ellas früheren Kollegen. Sie hingegen hatte sich für die Droge Arbeit entschieden, bis sie zusammengebrochen war.

Ella rief die Website der Agentur auf. »Denkwerkstatt«, soso. Ein Name, der in den neunziger Jahren des vergangenen Jahrhunderts modern gewesen sein mochte. Damals hatte die Medienwelt mit einem proletarischen Hintergrund kokettiert. »Fabrik« und »Werkstatt« hatten damals schick geklungen, erinnerte sich Ella. Selbst Friseure hatten sich Namen wie »Schnittfabrik« gegeben.

Sie klickte den Menüpunkt »Unser Team« an. Junge, glatte Gesichter strahlten ihr entgegen. Sie scrollte nach unten. Da: Björn Börnsen. Das könnte er sein.

Sein Gesicht sah genauso jung aus wie die seiner Kollegen, soweit es hinter dem langen, äußerst gepflegten Bart überhaupt zu erkennen war. Den Bildern nach zu urteilen, war keiner aus dem Team über dreißig. Eher unter fünfundzwanzig, schätzte Ella.

Typisch. Als Beraterin hatte sie auch mit Werbern zu tun gehabt. Wenn die Analyse ergeben hatte, dass ein Kunde ein gutes Produkt besaß, es aber zu wenig bekannt war, wurden Marketingagenturen an Bord geholt. In deren Teams war nie jemand über dreißig gewesen, erinnerte sich Ella. Werber erreichten früh ihr Verfallsdatum.

Aber wie war ein Hipster aus einer angesagten Kölner Werbeagentur in eine Schwitzhütte in der Eifel geraten? Hobbyindianer oder was? Hatte er seinen Lumberjack-Look durch eine authentische Erfahrung untermauern wollen?

Ella griff wieder zum Hörer. Es musste einen Weg geben, den Hipster zum Sprechen zu bringen.

Der Winzer

»Der Rinderschocker bringt uns nicht weiter.« Peter blickte von den Aufzeichnungen hoch.

Es war ein diesiger Tag geblieben. Alles grau in grau, eigentlich normal für November.

Tanja nahm mit ihrem Škoda eine weitere Kurve der Straße runter zur Mosel. Sie wollten endlich den Bruder des Getöteten besuchen. Tanja war ganz aufs Fahren konzentriert und fragte nicht nach.

Peter war es nur recht so. Kollege Becker hatte für ihn die Informationen über das Gerät eingeholt, das musste die Aufsteigerin aus Koblenz nicht unbedingt wissen. »Jeder kann so einen Taser im Internet bestellen«, fuhr er fort. »Aber es gibt sie in ganz unterschiedlichen Ausführungen.«

»Ein Taser, der ein Rind nur erschreckt, könnte einen Menschen umbringen, oder?«, gab Tanja zu bedenken. »So ein Rind wiegt doch viel mehr als ein Mann.«

Peter starrte auf die Infos, die Kollege Becker ihm zusammengestellt hatte. Schließlich sprang ihm der Absatz ins Auge, nach dem er gesucht hatte: »Bei der Wirkung kommt es nicht nur auf das Gewicht des Menschen oder Tiers an, sondern auch auf die Spannung des Geräts. Also, nicht die Stromstärke in Volt, sondern die Spannung in Ampere.«

Tanja grunzte. »Ist doch klar.«

Peter seufzte. Physik war nicht gerade sein Lieblingsfach in der Schule gewesen, aber Tanja kannte sich offenbar auch mit Elektrik aus, die Streberin.

»Kann die Rechtsmedizinerin sagen, welche Spannung der Taser hatte, der den Ötzi verletzt hat?«

Eigentlich eine naheliegende Frage. Peter hätte sich am liebsten in den Hintern gebissen, dass nicht er persönlich die Forensikerin angerufen hatte. »Krieg ich raus«, versprach er.

Als sie das Ortsschild von Kobern-Gondorf passierten, ging es steil und in engen Kurven bergab ins Moseltal. Tanja bremste den Škoda runter, schaltete zurück und parkte schließlich vor einem Haus mit dem Holzschild »Gerd Schmidt – Winzer«. Neben dem Namen war eine stilisierte Weinrebe eingebrannt.

Sie fragten nach dem Winzer. Dieser sei gerade damit beschäftigt, eine Busladung Touristen durch das Weingut zu führen, erklärte die Frau am Empfang.

Sie fanden die Touristen in einem großen Saal mit einem sehr langen Tisch mit mehreren Weinflaschen und jeder Menge Gläser. Sie standen in lockeren Gruppen beisammen, jeder hielt ein Weinglas in der Hand.

Gerd Schmidt stand am Kopfende des Tisches, ein kleiner, feister Mann mit roter Nase. Er machte den Eindruck, als würde er seinem eigenen Produkt gern zusprechen. Gerade erklärte er wortreich die Unterschiede verschiedener Jahrgänge seines Gewächses.

Peter trat ungeduldig von einem Fuß auf den anderen. Über Bier konnte man ja stundenlang reden, aber über Wein? Wirklich erstaunlich, was der Mann alles zu sagen hatte. Als er schließlich zum Ende gekommen war, strömten die Besucher zum Ausgang.

Tanja drängelte sich durch die Leute, stellte sich vor den Winzer und redete auf ihn ein.

Der wies auf die Stühle an dem Tisch, um den eben noch die Touristen gestanden hatten. Peter ging zu den beiden hinüber.

Als sie allein im Raum waren, griff Gerd Schmidt zu einer Flasche Rotwein und bot ihnen ein Glas an. Beide winkten ab.

»Wir sind im Dienst«, sagte Tanja. Sie sprachen dem Winzer ihr Beileid aus für den Verlust seines Bruders.

»Wann wird die Leiche denn freigegeben? Wir müssen schließlich die Beerdigung organisieren«, sagte Schmidt.

Tanja hob die Augenbrauen. »Das kann noch ein wenig dauern. Unsere Untersuchungen sind noch nicht abgeschlossen.«

»Geht's etwas genauer? Was glauben Sie, was wir noch zu tun haben? Von jetzt bis Weihnachten haben wir Hochsaison.«

Der Mann schien nicht gerade in Trauer zu versinken. Peter hatte keinen Bruder, sodass es ihm schwerfiel, sich den Verlust vorzustellen, aber der Tod seiner Mutter hatte ihn sehr mitgenommen. Lange Zeit hatte er eine grenzenlose Leere in sich gespürt.

»Wir sind dabei, den Tod Ihres Bruders aufzuklären. Haben Sie eine Idee, wer es gewesen sein könnte?« Tanjas Stimme klang scharf.

Gerd Schmidt blickte zu Boden. Er atmete schwer. »Keine Ahnung«, sagte er und schaute Tanja direkt in die Augen. »Wir hatten wenig Kontakt. Leo lebte wie ein Hippie, statt uns hier zu unterstützen. Dabei hätten wir jede Hand gebrauchen können.«

Eine ausweichende Antwort. Tanja ließ nicht locker. Sie fragte nach seinem Alibi für die Tatnacht.

»Wir arbeiten hier. Und zwar Tag und Nacht. Wie soll ich mich erinnern, was ich zu einer bestimmten Zeit gemacht habe?« Der Winzer klang noch giftiger als zuvor.

»Wenn Sie sich nicht erinnern können, müssen wir Sie leider auf die Liste der Verdächtigen setzen.« Auch Tanja wurde nicht freundlicher. »Und zwar ganz oben. Meist sind die Täter in der Familie zu finden.«

Peter sog hörbar Luft ein. Selten hatte er Tanja so bissig erlebt.

Gerd Schmidt griff nach seinem Handy und drückte eine Taste. »Schatz, kannst du mal eben kommen?« Er klang jetzt sanft und liebevoll. »Die Polizei ist hier wegen der Sache mit Leo. Ich brauche deine Hilfe.« Er wandte sich wieder Tanja und

Peter zu. »Meine Frau ist das Gedächtnis in unserer Ehe. Sie weiß immer, wann ich wo war.«

Großstadtprobleme

Ella rangierte den Benz rückwärts in die Parklücke neben der Betonsäule. Fuhr noch mal vor, korrigierte den Winkel, fuhr wieder zurück. Der Kotflügel glitt einen Zentimeter an der Säule vorbei. Erleichtert atmete sie aus. Sie war völlig aus der Übung, was das Einparken anging. In der Eifel gab es immer genug Platz. Das Parkhaus am Kölner Dom kam ihr besonders eng vor.

Sie lehnte sich auf dem Fahrersitz zurück. Der Stau vor Köln hatte sie bereits eine halbe Stunde gekostet, und dann hatte sie sich in der City verfahren. Dabei hatte sie doch jahrelang den Großstadtverkehr in Frankfurt gemeistert. Aber unter den Rheinbrücken hatte das Navi kein Signal gehabt. Egal, jetzt war sie jedenfalls da. Die Werbeagentur, bei der sie einen Termin hatte, residierte an einer prestigeträchtigen Adresse in der Nähe.

Ella raffte sich auf, stieg aus und schloss das Auto ab. Im Parkhaus roch es durchdringend nach Urin. Sie versuchte, möglichst flach zu atmen, und eilte hinüber zum Aufzug. Der spuckte sie nahe der Domplatte aus.

Herden von Touristen schoben sich über den Platz, machten Selfies, redeten in allen Sprachen durcheinander. Ella bahnte sich ihren Weg durch die Menge. Der Schweiß brach ihr aus. So viele Menschen auf einmal! Selbst an Markttagen in Hillesheim war nicht derart viel los.

Natürlich hatte die Agentur ein riesiges Schild mit ihrem Logo neben der Haustür angebracht. Ella lehnte sich gegen die Wand und atmete tief durch. Dann gab sie sich einen Ruck und klingelte. Ein Summer ertönte. Ella drückte die Tür auf, ging zum Aufzug und fuhr ins oberste Stockwerk.

Am Empfang des Büros saß ein sehr schlankes Mädchen mit

langen hellen Haaren, die an den Spitzen blau gefärbt waren. War sie überhaupt schon volljährig? Ella überlegte, ob Agenturen jetzt schon Schülerpraktikantinnen an die Rezeption setzten. Oder sie war Berufsanfängerin und schuftete von morgens bis tief in die Nacht, das Ganze für einen Hungerlohn. Wie gut, dass sie selbst Wirtschaft studiert hatte und nicht »irgendwas mit Medien«. Da hatte sie wenigstens gut verdient. Zumindest, solange sie die eisenharten Arbeitszeiten durchgehalten hatte. Ella rief sich zur Ordnung. Der Burn-out hatte ihr ja gezeigt, dass ihre Berufswahl auch nicht die beste gewesen war. Kein Grund, auf die PR-Tussi hinabzusehen.

Bevor sie ihr Anliegen auch nur vorbringen konnte, kam ein Mann aus einem der hinteren Räume. Er wirkte wie ein Wikinger, allerdings auf Hipster-Art. Riesengroß, das lange rotblonde Haar zu einem Dutt am Hinterkopf zusammengefasst. Ein Bart, der aussah, als würde er ihn jede Stunde fein säuberlich kämmen. Das musste Björn Börnsen sein. Er ähnelte dem Foto auf der Agenturwebsite, nur die Frisur war eine andere.

Ella entschuldigte sich bei dem Werber umständlich für ihre Verspätung. Sie merkte, dass sie es nicht mehr gewohnt war, geschäftsmäßig aufzutreten. Dabei hatte sie extra einen dunklen Blazer aus dem Schrank gekramt. Eine Ecke ihres Kleiderschranks war noch immer mit den Büroklamotten gefüllt, die sie einst in Frankfurt getragen, in der Eifel aber nie benötigt hatte. Jetzt kam ihr das zugute.

Björn Börnsen führte sie einen Flur entlang, von dem mehrere Büros mit Glastüren abzweigten. In den Räumen saßen junge Menschen und starrten auf riesige Bildschirme.

In einer Nische blieb der Werber stehen. Eine gigantische Kaffeemaschine mit viel Chrom funkelte. »Kaffee?«

»Gerne einen Cappuccino.« Der würde Ella guttun. Der Markenname auf der Maschine garantierte, dass das gute Stück einen hohen vierstelligen Betrag gekostet hatte und etwas taugte.

Das Ungetüm besaß mehr Knöpfe als ihr Auto. Börnsen stellte eine Tasse unter die Düse, drückte geschickt mehrere Tasten, die Maschine begann zu rattern und zu zischen und spuckte schließlich den Cappuccino aus. Börnsen stellte ihn zur Seite, nahm eine Espressotasse, drückte wieder. Erneut ratterte und zischte es, ein dunkler, dünner Strahl ergoss sich in das Tässchen.

»Zucker?«

Ella schüttelte den Kopf.

Börnsen griff sich zwei Päckchen Zucker aus einer Schale und stellte alles auf ein Tablett, das er in ein kleines Büro balancierte.

Ella nahm Platz, trank einen Schluck von ihrem Cappuccino. Er war wirklich nicht schlecht.

Börnsen legte die Hände zusammen. »Wir sind eine Full-Service-Agentur für sensible politische Themen«, begann er. »Bürgerdialog ist unsere Stärke. Was kann ich für Sie tun?«

Ella holte tief Luft und setzte zu dem Vortrag an, den sie sich auf der Fahrt hierher zurechtgelegt hatte. Von Verantwortung wollte sie sprechen, von Energiewende und Nachhaltigkeit und vielleicht auch von der Bedeutung lokaler Mitsprache. »Ach, Scheiße«, brach es stattdessen aus ihr heraus. »Ich komme aus der Eifel. Leo ist tot.«

»Leo? DER Leo?« Börnsen erbleichte.

Sie nickte.

Der Werber presste die Lippen aufeinander, schwieg. Dann kippte er seinen Espresso in einem Schluck hinunter. »Er war doch fit und gesund … Ein Unfall?«

»Ermordet.«

Börnsen wurde noch bleicher, wenn das denn möglich war. »Furchtbar.«

Ella beobachtete ihn. Der Mann verstellte sich nicht. Sein Entsetzen war echt. Bis eben hatte er von dem Mord nichts gewusst. Wahrscheinlich las er keine Eifelblättchen, und die überregionalen Medien hatten die Geschichte nicht aufgegriffen. Noch nicht? Das Drumherum mit der keltischen Kultstätte hätte sich eigentlich für einen reißerischen Bericht in der »BILD« angeboten, sinnierte Ella. Gut, dass die keine Reporter in der Eifel hatten. Gab wohl zu selten eine Sensation dort. Noch immer starrte Börnsen sie erschrocken an.

»Ja, am Goloring …«, wollte sie erklären.

»Das war Leo?« Börnsen sprang auf. »Ich glaube, ich brauch jetzt etwas Stärkeres als Kaffee.«

Er bedeutete Ella, ihm zu folgen, verließ das Büro, nahm den Aufzug und wandte sich auf der belebten Straße nach rechts.

Ella lief schweigend neben ihm her. Inmitten eines Stroms aus Menschen. Autos fuhren vorüber, eins hupte. Eine Frau kam ihr entgegen, eingehüllt in eine Wolke süßlichen Parfüms. Ella schluckte. Ein Mann eilte an ihnen vorüber und streifte ihren Arm.

Sie querten die Straße. An der Ecke wurde der Asphalt erneuert, ein Arbeiter rammte dröhnend einen Presslufthammer in den Boden. Der Bürgersteig schien zu vibrieren.

»Achtung!« Ein Typ in Anzug auf einem E-Scooter surrte über den Bürgersteig. Im letzten Moment konnte Ella ausweichen.

Börnsen ging unbeeindruckt weiter.

Ella wünschte sich in die Eifel zurück.

Börnsen führte sie zu einer Kneipe. »Gaffel Kölsch«, verkündete das Schild über der Tür. Drinnen war es düster. Am Tresen hielten sich einige Männer fest, starrten in ihre Biergläser. Die Luft war zum Schneiden. Es roch nach schalem Bier, Zwiebeln und altem Fett.

Ella wunderte sich, dass Börnsen die Kaschemme kannte. Vielleicht war sie sein Rückzugsort, wenn er sich nach einem Tag in der bunten Werbewelt erden musste. Vielleicht erinnerte sie ihn auch an eine Dorfkneipe in seiner norddeutschen Heimat.

Im Vorbeigehen orderte Börnsen an der Theke zwei Kurze.

Schweigend warteten sie an einem der hinteren Tische, bis der Schnaps serviert wurde. Kippten ihn auf ex. Setzten die Gläser gleichzeitig ab.

Dann schaute Börnsen sie aufmerksam an. »Was ist passiert?«

Ella erzählte von Leos Tod am Goloring.

Der Werber wandte seinen Blick nicht einen Moment von ihr ab. Langsam strich er über seinen Bart. »Wie schrecklich. Ausgerechnet Leo, der nun wirklich niemandem etwas zuleide getan hat.« Er stockte. »So ein friedlicher Mensch und so ein Ende.«

»Kanntest du ihn schon länger?« Ella fand, sie könne den

Mann auch duzen, wenn sie schon über so intime Themen sprachen. So könnte sie vielleicht eine vertrauliche Atmosphäre schaffen, und Werber duzten sich doch sowieso alle, oder?

Börnsen zögerte. »Nein, vor etwa einem Jahr oder so habe ich bei ihm an einer Art Ritual ... teilgenommen. Einer Heilung.«

»Die Schwitzhütte.«

»Du hast davon gehört?« Er wirkte schon wieder geschockt.

»Deshalb bin ich hier. Ich muss wissen, was das für eine Geschichte mit den Windrädern ist.«

»Das heilige Schweigen wurde gebrochen.« Plötzlich starrte er sie finster an.

»Das heilige Schweigen ist jetzt nicht mehr wichtig. Ein Mensch wurde ermordet. Leo.« Ella starrte zurück. »Ich will herausfinden, wer das getan hat.«

»Das muss ein Irrtum gewesen sein. Eine Verwechslung. Ein Unfall, was weiß ich.«

»Das glaube ich nicht. Jemand ist Leo bis zum Goloring gefolgt und in das Gelände der Kultstätte eingedrungen, das abgesperrt ist. Das war kein Zufall. Jemand hatte es gezielt auf ihn abgesehen.« Ella ließ ihm Zeit, die Information sacken zu lassen, dann wiederholte sie: »Was ist mit den Windrädern?«

»Wieso ist das so wichtig?«, wand sich Börnsen noch immer. »Was in der Schwitzhütte besprochen wird, darf nicht nach außen dringen.«

Der Mann war wirklich schwer von Begriff. Ella hatte Verständnis für Zeremonien, Rituale und Heilungen, aber nicht, wenn es um Mord ging. Börnsen sollte gefälligst den Mund aufmachen. »Offensichtlich hat schon jemand vor dir darüber gesprochen«, erinnerte Ella ihn. »Sonst wäre ich nicht hier.«

Börnsen winkte Richtung Tresen, und der Wirt griff zur Kornflasche.

Ella beschloss, keinen Alkohol mehr zu trinken. Sie wollte fahrtüchtig bleiben. Nicht mehr Zeit als nötig in Köln verbringen.

Börnsen räusperte sich. »Ich liebe meinen Job. Spannende Projekte, tolle Kollegen. Mit unserer Arbeit tragen wir zu mehr

Transparenz und Demokratie bei. Aber bei dem Auftrag von dem Energieprovider, da stimmt was nicht. Mein Chef …«

Der Wirt stellte zwei weitere Kurze vor sie auf den Tisch. Börnsen kippte seinen sofort hinunter.

Ella sagte: »Für mich bitte einen Kamillentee.«

»Ham wir nicht«, blaffte der Mann und starrte ihr unverhohlen in den Ausschnitt.

Ella war sich bewusst, dass ihre Bluse unter dem Blazer viel zu viel offenbarte. Schnell zog sie die Anzugjacke mit einer Hand vorne zusammen. Der Wirt ging zum Tresen zurück.

Sie rührte ihr Glas nicht an und wandte sich wieder Börnsen zu. »Was genau war mit dem Auftrag nicht in Ordnung?«

Er blickte in das leere Schnapsglas. »Das Team war mehrheitlich dagegen, ihn anzunehmen, aber mein Chef hat ihn durchgedrückt. Auch ich hatte echt Probleme damit. Deshalb habe ich das Ritual in der Schwitzhütte gebucht. Eine Bekannte hatte mir davon erzählt. Ihre Reitlehrerin hatte an so einer Zeremonie teilgenommen, kurz vor einer schwierigen Trennung.«

Das musste Marnie gewesen sein.

»Das Schwitzen reinigt nicht nur den Körper, sondern auch die Seele. Ich brauchte das. Es ging mir ziemlich schlecht zu der Zeit.« Er stockte. »Leo …«

Es war offensichtlich, dass Börnsen gerne über seine Seelenprobleme sprach, aber Ella wollte harte Fakten. »Leo hat dir geholfen«, beendete sie den Satz.

»In der Schwitzhütte begibt man sich auf eine Art innere Reise. Mit Sauna hat das nichts zu tun.« Börnsen suchte nach Worten. »Die Hitze, die Enge … dazu der Rauch und der Duft der Kräuter … Leo hat uns auf dieser inneren Reise geführt. Wäre er nicht gewesen, hätte ich die Hütte bald verlassen. Es war irre heiß, und die Zeremonie dauerte Stunden.«

Ella rekapitulierte im Stillen, was sie über das Ritual der Schwitzhütte bisher recherchiert hatte. Es gab zwei wichtige Rollen: die der Wassergießerin und die des Feuerhüters. Der Feuerhüter verkörperte das männliche Prinzip, die Wassergießerin das weibliche. Wer wohl die Wassergießerin gewesen war?

Vielleicht Marnie? Aber wäre sie nicht zu jung für eine solche Rolle? Jedenfalls eröffnete die Wassergießerin die Zeremonie und sprach Gebete, während der Feuerhüter heiße Steine von draußen in die Hütte trug. Das war sicherlich Leos Aufgabe gewesen. Die Zeremonie ehrte das Männliche und das Weibliche sowie die Vereinigung der vier Elemente Erde, Luft, Feuer und Wasser. Ella hatte auch in Erfahrung gebracht, dass Menschen mit labiler Gesundheit von einem Aufenthalt in einer Schwitzhütte abgeraten wurde. Offensichtlich war die Zeremonie körperlich wie seelisch zehrend.

»Was genau an dem Auftrag hat dich belastet?«, fragte sie Börnsen.

»Es sind Windräder geplant in einem Dorf in der Eifel. Wir begleiten das Projekt kommunikativ.«

Ella stöhnte innerlich. Dem Mann musste sie wirklich alles aus der Nase ziehen. »Ist das nicht das Kerngeschäft eurer Agentur? Euer täglich Brot, wenn ich es richtig verstanden habe?«

»Schon, aber normalerweise betreuen wir die Projekte von Anfang an. Bei diesem hatte der Energieprovider schon alles vorangetrieben; die Planung war sehr weit gediehen.« Er strich sich wieder über den Bart. »Für eine partizipative Planung hätten wir früher eingebunden werden müssen.« Er blickte sie starr an. »Aber unsere Agentur hat einen Bonus bekommen dafür, dass sie zu einem so späten Zeitpunkt eingestiegen ist. Einen fetten Bonus, ich habe den Vertrag gesehen.«

»Eine Art Schmerzensgeld?« Ella erinnerte sich an ihre Consulting-Zeiten. Besonders unangenehme oder schwierige Projekte waren häufig besser bezahlt worden.

Börnsen brummte etwas Unverständliches. »Mir scheint, in der Eifel, hinter den sieben Bergen, sind sie nicht so fit in Sachen Planungsrecht. Oder jemand hat einfach gepennt. Mit dem Dialog in Antweiler hätte schon viel früher angefangen werden müssen.«

Da war er, der Name, den Ella so gefürchtet hatte. Die ganze Zeit hatte sie gehofft, dass Marnie etwas falsch verstanden hatte. »In Antweiler?«

Börnsen nickte.

»Ich wohne da.« Ellas Stimme klang auf einmal brüchig.

Börnsen schien zu verstehen. Er zog sein Handy aus der Tasche und tippte darauf herum. Dann hielt er es so, dass sie das Display sehen konnte. Er hatte eine Karte aufgerufen. Sie erkannte einen Fluss, die Ahr. Ein paar gewundene Straßen und Linien, die ansteigendes Gelände symbolisierten: Antweiler.

Mit seinem manikürten Zeigefinger wies Börnsen auf eine Stelle, an der ein dunkelgrüner Bereich an einen hellgrünen grenzte. Wald neben Wiese. »Hier sind sie geplant.« Dann deutete er mitten in das dunkelgrüne Areal. »Und hier.«

Ella stockte der Atem. Wenige hundert Meter davon entfernt stand ihr Haus. Sie griff zum Schnapsglas und schüttete den Klaren runter. Er brannte in der Kehle. Dann wurde ihr schwarz vor Augen.

Sprechende Elfe

»Wir würden gerne etwas mehr über das Leben Ihres Bruders erfahren«, sagte Tanja.

Gerd Schmidt starrte sie wütend an, als die Tür aufging und ein zartes kleines Wesen in den Raum schwebte.

Tanja fühlte sich bei seinem Anblick an eine Elfe aus einem Märchenfilm erinnert. Claes neben ihr reagierte unübersehbar auf die Erscheinung. Wie Männer nun mal so waren. Er starrte die Elfe gierig an.

Der Winzer legte besitzergreifend den Arm um die Taille seiner Frau. »Schatz, weißt du noch, wo ich am 31. Oktober war?«

Das erstaunliche kleine Wesen zückte sein Handy, tippte mit Winzfingern darauf herum und verkündete keine drei Sekunden später: »Da waren wir auf der Weinmesse in Trier. Tagung mit den Einkäufern.«

Gerd Schmidt blickte Tanja triumphierend an. »Sie haben

es gehört, wir waren den ganzen Tag in Trier. Jetzt erinnere ich mich auch. Dafür gibt es Dutzende Zeugen.«

Tanja notierte die Aussage gewissenhaft in ein kleines Heft. »Von wann bis wann genau?«

»Etwa von neun bis achtzehn Uhr.«

»Und danach?«

Gerd Schmidt schwieg.

»Da hatten wir doch das gemeinsame Abendessen mit den Einkäufern aus China, Schatz«, antwortete die Elfe sofort. »Hast du das vergessen?«

Er lächelte sie an. »Wenn du es sagst, wird es wohl so sein.«

»Am nächsten Tag haben wir von Leos schrecklichem Tod erfahren.«

Tanja blickte auf, sah Gerd Schmidt direkt ins Gesicht. »Sie möchten doch sicher auch, dass der Fall aufgeklärt wird. Bitte erzählen Sie uns mehr über Ihren Bruder. Was war er für ein Mensch?«

Die Elfe entwand sich dem Griff ihres Mannes, zog einen Stuhl heran und setzte sich zu ihnen an den Tisch.

Das Gesicht des Winzers wirkte auf einmal wieder verschlossen. »Also, viel Kontakt haben wir nicht mehr gehabt, mein Bruder und ich, seit er uns damals im Stich gelassen hat.«

»Wie das?«, wollte Tanja wissen.

Die Elfe starrte auf den Tisch.

»Als unser Vater starb, also, damals, ganz plötzlich –«

»Er hatte einen Herzinfarkt«, übernahm die Elfe. »Das war vor neun Jahren.« Sie schien in der Ehe tatsächlich für Daten und Fakten zuständig zu sein.

»Jedenfalls mussten wir damals von einem Tag auf den anderen den Betrieb übernehmen«, fuhr Gerd Schmidt fort. »Ich hatte schon jahrelang auf dem Gut mitgearbeitet, aber es selbst zu leiten, das war doch etwas ganz anderes.«

»Er hat in Frankreich eine Weinbau-Fachschule besucht«, erklärte die Ehefrau und warf ihrem Mann einen Blick zu, aus dem pure Bewunderung sprach.

»Leo brach sein Studium ab und zog her. Ich dachte, weil er mit anpacken wollte. Immerhin ist er der Ältere von uns, es wäre nur natürlich gewesen, wenn er das Weingut geführt hätte. Aber –«

»Er hat sein Studium geschmissen?« Tanja war überrascht. Sie fragte sich, ob sie ihre Ausbildung aufgeben würde, um einen elterlichen Betrieb zu übernehmen. Das war ein großer Schritt.

»Das Studium«, Gerd Schmidt machte eine wegwerfende Handbewegung, »war doch eh nur Zeitverschwendung.«

»Er hat Theologie und Philosophie in Bonn studiert«, ergänzte die Elfe.

Theologie und Philosophie – Tanja erinnerte sich an die Bücher in dem Arbeitszimmer des Opfers. Zumindest einige davon hatten religiöse Fragen behandelt, etwa den Gottesbegriff und Ähnliches. Sicherlich kein Studium, das auf die Leitung eines Weinguts vorbereitete, damit hatte Gerd Schmidt wohl recht.

»Dann hat er gemerkt, dass hier wirklich gearbeitet wird.« Der Winzer gab einen verächtlichen grunzenden Laut von sich. »Mit Philosophie kommt man da nicht weit.«

Tanja blickte kurz zu ihrem Kollegen. Claes starrte noch immer das elfenartige Wesen an. Sie hätte ihn am liebsten geschüttelt oder mit einem Tritt gegen das Schienbein aus seinen Tagträumen geweckt. Leider saß er zu weit entfernt.

»Nach nur wenigen Wochen hat er sich vom Acker gemacht«, sagte Gerd Schmidt.

Tanja blickte hilfesuchend zu der zarten Frau hinüber.

»Er ist dann den Jakobsweg gegangen«, reagierte sie prompt.

»Den Pilgerweg?«

»Ja, in Spanien.« Sie fügte hinzu: »Er war auf Sinnsuche.«

»Sinnsuche! Mehr Sinn hätte es gemacht, wenn er hier angepackt hätte.« Ihr Mann schnaubte wütend.

»Dann ist er für diese Schamanenausbildung in die USA gegangen. Als er zurückkam, ist er nach Eichenbach gezogen. Hat angefangen, das Haus zu renovieren, ist aber nie eingezogen, sondern lebte in einer Jurte. Das muss man sich mal vorstellen! Dabei hätten wir doch Platz genug gehabt.« Sie warf einen unsicheren Seitenblick auf ihren Mann. »Selbst wenn er nicht im Weingut mitgeholfen hätte. Familie ist doch Familie.«

»Es war besser, dass er hier nicht wieder aufgetaucht ist«, widersprach ihr Mann und wurde noch röter im Gesicht, als er ohnehin schon war. »Abgedreht war der Leo ja schon immer, aber das mit den Indianern und diesem Hokuspokus …« Er ließ einen Zeigefinger vor seiner Stirn kreisen.

»Das ist doch jetzt ganz modern«, wandte seine Frau ein. »Über den Jakobsweg gab es sogar diesen Kinofilm, von diesem Typen aus dem Fernsehen.«

Tanja konnte sich erinnern. Der Film basierte auf einem Buch, das zum Bestseller geworden war. Sie hatte das dumpfe Gefühl, dass sie langsam, aber sicher vom Thema abkamen, dennoch hatten sie einiges über das Leben des Ötzi erfahren. Wie und ob ihnen das weiterhelfen würde, war dahingestellt. Aber je mehr Informationen sie über das Mordopfer sammelten, desto schneller würden sie der Wahrheit näher kommen. Dessen war sie sich sicher. Sie bedankte sich bei dem Winzerehepaar und erhob sich.

Claes schien über den plötzlichen Aufbruch irritiert. Er verschlang die fragile Frau noch immer mit Blicken.

Als Tanja ihn anstieß, damit auch er aufstand, murmelte Gerd Schmidt etwas, das wie eine Verabschiedung klang, und verschwand – wahrscheinlich Richtung Weinkeller.

Seine Frau brachte sie zur Tür, und die ganze Zeit starrte Claes auf ihren Hintern.

Der ist für deinen Geschmack doch viel zu klein, dachte Tanja, aber was wusste sie schon davon, wie Männer tickten? Oder Kollege Claes im Besonderen. Seit ihr Freund sie letztes Jahr verlassen hatte, weil sie angeblich nur noch Zeit für ihren Job hatte, hatte es keinen Mann mehr in ihrem Leben gegeben, leider. Heimlich beneidete sie Claes um sein offensichtlich vielfältiges Sexleben. Riss angeblich in Köln Frauen auf, wenn man dem Klatsch auf dem Adenauer Revier Glauben schenken durfte.

»Ich würde Ihnen raten, auch noch mit der Ehefrau meines Mannes zu sprechen«, sagte die Winzerin, als sie an der Haustür standen.

Tanja starrte sie irritiert an. »Ich dachte, Sie sind …?«

»Ich meinte natürlich, mit seiner früheren Frau.«

»Wieso?« Claes klang, als wäre er aus einem Traum erwacht.

Tanja hätte ihn am liebsten geknebelt.

Doch die elfengleiche Winzerin antwortete unbeirrt: »Sie kannte Leo viel besser als ich. Ich bin … also, Gerd und ich, wir sind erst seit zwei Jahren zusammen. Sprechen Sie mit Barbara.«

Heimwärts

Das Nächste, woran Ella sich erinnerte, war das Gesicht des Notfallsanitäters, der sie eindringlich davor gewarnt hatte, so viel Alkohol auf leeren Magen zu trinken. Börnsen hatte den Notarzt gerufen, nachdem sie in der Kneipe zusammengeklappt war. Einfach das Bewusstsein verloren hatte.

Eine Adrenalinspritze hatte sie wieder auf die Beine gebracht. Alle Versuche, sie ins Krankenhaus zu fahren, hatte sie abgewehrt. Irgendwie hatte sie es auch geschafft, die wohlmeinende Hilfe Börnsens zurückzuweisen. Der norddeutsche Riese war beharrlich geblieben, aber Ella war noch beharrlicher. Sie brauchte kein Krankenhaus, sie brauchte die Eifel.

Jetzt zirkelte sie ihren Benz aus dem Parkhaus. Folgte den Anweisungen des Navis durch Köln. Bald war sie auf einer Art Ausfallstraße. Der Verkehr kroch schneckengleich dahin, stoppte aber nicht. Sie vermutete, dass dies für Kölner Verhältnisse schon gut war. Sie drehte das Autoradio an. Irgendein Dudelsender. Egal, Hauptsache, nicht nachdenken. Es dauerte etwa eine halbe Stunde, bis sie die wenigen Kilometer bis zur Autobahn zurückgelegt hatte, wo sie etwas stärker aufs Gas treten konnte. Das Tempolimit von hundert war dennoch beim besten Willen nicht zu erreichen.

Nach einer Viertelstunde begann ihr Magen zu knurren. Seit dem Frühstück in aller Frühe in der Eifel hatte sie zwar mit Börnsen Kaffee und Schnaps getrunken, aber nichts mehr gegessen. Verständlich, dass sie schlappgemacht hatte.

An der nächsten Raststätte fuhr sie raus. Ging auf die Toilette, wobei sie das restliche Kleingeld, das der Parkautomat ihr gelassen hatte, loswurde.

Aus dem Spiegel über dem Waschbecken starrte sie eine bleiche Frau mit geröteten Augen an. Sie blickte weg und spritzte sich Wasser ins Gesicht.

Der Kiosk der Raststätte war gut gefüllt, es dauerte ewig, bis sie dran war. Sie kaufte einen Kaffee und ein Käsebrötchen. Beim Rausgehen rempelte sie ein Mann an. Ella zuckte erschrocken zusammen.

Der Mann murmelte etwas, das eher wie »dumme Kuh« als »Entschuldigung« klang.

Schnell rettete sie sich in ihr Auto und trank den Kaffee. Er hatte keine spürbare Wirkung, wahrscheinlich war ihr Kreislauf durch die Adrenalinspritze ohnehin schon auf hundertachtzig. Als sie das Brötchen aß, krümelte sie sich ihre Hose voll. Sie stieg noch einmal aus dem Mercedes und wischte mit der Hand die Krümel von ihrer Kleidung, bevor sie sich wieder hinters Steuer setzte.

An der Auffahrt sah sie, dass der Verkehr jetzt zügiger floss. Hatte der kurze Stopp also doch etwas Gutes gehabt. Ella fädelte sich wieder ein und gab Gas. Im Radio liefen die Nachrichten. Irgendein politischer Unsinn aus den USA, Flüchtlinge, Klimawandel – Ella hörte nicht genau zu, verstand aber, dass Politiker sich mit Vorschlägen überboten, wie Kohlendioxid gespart werden könne. Die meisten liefen auf Verbote und Preissteigerungen hinaus.

Sie versuchte einzuschätzen, wie viel Kohlendioxid sie durch ihre Fahrt nach Köln verursacht hatte, und prompt meldete sich ihr schlechtes Gewissen. Immerhin lag ihre letzte Flugreise schon lange zurück. Seit dem Burn-out und ihrem Umzug hatte sie die Eifel praktisch nicht mehr verlassen. Das heute war eine Ausnahme.

Außerdem heizte sie mit Holz, Strom brauchte sie ganz wenig. Allerdings hatte sie noch nicht den Elan aufgebracht, zu einem Anbieter von Ökostrom zu wechseln. Von Strom, der aus

Solar- und Windenergie stammte, machte sie sich klar. Vielleicht könnte sie ja in naher Zukunft einfach ein Stromkabel zu einem der neuen Windräder vor ihrer Tür legen, dachte sie verbittert. Die Entfernung dürfte kurz genug sein.

Von rechts wechselte ein Laster auf ihre Spur, um einen Tankwagen mit Heizöl zu überholen, der besonders langsam war. Ella bremste abrupt, guckte dann erst in den Rückspiegel.

Der Fahrer hinter ihr machte die Scheibenwischer-Geste.

Als der Laster erfolgreich überholt hatte, gab sie wieder Gas.

Im Geist stellte sie sich den Ort vor, den Börnsen ihr auf der Karte in seinem Handy gezeigt hatte. Er musste sich oben am Waldrand befinden, wo sie in den letzten Jahren Brombeeren gesammelt hatte. Wo sich im Herbst Buschwindröschen purpurfarben im Wind wiegten. Dort sollten die Windräder stehen? Ihr Magen krampfte sich zusammen.

Sollte sie demnächst weitere längere Fahrten unternehmen, müsste sie Proviant einpacken, nahm sie sich vor. Redete sich ein, dass der Magen auf das Brötchen reagierte, nicht auf ihre Gedanken.

Wieder fuhr sie am nächsten Parkplatz ab, stieg aus, ging zum Grünstreifen neben den Parkplätzen und übergab sich.

»Kann ich Ihnen helfen?« Eine dicke Frau in bunten Leggins blickte sie besorgt an. Ella machte eine abwehrende Handbewegung. Trotzdem hielt die Frau ihr ein Taschentuch hin.

Ella nahm es, flüsterte ein »Danke« und wischte sich über den Mund. Doch der Geschmack nach Galle an ihrem Gaumen blieb. Er war so eklig, dass ihr schon wieder übel wurde. Sie schluckte schwer.

Die Dicke blickte sie besorgt an. »Soll ich nicht doch einen Notarzt rufen?«

Ella schüttelte den Kopf. Ließ die Frau einfach stehen. Stolperte zu ihrem Auto zurück, setzte sich hinters Steuer und griff nach der Wasserflasche, die im Fußraum des Beifahrersitzes lag. Sie trank so lange, bis der üble Geschmack im Mund verschwunden war.

Dann drehte sie den Zündschlüssel und startete mit mehr Gas

als nötig durch. Sie wollte nur noch nach Hause. Zurück in die Eifel.

Bruderkrieg

Peter starrte die Frau an, die an der anderen Seite des mächtigen Esstisches saß. Ähnlichkeiten zu der aktuellen Frau von Gerd Schmidt waren nicht von der Hand zu weisen. Sie war fragil, schmal und klein, mit langen Haaren. Ihm wollte nicht in den Kopf gehen, wie man eine Frau gegen eine andere austauschen und dann genau das gleiche Modell wählen konnte. Wie dieser ehemalige Tennisstar, schoss es ihm durch den Kopf. Der eine Frau im Besenschrank gevögelt hatte, die seiner Ehefrau aufs Haar glich. Oder war das ein anderer gewesen? Er kam völlig durcheinander, was Prominente anging.

Dieses elfengleiche Wesen jedenfalls hieß Barbara Strobel, geschiedene Strobel-Schmidt. Wie hatte es der kleine, feiste Winzer gleich zweimal geschafft, solch zarte Frauen rumzukriegen? Lag es an seiner imposanten Körperfülle? Vielleicht sollte er mehr essen, damit er noch runder wurde und ähnliches Glück beim weiblichen Geschlecht hatte, überlegte er. Da ihm eher die fülligen Frauen gefielen, müsste er noch einiges zulegen, damit diese sich schlank neben ihm vorkämen, dachte er und strich sich über sein Bäuchlein.

Er wandte sich seiner Kollegin zu, deren Pferdeschwanz schon wieder eifrig wippte. Tanja freute sich darauf, die Ex des Winzers zu grillen, darauf würde er wetten.

»Frau Schmidt«, sagte Tanja genüsslich, »also, die jetzige Frau Schmidt …«

Peter beobachtete Barbara Strobel genau. Sie zuckte nicht einmal mit der Wimper. Wenn es ihr wehtat, dass sie gegen eine neue Ehefrau ausgetauscht worden war, ließ sie es sich nicht anmerken.

»... hat uns geraten, uns mit Ihnen zu unterhalten, wenn wir mehr über Leonhart Schmidt erfahren wollen.« Tanja machte eine Kunstpause.

Auch als der Name »Leonhart Schmidt« fiel, blieb Barbara Strobel gelassen. Sie murmelte nur: »Friede seiner Seele.«

»Beschreiben Sie uns doch mal Ihren Eindruck von Ihrem Schwager. Also, Ihrem Ex-Schwager.«

»Das war ein Netter. Ein sehr freundlicher Mensch.« Sie lächelte. »Gütig, könnte man fast schon sagen.«

»Aber zu seinem Bruder scheint er kein so gutes Verhältnis gehabt zu haben. Die beiden haben jahrelang nicht miteinander geredet.«

»Das Verhältnis von Geschwistern zueinander ist nicht immer einfach. Ich habe einige Semester Psychologie studiert und weiß –«

»Hatten Sie denn ein enges Verhältnis zu Ihrem Schwager? Vielleicht ein besonders enges?«, fragte Tanja zuckersüß.

»Wir hatten ein freundschaftliches, nicht mehr.« Die Antwort klang giftig. Barbara Strobel, geschiedene Strobel-Schmidt, hatte genau verstanden, worauf Tanja hinauswollte.

»Was war denn der Grund dafür, dass Leo Schmidt und Ihr Mann, also, Ihr früherer Mann, keinen Kontakt hatten? Wann brach der Kontakt ab?«

Barbara Strobel überlegte. Ihr dünner Zeigefinger malte Kreise auf die Tischdecke. »Das war damals, bevor Leo pilgern ging. Den Jakobsweg in Spanien, wissen Sie?« Mit ihren Rehaugen blickte sie erst Tanja, dann Peter durchdringend an.

»Das wissen wir in der Tat«, sagte Tanja.

»Leo ist ihn aber nicht gegangen wegen dem ganzen Rummel darum. Er war wirklich ein Suchender. Später war er in den USA und hat von den Indianern Schamanismus gelernt.«

»Von den Indianern?« Tanja wirkte verblüfft.

»Ich glaube, er war bei den Lakota. Er war total begeistert von ihnen. Hat alles über deren Glauben in sich aufgesogen. Dabei war er doch Christ, hatte Theologie studiert, wenn auch nicht zu Ende.«

»Wieso hat er das Studium abgebrochen? War er nicht gut genug?« Tanja wollte Barbara Strobels Meinung dazu hören.

»Das war es nicht, er war sogar sehr gut. Aber Gerd benötigte seine Hilfe im Weingut. Der Vater der beiden war überraschend verstorben. Herzinfarkt. Und alleine kann man einen Winzerhof kaum stemmen.«

»Aber wenn Ihr Ex-Schwager sein Studium abgebrochen hatte, um seinem Bruder zu helfen, verstanden sich die beiden zu der Zeit noch gut?«

»Das ist schon fast zehn Jahre her. Besonders gut haben sie sich auch damals nicht verstanden, aber Leo hat sich immer seiner Verantwortung gestellt. Er wollte Gerd nicht hängen lassen. Und seien wir mal ehrlich, er wäre auch kein guter Priester geworden. Dafür mochte er die Frauen zu sehr. Und die Frauen ihn.« Barbara Strobel lächelte flüchtig.

»Hatten Sie mal was mit ihm?«

Peter riss die Augen auf. Tanja konnte brutal direkt sein.

Die Strobel zuckte zusammen. »So etwas hätte ich nie gemacht. Betrug liegt mir nicht. Dazu war auch Leo nicht der Typ. Ihm lagen genug Frauen zu Füßen, auch junge Dinger, der hatte es nicht nötig, auch noch Ehefrauen anzumachen.«

»Aber will man nicht immer das haben, was nicht so einfach zu kriegen ist?«, hakte Tanja nach. »Das ist doch der ganz besondere Kick.«

»Leo war … wie soll ich sagen? Er hatte einen Ehrenkodex.« Barbara Strobel seufzte. »Na gut, dann erzähle ich es Ihnen eben, Sie geben ja doch keine Ruhe.« Sie holte tief Luft. »Leo hatte entdeckt, dass mein Mann, also mein Ex, etwas gemacht hatte, was nicht korrekt war. Er hat einen Riesenterz veranstaltet. Als Gerd ihn bedroht hat, damit er den Mund hält, hat Leo alles hingeschmissen und ist den Jakobsweg gegangen.«

»Bedroht?« Natürlich hatte Tanja das eine Wort aufgeschnappt, das nach Konflikt klang.

»Na ja, im Zorn sagt man so einiges«, wiegelte Barbara Strobel ab. »Gerd hatte eine Menge zu verlieren. Wenn Leo ausgepackt hätte, wäre der Hof am Ende gewesen.«

»Was hatte Ihr Schwager denn entdeckt? Etwa Leichen im Keller Ihres Ex?«

Tanja provozierte schon wieder, dachte Peter. Beim Wort »Leichen« war Barbara Strobel erneut zusammengezuckt.

»Es ging um die Existenz des Hofes. Ein Jahrgang war komplett missraten. Dauerregen, kein bisschen Sonne. Die Trauben sauer, der Wein ebenfalls. Der Jahrgang davor war super gewesen, preisgekrönt, mit achtundneunzig Parker-Punkten.«

Tanja und Peter starrten die zierliche Frau fragend an.

»Sie verstehen nicht, oder? Mein Ex hat die Flaschen, äh, sagen wir mal, kreativ etikettiert. Klebte auf einige hundert von dem miesen Jahrgang die Etiketten von dem Superwein. ›Geht nach China‹, sagte er nur. ›Die Schlitzaugen merken das eh nicht.‹«

Bei Tanja klickte es offensichtlich: Ihr Pferdeschwanz wippte schneller. »Und das hat Leo nicht gepasst.«

»Genau.« Barbara Strobel verzog das Gesicht. »Er hat seinen Bruder angeschnauzt, das sei Betrug, das könne man nicht machen.«

»Es ging um die Existenz seines Weingutes«, gab Tanja sich verständnisvoll.

»Schon, aber Leo ist … er war ein Prinzipienreiter. Ein Moralist, könnte man sagen. Ein Romantiker, er glaubte an das Gute.«

Tanja hob die Augenbrauen.

»Jedenfalls haben sich Leo und Gerd deshalb zerstritten, aber wie. Leo ging auf Pilgerreise und muss dabei eine Art Vision gehabt haben, die ihn zu den Lakota und dem Schamanismus führte.«

Tanja schaute zu Peter rüber.

Der zuckte mit den Schultern. Der Winzer hatte ein Alibi, das sie natürlich überprüfen würden. Aber wenn es sich bestätigte, was sie vermuteten, und Gerd Schmidt bei einem Essen mit chinesischen Einkäufern gewesen war, war ein Brudermord ausgeschlossen.

»Und dann?«, fragte Tanja. »Als Ihr Schwager von den Indianern zurückkam, hat er da Kontakt zu Ihnen oder Ihrem ehemaligen Gatten aufgenommen?«

Barbara Strobel schüttelte den Kopf. »Nein, er hat diese Ruine in Eichenbach gekauft und ist dorthin gezogen. Gerd und er haben kein Wort mehr miteinander gewechselt. Immer wenn es was zu regeln gab, hat Leo sich an mich gewandt. Unsere Ehe ging ja dann auch in die Brüche.« Sie stockte.

»Dann lebte Ihr Schwager in Eichenbach, aber Sie hatten keinen Kontakt zu ihm, ist das richtig?«

»Wenig Kontakt. Wie gesagt, bis auf ein paar Anrufe wegen Papierkram habe ich nichts mehr von ihm gehört. Er wurde immer verschrobener, soweit ich weiß. Lebte angeblich im Gartenhaus.«

In einer Jurte, berichtigte Peter stumm.

»Ich hatte nach der Trennung von Gerd schon genug damit zu tun, selbst wieder auf die Beine zu kommen.«

Das war's dann, dachte Peter. Mehr war hier nicht zu erfahren.

Tanja schien ähnlicher Meinung, denn sie bedankte sich. Als ihr Handy klingelte, fischte sie es aus der Tasche und hielt es so, dass Peter den Namen des Anrufers sehen konnte: »Paps«. Sie drückte ihn einfach weg.

Peter warf der Elfenfrau noch einen letzten bewundernden Blick zu, dann erhob auch er sich vom Esstisch, an dem sie gesessen hatten, und verabschiedete sich.

Leos Vermächtnis

»Ich hoffe, du hast eine gute Verwendung dafür«, lautete die Mail, die sie gestern Abend von einem gewissen »LeosErbe@web.de« bekommen hatte. Es waren mehrere Dateien angehängt, eine Unterschrift fehlte. »In Gedenken an Leo«, war der Betreff. Ella tippte auf Björn Börnsen als Absender. Er war der Einzige, der wusste, dass sie Interesse an dem Windrad-Thema hatte, ihre Mailadresse kannte und im Besitz der Informationen war.

Ella hatte die Dateien im Anhang angeklickt und war auf die

Planungsdaten für die Windkraftanlage in Antweiler gestoßen: Antrag, Genehmigung, technische Daten, Lageplan. Bei diesem Anblick war ihr wieder schwindelig geworden.

Noch immer schwirrte ihr der Kopf. Bis spät in die Nacht hatte sie im Internet recherchiert. Als sie endlich im Bett lag und ihre Augen geschlossen hatte, hatte sie weiterhin Bilder von Windkraftanlagen vor sich gesehen.

Jetzt, am nächsten Tag, musste sie sich noch immer dazu zwingen, gleichmäßig und tief ein- und auszuatmen. Ihre Gedanken ziehen zu lassen.

Schäferhund Rocco sprang aufgeregt um sie herum, wollte das Stöckchenspiel spielen. »Platz!«, befahl Ella, und Rocco ließ sich enttäuscht fallen.

Über ihr in den mächtigen Ästen der Eiche keckerte eine Elster. Der Vogel schien sich über irgendetwas aufzuregen. Vielleicht über Ella, die zu Füßen des Baums hockte, den menschlichen Eindringling.

Sie konzentrierte sich auf ihr Mantra. »Om mani padme hum.« »Das Juwel in der Lotusblume«, so lautete eine der vielen Bedeutungen dieser uralten Worte.

Beim nächsten »Om mani padme hum« erschienen vor ihrem geistigen Auge gewaltige Baumaschinen, die eine Schneise durch den Wald neben ihrem Haus frästen. Eine Schneise für den Transport riesiger Bauteile von Windrädern. Im Internet hatte sie Postings von Förstern gelesen, die sich über diese Schneisen aufregten, die nur dafür angelegt wurden.

Ella schloss die Augen und versuchte, den Geruch des Waldes wahrzunehmen. Sich auf die Geräusche des Windes zu konzentrieren. Sie fröstelte. November war eindeutig nicht der geeignete Monat für eine entspannte Meditation im Wald. Der breite Stamm der Eiche schützte sie zwar vor dem Wind, trotzdem war es zu kalt, um sich bewegungslos zu entspannen. Da half auch ihre dicke Jacke wenig.

Als Ella sich hochrappelte, sprang auch Rocco auf. Gedankenverloren tätschelte sie seinen Kopf.

Ein Windstoß ließ sie erschauern, und sie zog den Reißverschluss ihrer Jacke bis zum Kinn hoch. Vielleicht sollte sie im Winterhalbjahr zu Hause meditieren. Doch woher Kraft schöpfen ohne die Hilfe der Bäume?

Dafür würde bald auch noch ein ständiges Surren ihre Ruhe stören. Windkraftanlagen verursachten ein zwar leises, aber kontinuierliches Geräusch. Sollte sie umziehen? Alles in ihr sträubte sich dagegen. Seit drei Jahren wohnte sie jetzt in dem ehemaligen Forsthaus hoch über Antweiler, einsam am Waldrand. Hund und Kater hatten Platz, ein Wäldchen schützte sie gegen Westen hin. Im Garten wuchsen Wildkräuter, Blumen und das ein oder andere Gemüse. Das alles aufgeben?

Ob die Windräder groß genug sein würden, um Schatten auf ihr Grundstück zu werfen? Der immer wiederkehrende Schatten der Rotoren hatte Menschen schon in den Wahnsinn getrieben, hatte sie im Internet gelesen.

Ella schüttelte sich und ging schneller, um warm zu werden und die negativen Gedanken zu verdrängen. Immerhin, noch standen die Windräder nicht. Doch der Lageplan, den Börnsen ihr geschickt hatte, war klar und deutlich. Sie würden genau vor ihrer Haustür errichtet.

Aber hatte sie nicht das Recht, gegen ein solches Projekt Einspruch zu erheben? Schließlich war es Börnsens Aufgabe, Proteste von Bürgern zu verhindern, indem seine Agentur »Dialogveranstaltungen« zur gezielten Beeinflussung der Anwohner plante.

Ella beschloss, ihre Optionen zu prüfen, bevor sie an einen Umzug auch nur dachte. Sie würde ihre gerade erst gefundene neue Heimat mit allen Mitteln, die ihr zur Verfügung standen, verteidigen.

Keuchend stapfte sie den Hang hoch, achtete nicht auf Rocco, der um sie herumsprang, war in Gedanken bei Leo. Sicherlich war er genauso geschockt gewesen wie sie jetzt, als er in der Schwitzhütte von den Plänen für die Windräder erfahren hatte. Auf einmal spürte sie eine starke innere Verbindung zu dem Verstorbenen.

Sie war sich sicher, im Sinne von Leo zu handeln, wenn sie Licht in die Sache brachte. Wieso wusste im Dorf bisher niemand von den Plänen? Warum hatte die Zeitung nichts darüber geschrieben?

Plötzlich war Ella klar, welchen Schritt sie als Nächstes unternehmen würde. Sie hob einen trockenen Ast auf, der am Wegesrand lag, rief »Rocco!« und warf den Ast, so weit sie konnte – also nicht besonders weit. Trotzdem lief der Schäferhund begeistert hinterher.

Das Verhör

Peter räusperte sich. Richtete das Mikro aus. Legte Block und Bleistift zurecht. Holte tief Luft. Jetzt wartete er schon eine geschlagene halbe Stunde, aber Tanja war immer noch nicht da. Dabei verspätete sie sich doch sonst nie. Er könnte ja schon mal anfangen. Das Verhör wurde ohnehin auf Band aufgenommen. Wenn sie später wissen wollte, wie er den Tatverdächtigen überführt hatte, konnte sie sich ja die Aufzeichnung anhören.

Uwe Röder lehnte sich entspannt zurück.

Eigenartig. Peters Meinung nach hatte der Mann allen Grund, nervös zu sein. Vor allem nach der langen Zeit, in der sie sich nun schon schweigend gegenübersaßen. Aber vielleicht war seine relaxte Haltung ja auch nur Show. Immerhin lag ein Haftbefehl gegen ihn vor, und der Verhörraum war auch nicht gerade gemütlich. Er sprach die Formalien ins Mikro, dann sagte er: »Wir haben nach Ihnen gesucht, Herr Röder.«

Der Mann sagte nichts.

Peter schwieg.

»Jetzt haben Sie mich ja gefunden«, sagte Uwe Röder.

»Wo waren Sie in den vergangenen Tagen?«

»Im Nationalpark Eifel.«

»Was haben Sie dort gemacht?«

»Meine Arbeit«, brummte der Mann.

»Und das heißt?«

Röder seufzte. »Ich habe Wegmarkierungen geprüft, Wegschäden repariert und bin die Trekkingplätze abgegangen. Fragen Sie ruhig meinen Chef.«

»Der wusste auch nicht, wo Sie waren.«

Der Ranger zuckte die Schultern. Er wirkte immer noch entspannt. »Es war seit Langem geplant, dass ich die Trekkingplätze mal überprüfe. Die sind gerade groß im Kommen. Wanderer können dort gegen geringe Gebühr zelten –«

»Das gehört nicht hierher«, unterbrach ihn Peter. »Wo genau waren Sie? Gibt es Zeugen?«

»Natürlich nicht. Ich bin immer alleine unterwegs. Aber auf einer Karte kann ich es Ihnen ungefähr zeigen, wenn Sie das wirklich wissen wollen. Ich laufe so um die zwanzig Kilometer am Tag, nicht immer auf markierten Wegen.«

Peter hatte einmal in seinem Leben einen Marsch von fünfzehn Kilometern mitgemacht. Damals war er noch jung gewesen, hatte einige Kilo weniger gewogen, und trotzdem war er hinterher völlig fertig gewesen.

Er musterte den Ranger. Der Beschuldigte war muskelbepackt und sehnig. Seine Haut war braun gebrannt, obwohl der Herbst nicht gerade sonnig gewesen war. Peter mutmaßte, dass Röder den Schamanen mit Leichtigkeit hätte überwältigen können. Er suchte nach einem neuen Ansatz.

»Sie hatten mit Leonhart Schmidt Streit, der in einer gewalttätigen Auseinandersetzung endete.«

»Wir haben uns geprügelt, ja, aber das ist schon länger her.«

Unglaublich, der Typ leugnete das nicht einmal. »Was war der Grund für die Prügelei?«, hakte Peter nach.

»Der Typ war ein echter Spinner. Hielt sich für einen Schamanen und sammelte Kräuter für irgendwelche komischen Rituale. Ich habe ihn mehrmals erwischt, wie er dabei die Wege im Nationalpark verlassen hat. Beides ist verboten: sowohl das Verlassen der Wege wie die Entnahme von Pflanzen«, dozierte Röder.

»Haben Sie sich nicht vielmehr geprügelt, weil der Schamane Ihre Ex gefickt hat?«

Röders Hände ballten sich zu Fäusten. Seine Kiefer spannten

sich sichtbar an. Dennoch versuchte er, ruhig zu bleiben. »Das Wort ›Ex‹ zeigt doch schon, dass mich das nichts mehr angeht.«

Peter legte die Ausdrucke auf den Tisch, die sie von den abfotografierten Fotos in Röders Wagen gemacht hatten. Er fächerte sie auf wie ein Kartenspiel. »Muss nicht so schön sein, das auch noch mit anzusehen.«

Röder sprang auf, schlug seine Hände flach auf den Tisch, dass es krachte. »Ihr wart das! Ich hab doch gemerkt, dass jemand dran rumgefummelt hat!«

Der Techniker hatte also doch nicht so unauffällig gearbeitet, wie er behauptet hatte. Gut, dass die Vermieterin des Rangers angerufen hatte, um zu melden, dass er wieder da war. Im Wald hätten sie ihn nie und nimmer gefunden. Es ging doch nichts über aufmerksame Nachbarinnen.

Die Tür des Verhörzimmers öffnete sich, und Tanja kam herein. »'tschuldige die Verspätung.«

Sie fügte keine weitere Erklärung hinzu, aber Peter fielen ihre dunklen Augenringe auf.

Hatte sie verschlafen oder sich bis spät in die Nacht auf die Fortbildung vorbereitet, die Tünnes Brettschneider ihr zugeschoben hatte? An das Thema erinnerte er sich nicht mehr.

Jedenfalls wirkte sie, als wäre sie gerade aus dem Bett gefallen. Dabei war Tanja doch normalerweise immer überpünktlich.

Sie sprach ihren Namen und Rang aufs Band und betrachtete die Fotos.

»Wenn die Frau, die man noch immer liebt, mit jemand anderem Sex hat, macht einen das ganz schön wütend, oder?«

Peter hielt die Luft an.

Doch Röder setzte sich wieder und atmete tief durch. »Ihr wollt mich doch nur provozieren. Ich bin unschuldig. Ich mochte diesen Spinner nicht, ja, und wenn er sich wieder an Marnie rangemacht hätte, hätte ich ihn wieder verprügelt. Aber umgebracht hab ich den nicht.«

»Wo waren Sie am Sonntagabend, dem 31. Oktober?«

Röder lachte. »Da hab ich den Helden gespielt.« Er beugte sich zu ihnen vor. »Hab eine ganze Schulklasse gerettet.«

»Wie das?« Tanjas Stimme klang schneidend.

»Die hatten sich bei einer Nachtwanderung verirrt.« Der sehnige Mann tippte sich an die Stirn. »So bescheuert muss man erst mal sein. Es sollte eine Halloween-Nachtwanderung werden, aber die Lehrerin hat den Weg im Dunkeln nicht gefunden. Da war die Angst groß.«

»Sie haben sich trotz GPS verlaufen?«, fragte Tanja.

»Die Eifelwälder sind groß und dunkel und der Handyempfang im Nationalpark sehr schlecht. Mal im Ernst: Die meisten Menschen unterschätzen die Natur total. Als ich die Gruppe gefunden habe, waren etliche Kinder schon unterkühlt.«

»Wann wurden Sie zu dem Einsatz gerufen?«

Röder überlegte. »So gegen zweiundzwanzig Uhr? Müsste ich in meinem Dienstbuch nachsehen.«

Peter und Tanja schauten sich an. Wenn er wirklich ab zweiundzwanzig Uhr im Nationalpark Eifel unterwegs gewesen war, hatte er ein Alibi für die von der Rechtsmedizinerin ermittelte Tatzeit.

Sie standen wieder ohne Tatverdächtigen da. Mussten von vorne anfangen.

Tanjas Handy klingelte. Sie blickte auf das Display, runzelte die Stirn und nahm den Anruf an: »Ja, was gibt's?«

Eine Weile hörte sie zu und wurde kreidebleich. »Ich komme!«, sagte sie schließlich und steckte das Handy weg. »Claes, du musst alleine weitermachen. Ein Familienproblem.« Grußlos verließ sie den Raum.

Wutbauern

Der ganze Raum war voller Zigarettenqualm. Sie kniff die Augen zusammen. Der Rauch stammte von einem einzigen Mann. Eine Zigarette klemmte zwischen Zeige- und Mittelfinger seiner linken Hand, während er wie besessen auf die Tasten haute. Es war ganz offensichtlich nicht die erste Zigarette des Tages. Zwischen den Papieren auf dem Schreibtisch stand ein von Kippen überquellender Aschenbecher.

Als Ella ihm von dem geheimen Windparkprojekt erzählen wollte, hatte der Chefredakteur der »Rheinzeitung« sie in dieses Büro geschickt. »Unser Reporter Matthias Reuter wird sich darum kümmern«, hatte er gesagt.

»Hallo, Herr Reuter.«

Der Mann drehte sich um und musterte sie von oben bis unten. »Matze, für eine so schöne Frau.«

Ella blickte an sich hinunter und ärgerte sich über die Entscheidung, sich für den Besuch in Koblenz stadtfein zu machen. Der Blazer und der Bleistiftrock hätten für diesen Nikotinsüchtigen wirklich nicht sein müssen. Andererseits war die Story von den Windrädern in Antweiler bisher kaum jemandem bekannt. Sie hatte befürchtet, der Reporter nehme sie nicht ernst. Das Outfit würde ihre Glaubwürdigkeit steigern.

»Ja, also ... Matze, ich hätte da eine Geschichte für Sie.«

Er blickte sie abwartend an.

»Bisher ist nichts an die Öffentlichkeit gedrungen, aber ich habe Beweise dafür, dass in Antweiler eine Windkraftanlage geplant ist.« »Beweise« war vielleicht ein bisschen zu viel gesagt, aber vor der Presse musste sie schon etwas dicker auftragen, sagte sich Ella.

Matze atmete tief aus, als hätte er einen Moment den Atem angehalten. Er schien enttäuscht.

»Ich kann Ihnen sogar auf einer Karte zeigen, wo genau die Anlage stehen soll«, setzte Ella nach.

»Das Projekt ist mir bekannt«, sagte Matze. Er sog an seiner Zigarette.

»Es stand bisher aber nichts in der Zeitung. Keiner weiß etwas davon.«

»Es wird bald in der Zeitung stehen.« Er blickte sie von oben herab an.

Ella hätte diesen selbstgerechten Typen am liebsten gewürgt.

»Wenn Sie davon wissen, wieso berichten Sie dann nicht darüber, wie es Ihre Pflicht ist?« Sie merkte selbst, dass sie aggressiv klang.

Er lehnte sich zurück und nahm einen tiefen Zug von der Zigarette. Blickte sie aus zusammengekniffenen Augen an.

»Ein solches Großprojekt geht alle an! Sie können das doch nicht einfach so unter den Teppich kehren.«

»Jetzt halten Sie mal die Luft an.« Der Reporter klang eher belustigt als beleidigt. »Wir schreiben ja darüber. Aber alles zu seiner Zeit.«

»Wann, denken Sie, ist denn die richtige Zeit gekommen? Wenn die Dinger stehen?«

»Sagen Sie mir nicht, wie ich meine Arbeit zu tun habe.« Matzes Mund entwich eine weitere Rauchwolke. »Der Landrat will sich im Blatt sehen. Feierliche Einweihung der Baustelle, Band durchschneiden, trallala. Das gibt gute Bilder, deshalb warten wir noch ab.«

Ella erkannte, dass sie ihn unnötig provoziert hatte, obwohl sie den Journalisten doch brauchte. »Ich habe schon jetzt was für Sie.«

Matze zog spöttisch die Augenbrauen hoch. »Was denn?«

»Sämtliche Unterlagen zu dem Projekt. Den Antrag, die Genehmigung, den Standort, die technischen Daten.«

Matze gähnte demonstrativ. »Da sind Sie nicht die Einzige. Ich habe auch meine Hausaufgaben gemacht.«

Ella stutzte. Woher sollte der Schmierenjournalist das alles wissen?

Matze las ihr die Frage vom Gesicht ab und legte einen Finger an die Lippen. »Quellenschutz, meine Liebe.«

»Ich bin nicht Ihre Liebe«, giftete Ella. Dann zwang sie sich zur Ruhe. »Ich werde eine Bürgerinitiative gründen«, kündigte sie an. »Energiewende gut und schön, Windkraft gut und schön, aber nicht bei uns im Wald.« Sie machte eine kurze Pause. »Ich biete Ihnen ein Interview an zur Gründung der Bürgerinitiative. Ich werde Ihnen schildern, wie wir das Projekt verhindern werden.«

»Wutbürger, soso. Die Welle ist eigentlich durch. Stuttgart 21, Elbausbaggerung, Flughafen BER – hatten wir alles schon.«

Matze überlegte. »Aber Wutbürger in der Eifel, das ist was Neues. Wutbauern sozusagen.« Er blies weitere Rauchkringel in die Luft. »Ja, das wäre ein Ansatz. Wird dem Chef gefallen, treibt die Klickzahlen hoch.«

Das war ihre Gelegenheit. Ella holte tief Luft und weihte Matze in ihre Pläne ein.

Familientreffen im Krankenhaus

Tanja starrte auf die Schläuche, die am Körper ihres Bruders hingen. »Zusatzbeatmung mit Sauerstoff, Katheter et cetera«, hatte ihr der Arzt zwischen Tür und Angel erklärt. Bevor sie nachfragen konnte, ob es eine Möglichkeit gab, das Bein zu retten, war der Piepser des Arztes losgegangen, und schon war er weg gewesen.

Der Schlauch, der mit einer Kanüle im Arm des Bruders steckte, führte zu einem Tropf. An den Etiketten der Beutel konnte Tanja ablesen, dass ihr Bruder ein starkes Schmerzmittel, ein Beruhigungsmittel und Cortison gegen die Entzündung bekam.

Der Monitor über dem Bett zeigte eine regelmäßige, aber sehr schwache Herztätigkeit.

Sie schaute das Gesicht des Mannes im Krankenbett an. Seine Haut wirkte ungesund grau und fahl. Schnell wandte sie den Blick wieder ab. Das sollte ihr Bruder sein, der stets rotwangig, energiegeladen und mehr als lebhaft gewesen war? Dieser Mensch, der jetzt nichts mehr um sich herum wahrnahm? Andererseits war ja genau das der Sinn von Beruhigungsmitteln. Allein der Transport von Afghanistan nach Koblenz ins Bundeswehrkrankenhaus musste ein Martyrium gewesen sein.

»In Kundus hätten sie das Bein keinesfalls retten können. Er hat drauf bestanden, nach Deutschland verlegt zu werden, selbst auf die Gefahr einer Blutvergiftung hin«, hatte ihr Vater am Telefon gesagt. »Jetzt hat sich das Bein entzündet, sodass sie ihn mit Cortison vollpumpen.«

Der Vater saß auf der anderen Seite des Bettes, zusammengesunken, bleich und übernächtigt, wirkte viel älter als seine zweiundsechzig Jahre. Über seiner Kleidung trug er den gleichen grünen Einwegkittel wie Tanja. Seine Augen oberhalb des Mundschutzes wirkten trübe.

Tanja trank die letzten paar Schlucke von dem bitteren Automatenkaffee, den sie sich vorne auf dem Stationsflur gezogen hatte, dann nahm sie eine Hand ihres Bruders in ihre.

Trotz der Einweghandschuhe, die sie hier tragen musste, fühlte sie, wie kühl seine Finger waren. Sie rieb sie zwischen ihren.

Er reagierte nicht.

»Frank«, flüsterte sie.

Er schien sie nicht zu hören.

In diesem Moment schämte sie sich für jeden Anfall von Neid darauf, dass ihr Bruder Abenteuer mit der Bundeswehr erleben durfte. Anscheinend war ein selbst gebastelter Sprengsatz in viele kleine Splitter explodiert, als Frank darübergefahren war. Die Splitter steckten nun in seinem Bein.

Würde er die Bundeswehr verlassen, wenn er wieder gesund wäre? Sie hoffte inständig, dass er überlebte. Die Entscheidung, sich nach Deutschland verlegen zu lassen, statt einer sofortigen Amputation zuzustimmen, war wahnsinnig gewesen. Aber hätte er den Verlust eines Beines verkraftet? Das Leben mit einer Prothese wäre sicher nicht einfach, vor allem nicht für einen sportlichen Typen wie ihn. Aber auch jetzt war fraglich, ob die deutschen Ärzte sein Bein retten konnten.

Tanja seufzte. Sie brauchte sich diese Fragen nicht zu stellen. Ihr Bruder hatte für sich diese Entscheidung getroffen und lebte noch. Ihre Aufgabe war es jetzt, ihm Kraft zu geben, damit er genesen konnte. Sie versuchte, ihre Energie auf ihn zu übertragen, und hoffte, dass sein Unterbewusstsein etwas davon mitbekam.

»Willst du nicht nach Hause fahren, Paps?«, wandte sie sich an ihren Vater. »Ich werde die nächsten Stunden bei ihm bleiben.«

Der Vater wiegte nur stumm den Kopf.

Tanja war klar gewesen, dass er nicht von der Seite seines geliebten Sohnes weichen würde. Ob er auch an ihrem Krankenbett verharrt hätte, wäre sie bei einem Einsatz verletzt worden? Obwohl er nie gutgeheißen hatte, dass sie einen Männerberuf gewählt hatte? Schnell verdrängte sie den Gedanken. Es ging gerade nicht darum, die Zuneigung ihres Vaters zu ihr und zu ihrem Bruder zu vergleichen. Es ging darum, dass Frank überlebte.

Es sei fraglich, wann eine OP möglich sei, hatte der Arzt gesagt. Sein Zustand müsse sich erst stabilisieren.

Wieder drückte Tanja Franks Finger, massierte jeden einzelnen. Wieder keine Reaktion.

Die Kartei

»Ökoaktivistin kündigt Widerstand an – Ella Dorn aus Antweiler gründet Bürgerinitiative gegen Windkraft«, las Tanja vor. »Komisch, ich hab von den Plänen gar nichts mitbekommen, du?«

Peter schüttelte den Kopf, aber seine gesamte Aufmerksamkeit galt Tanja. Die sah, wenn es denn möglich war, noch fertiger aus als gestern schon. Die Ringe unter ihren Augen waren tiefer und dunkler geworden. Als hätte sie keine Stunde geschlafen. Doch er wagte nicht zu fragen, was los war. Sie würde schon selbst damit rausrücken, wenn sie über ihre Probleme reden wollte. Probleme hatte sie, da war sich Peter sicher.

Tanja schlug mit der flachen Hand auf die Zeitung. »Ella Dorn – die kennen wir doch.«

»Natürlich, die Hexe! Aber was hat die mit diesem Projekt zu tun?«

»Die wohnt doch in Antweiler, schon vergessen? Was würdest du denn machen, wenn man ankündigt, dir Windräder vor die Tür zu bauen?«

Peter zuckte die Schultern. »Irgendwo muss der Strom ja herkommen. Atomkraft will keiner mehr, Kohle schädigt das Klima, also bleiben nicht viele Möglichkeiten.«

»Ausgerechnet diese Ökotante macht jetzt gegen Windräder mobil.« Tanja verzog verächtlich den Mund.

»Handelt die damit nicht nach diesem Sankt-Dingsda-Prinzip? Von wegen nicht vor meiner Haustür?«

»Sankt-Florians-Prinzip.«

»Genau.«

»Jedenfalls will sie jetzt alle dagegen aufhetzen.«

»Was ihr auch gelingen wird.« Peter dachte an die Kunden von Ella Dorn, die diese als Heilerin verehrten, weil sie Salben anrührte und angebliche Erdstrahlen aufspürte. »Sie hat eine Menge Fans hier in der Gegend.«

»Hoffentlich lenken sie die Windräder wenigstens davon ab, sich in unsere Ermittlungen einzumischen. Hast du eigentlich noch mehr über diesen Rinderschocker herausbekommen?«

»Der Hersteller sagt, dass es unmöglich ist, damit einen Menschen umzubringen. Ein Einsatz führe zu Muskelkontraktionen, sei aber nicht letal.«

»Soso, nicht letal. Soweit ich weiß, gab es bei den US-Kollegen, die Taser verwenden, schon Todesfälle.«

»Vielleicht hat auch der Täter angenommen, dass sein Rinderschocker den Schamanen umbringt.«

»Aber das Opfer ist nur in Zuckungen verfallen, weshalb der Täter zum Messer griff und zustach.«

»Was die vielen Stiche erklären würde. Er hat panisch und wahllos auf ihn eingestochen, bis der Mann tot war«, ergänzte Peter.

Tanja blätterte weiter in der Fallakte, starrte dann wieder auf den Bildschirm ihres PCs, tippte etwas ein. »Erinnerst du dich noch an die Karteikarten? Mit den Adressen, die Leo Schmidt gesammelt hat? Ella Dorns lag zuoberst.«

»Kollege Becker von der Tatortgruppe hat sich damit beschäftigt«, erwiderte Peter und war froh, dass er diese Aufgabe nicht auch noch hatte übernehmen müssen.

Tanja zog das Telefon zu sich ran, wählte. »Becker, kommst du mal rüber?«

Wenig später watschelte Becker mit einem Thermobecher in ihr Büro. Peter hatte ihn noch nie ohne gesehen. Vermutlich trank er seinen Kaffee mit Sahne und Zucker und war deshalb so dick.

»Was ist mit den Karteikarten, Becker?«

Der Feldwebel, bei dem er seinen Grundwehrdienst abgeleistet hatte, war freundlicher gewesen als Tanja heute Morgen, kam es Peter in den Sinn. Was war ihr bloß über die Leber gelaufen?

»Die Karteikarten«, wiederholte Becker gedehnt, und Peter konnte sehen, wie es in seinem Hirn arbeitete. »Bisher haben wir keinen Zusammenhang zwischen ihnen und der Tat finden können. Es handelt sich um an die zweihundert Adressen, anscheinend bunt zusammengewürfelt. Etwa zwei Drittel davon gehören zu irgendwelchen Ökos, Umweltschützern, Grünen-Lokalpolitikern, Förstern und so. Der Rest ist ein Querschnitt der Gesellschaft, vom Bauern bis zum Sparkassendirektor.«

»Regionale Schwerpunkte? Wohnen die Leute zum Beispiel alle in Antweiler?«

»Nein, die sind über die gesamte Eifel verteilt.«

»Könnte es sich um eine Kundenkartei des Opfers handeln? Für diese spirituellen Reisen?«

»Glaub ich nicht. Wir haben stichprobenartig einige der Leute angerufen. Manche kannten Leonhart Schmidt überhaupt nicht. Hätten sie ihn wegen dieser Zeremonien aufgesucht, hätte ihnen sein Name doch etwas gesagt.«

Tanja warf ihm einen Blick zu wie einem begriffsstutzigen Schüler. »Okay, weitermachen. Wir müssen die Bedeutung dieser Adressen verstehen.«

Becker verabschiedete sich und quetschte sich eilig mit seiner Thermotasse in der Hand durch die Tür.

»In meinem Adressbuch stehen auch Leute, die mich nicht kennen«, warf Peter ein. »Vielleicht hat unser Opfer einfach Kontakte gesammelt, von denen er dachte, dass sie ihm irgendwann mal nützlich sein könnten. Nur hat er sie eben nicht im Handy oder Computer gespeichert.«

»Ötzi eben«, fasste Tanja zusammen. »Vielleicht wollte er sie für eine Werbeaktion für seine schamanischen Trips verwenden.«

»Dann hätten die Adressen keine weitere Bedeutung für uns«, dachte Peter den Gedanken laut weiter. »Weil viele der Leute mit Leonhart Schmidt nichts zu tun hatten und auch untereinander nicht in Kontakt stehen.«

»Genau.« Tanja starrte wieder gedankenverloren auf die Schlagzeile der Zeitung.

Peter hätte gewettet, dass sie keine einzige Zeile las, sondern mit ihren Gedanken ganz woanders war. Aber wo?

Der Überfall

»Jetzt beruhige dich doch, Herrmann.«

Aber der Imker redete immer noch aufgeregt auf sie ein.

Ella hielt ihr Telefon etwas vom Ohr weg. So erregt hatte sie den alten Mann noch nie erlebt. Sonst war er immer die Ruhe selbst. Vielleicht auch, weil er bei der Arbeit mit seinen Bienen entspannt und langsam vorgehen musste.

»Du weißt nicht, wen du gegen dich aufbringst. Da sind mächtige Interessen im Spiel«, warnte Herrmann jetzt.

Die »Rheinzeitung« hatte das Thema der Windräder nicht auf der Titelseite gebracht, aber doch groß aufgemacht. Der Artikel von Matze Reuter nahm im Innenteil eine ganze Seite ein, einschließlich einer Lageskizze der geplanten Standorte der neuen Anlage und Fotos von bestehenden Windrädern an anderen Orten der Eifel.

Das Interview mit Ella füllte die gesamte Randspalte. »Ökoaktivistin kündigt Widerstand an«, lautete die Überschrift. Das unschöne Wort »Wutbauer« fiel zum Glück nicht. Wahrscheinlich hatte der Journalist es nur benutzt, um seinem Chefredakteur das Thema schmackhaft zu machen.

Ella sprach beruhigend auf Herrmann ein. Der Alte übertrieb

doch. Bevor sie sich höflich verabschiedete und auflegte, sicherte sie ihm noch zu, sich wieder mal bei ihm zu melden.

Zufrieden betrachtete sie die Zeitung. Jetzt wussten alle Bescheid. Sie überlegte, wen sie ansprechen und wem sie vorschlagen könnte, sich an der geplanten Bürgerinitiative zu beteiligen. Mitglieder von Naturschutzorganisationen, Förster, Vogelkundler, vielleicht auch den einen oder anderen Tourismusexperten ...

Sie klappte ihren Laptop auf. Besser war es, die Sache mit System anzugehen. Sie würde eine Tabelle mit den Namen möglicher Mitstreiter anlegen und sich später um deren Kontaktdaten kümmern.

Sie hatte schon zwei Stunden daran gearbeitet, als ein Klingeln an der Tür sie unterbrach.

Wie ein Verrückter fing Rocco an zu bellen, lief in den Flur und kratzte an der Haustür.

Ella zerrte ihn am Halsband in die Küche und knallte die Tür zu. Der Hund musste wirklich lernen, sich zu benehmen, wenn sich Besuch ankündigte.

Vor der Haustür stand ein Mann. Ein großer Mann mit breitem Kreuz. Er trug eine Motorradmaske. Sein Gesicht war nicht zu erkennen.

Sie fuhr zusammen.

Seine Hand schoss auf Ella zu.

Ihre Arme und Beine begannen unkontrolliert zu zucken, ihre Knie wurden weich, dann sackte sie in sich zusammen.

Hart und kurz schlug etwas gegen ihren Kopf, sie sah Sterne, dann nichts mehr.

Beim Tierarzt

Ella öffnete die Augen. Wo war sie? Was war los?

Ihr Kopf schmerzte wie verrückt.

Verwirrt blickte sie sich um. Sie lag auf der Schwelle ihrer Haustür, die Tür stand weit offen.

In der Küche bellte Rocco, aus dem Wohnzimmer waren Geräusche zu hören.

Der Mann mit der Motorradmaske! Er musste noch immer im Haus sein.

Als Ella sich am Türrahmen hochzog, wurde ihr übel, und sie sackte zurück.

Wieder hörte sie etwas aus dem Wohnzimmer.

Sie bewegte Finger und Zehen. Es schien nichts gebrochen zu sein. Sie hielt die Luft an und nahm ihre ganze Kraft zusammen, um sich erneut hochzuziehen. Wieder schwappte eine Welle von Übelkeit über sie hinweg, und sie schluckte schwer.

Um sie herum drehte sich alles. Sie schloss die Augen, öffnete sie wieder. Jetzt ging es etwas besser.

Mit klopfendem Herzen schlich sie durch den Flur, setzte einen Fuß nach dem anderen möglichst leise auf. Sie erreichte die Küchentür und riss sie auf.

Wie ein Blitz schoss Rocco hinaus und laut bellend ins Wohnzimmer.

»Scheißköter!«

Ein Poltern ertönte, dann jaulte Rocco auf.

Der Mann lief aus dem Zimmer, schubste Ella zur Seite und rannte durch den Flur hinaus in den Hof. Ein Motor heulte auf.

Ella stürzte ins Wohnzimmer. »Rocco!«

Winselnd lag der Hund am Boden. Blut sickerte aus seinem Fell. Mit seinen großen dunkelbraunen Augen blickte er zu ihr auf.

Hektisch tastete Ella ihn ab. Als sie ihre Hand zurückzog, war sie rot.

Rocco war am Hinterbein verletzt. Sie hastete in die Küche, holte den Verbandskasten und wickelte die größte Binde, die sie finden konnte, mehr schlecht als recht um Roccos Bein. Im Nu war der Verband blutdurchtränkt. Sie riss die Kuscheldecke vom Sofa, wälzte den Hund darauf, zog ihn so zur Haustür und trug ihn zum Auto. Rocco schien zu spüren, dass sie ihm helfen wollte, und blieb ruhig. Nachdem Ella ihn mitsamt der blutigen Decke auf den Rücksitz gelegt hatte, setzte sie sich hinters Steuer, gab Gas und raste den Berg hinunter.

Tierarzt Larscheid half ihr, den verletzten Rocco aus dem Auto zu holen, und brachte ihn sofort ins Behandlungszimmer. Während Ella ihn ängstlich beobachtete, untersuchte er den Patienten.

»Sieht nach einer Stichwunde aus. Wie ist das passiert?« Larscheid zog die Brauen zusammen.

Ella zuckte die Schultern. »Kommt er durch?« Ihre Stimme klang rau.

»Sieht schlimmer aus, als es ist«, beruhigte sie der Tierarzt. »Muss aber genäht werden. Mit Narkose. Warten Sie bitte draußen.«

Ella nickte ergeben. Sie konnte Rocco jetzt nicht helfen. Musste sich auf Larscheid verlassen.

Sie setzte sich ins Wartezimmer zu drei anderen Herrchen und Frauchen: einem Mann mit einer Schildkröte in einer Pappbox, einer Frau mit einem Terrier und einer mit einer Transportkiste, in der eine Katze miaute. Der Terrier starrte fortwährend die Katze an. Niemand sprach.

Weil Ella noch immer starke Schmerzen hatte, tastete sie vorsichtig ihren Kopf ab und spürte eine dicke Beule. Doch die musste warten. Zu Hause würde sie eine Schmerztablette nehmen. Wichtig war, dass Rocco überlebte. Der Tierarzt hatte nichts von »lebensbedrohlich« gesagt, aber vielleicht hatte er sie nur beruhigen wollen? Rocco hatte so viel Blut verloren.

Nervös fingerte Ella am Ärmel ihres Pullovers herum. Die Wolle hatte an den Stellen, die stark beansprucht wurden, Knötchen gebildet. Sie zupfte sie ab, rollte sie zwischen den Fingern. Ob Rocco die Narkose vertrug?

Eine Frau kam herein, einen Käfig mit einem riesigen bunten Papagei im Arm, und setzte sich neben Ella.

»Eine Amazone«, sagte sie, als Ella den Vogel musterte. »Die Anschaffung war eine Jugendsünde.«

Ella versuchte, das Alter der Frau zu schätzen. Fältchen um die Augen, ein herber Zug um den Mund – die vierzig hatte sie bestimmt überschritten. Amazonen konnten um die neunzig Jahre alt werden, meinte sie sich zu erinnern. Der Vogel würde die Frau ihr Leben lang begleiten, eigentlich eine schöne Vorstellung. Dies als »Jugendsünde« zu bezeichnen, kam ihr falsch vor.

»Frau Dorn, kommen Sie bitte?« Die Assistentin des Arztes hatte ihren Kopf ins Wartezimmer gesteckt.

Ella zuckte zusammen, stand auf und versuchte, an ihrer Miene abzulesen, wie es um Rocco stand. Vergeblich.

Rocco lag in einem kleinen Raum auf einem Hundebett und schien zu schlafen. Er atmete regelmäßig. Sein Fell war gesäubert worden, es war kein Blut mehr zu sehen. Rund um die Verletzung war er rasiert und die Wunde dann genäht worden. Sie wirkte jetzt überraschend klein. Um den Hals trug er einen Plastiktrichter, damit er nicht an der Naht lecken konnte.

Ella atmete auf.

»Sie können jetzt bei ihm bleiben.« Die Arzthelferin lächelte ihr zu. »Er wird gleich aufwachen.«

Ella sackte neben Rocco auf den Boden und streichelte ihn so lange, bis er wenige Minuten später zu zucken begann und die Augen öffnete. Ella redete beruhigend auf ihn ein. Dann stand Rocco etwas wackelig auf, schüttelte sich.

Nachdem Ella die Rechnung beglichen hatte, lief er sogar schon zum Auto. Dr. Larscheid hatte ihm ein Schmerzmittel verabreicht.

Zu Hause angekommen, gab Ella Rocco ein Leckerli, dann legte er sich wie gewohnt auf seinen Platz und begann nach einer Weile, leise und regelmäßig zu schnarchen.

Ella beschloss, alles aufzuschreiben, was heute passiert war. Jetzt sofort, solange sie sich noch an die Einzelheiten erinnerte. Anschließend würde sie die Polizei anrufen. Sie setzte sich an den Schreibtisch in der Ecke des Wohnzimmers, der ihr als Büro diente.

Wo war ihr Laptop? Wann hatte sie ihn zuletzt benutzt? Hatte sie ihn ans Ladekabel angeschlossen? Aber nein, das hing über der Kante des Tisches. Kein Rechner war angeschlossen. Sie schaute zum Sofa und sogar ins Schlafzimmer. Kein Laptop. Noch vor wenigen Stunden hatte sie begonnen, eine Liste der Leute anzulegen, die sie wegen der Bürgerinitiative ansprechen wollte, und jetzt war der Rechner weg.

Der Einbrecher. Er musste den Laptop geklaut haben!

Ella nahm ihr Handy und suchte in ihren Kontakten nach Peter Claes. Dann drückte sie die Anruftaste.

Der Taser

»Wieso haben Sie uns nicht sofort informiert?« Tanja musterte die Eifelhexe. Hatte sie etwas zu verbergen? Wieso schien sie immer das Schlamassel anzuziehen? »Haben Sie etwas in Ihrem Haus verändert? Fehlt noch etwas außer dem Laptop?«

Die Dorn schüttelte den Kopf. »Nein. Ich meine, es fehlt nichts außer dem Rechner.«

Der Schäferhund mit diesem seltsamen Plastiktrichter um den Hals drängte sich gegen Tanjas Bein. Sie streichelte das Vieh, das ganz zufrieden wirkte. »Was hat der Tierarzt über die Wunde gesagt? Wie breit, wie tief?«

Ella Dorn schüttelte schon wieder den Kopf.

»Er hat nichts gesagt?«

»Ich weiß nicht. Der Hund … Ich weiß nicht mehr, was Dr. Larscheid gesagt hat.«

Offensichtlich hatten sie die Geschehnisse mitgenommen. Erst der Überfall und dann die Sorge um ihren verletzten Hund.

Tanja unterdrückte ein Gähnen. Frank war gestern operiert worden. Die Ärzte hatten sich dazu entschlossen, nachdem sich Franks Herzschlag stabilisiert hatte. Tanja löste ihren Vater am Krankenbett ab, wann immer es der Dienst ihr erlaubte. Ihr fehlten ein paar Stunden Schlaf.

Erneut strich sie dem Hund über den Rücken und zwang sich, nur an ihre Arbeit zu denken. Sie würde Ella Dorns Aussage überprüfen und den Tierarzt anrufen. Vielleicht hatte der sich Notizen über die Art der Verletzung gemacht, die Rückschlüsse auf die Tatwaffe zuließen.

Das Tier schnüffelte an ihrem Hosenbein, dann an dem von Kollege Claes. Schließlich trottete der Hund zu seinem Frauchen und ließ sich zu dessen Füßen nieder, jedoch ohne den Blick von ihr und Claes zu nehmen. Etwas daran machte sie nervös. Das Tier hatte bernsteinfarbene Augen.

»Es wurde also nur der Laptop entwendet. Warum? Haben Sie eine Vermutung?« Tanja blickte die Dorn direkt an.

Diese senkte den Blick. »Ich bin mir nicht sicher.«

»Sie haben sich in der ›Rheinzeitung‹ öffentlich gegen die Windkraftanlage ausgesprochen, die hier im Ort gebaut werden soll.«

»Ja, und?«

Tanja seufzte. Die kapierte aber heute echt langsam. Dabei hatte sie doch früher als hoch bezahlte Beraterin gearbeitet. Dumm sollte sie eigentlich nicht sein. Tanja holte Luft: »Zählen Sie doch mal eins und eins zusammen. Wer will Ihnen schaden? Jemand ist in Ihr Haus eingedrungen, hat Sie außer Gefecht gesetzt und Ihren Laptop entwendet. Was wollte er damit wohl bezwecken?«

Ella Dorn zog die Brauen zusammen. »Vielleicht die Gründung der Bürgerinitiative verhindern? Aber ich kann mir doch einen neuen Rechner zulegen.

»Waren wichtige Daten auf dem Computer?«

»Ich habe ein automatisches Back-up-System in der Cloud.«

Die Cloud – damit lagen Tanja die IT-Heinis von ihrer Dienststelle auch immer in den Ohren, aber bisher hatte sie sich den Zugang zum Online-Datenspeicher noch nicht eingerichtet. Es fehlte ihr einfach die Zeit dafür. Die Dorn hingegen, die früher bei einem hochkarätigen Frankfurter Unternehmen gearbeitet hatte, kannte sich natürlich damit aus. Tanja runzelte die Stirn. Im vergangenen Jahr hatte sie sich in ihre Ermittlungen zum

Giftmord an einem Lokalpolitiker eingemischt und dabei einiges vor ihnen verborgen gehalten. Verschwieg sie ihnen auch jetzt etwas? Andererseits hatte sie zur Festnahme des Täters beigetragen. Ob sie schon wieder Hobbydetektivin spielte? »Haben Sie Recherchen zum Tod von Leonhart Schmidt angestellt und auf dem Rechner gespeichert?« Ein Schuss ins Blaue, Tanjas Augen verengten sich.

Die Dorn verneinte. »Ich habe dazu keine Notizen gemacht.«

Tanja horchte auf. Das klang nach einer ausweichenden Antwort. Hatte sie keine Notizen gemacht, aber doch recherchiert? »Lassen Sie die Ermittlungen Sache der Polizei sein«, mahnte Tanja.

Ella Dorn nickte, während ihr Hund Tanja immer noch anstarrte.

»Sie erstatten sicher Anzeige?«

Ella Dorn nickte erneut.

Tanja hatte nichts anderes erwartet. »Dann nehme ich Ihre Aussage zu Protokoll und schicke es Ihnen später per Mail zu. Haben Sie denn jetzt Zugriff auf Ihre Mails?«

»Vorerst muss es das Smartphone tun. Ich ersetze den Rechner so schnell wie möglich.«

Der materielle Verlust schien Ella Dorn kaum etwas auszumachen, dabei war der Laptop sicher teuer gewesen. Tanja schielte auf ihre Notizen. »Lenovo« hieß die Marke. Zumindest kein Aldi-Modell.

»Muss ich was unterschreiben?«, fragte Ella Dorn.

»Nein, wie gesagt, ich maile Ihnen das Protokoll, Sie prüfen es, zeichnen es dann gegen und schicken es mir eingescannt zurück.«

Es klingelte an der Tür.

Der Schäferhund sprang auf, die Dorn griff sein Halsband und hielt ihn zurück. »Rocco, alles gut.« Hoffentlich war sie stark genug, ihn zu halten. Das Tier wog mindestens fünfundvierzig Kilo.

Tanja starrte auf den Unterarm der Frau, den die zurückgerutschten Ärmel des Pullovers entblößt hatten. Zwei rote Punkte waren zu sehen, eng beieinander. Und etwas weiter oben leuchteten zwei weitere in gleichem Abstand.

»Einen Moment bitte. Was haben Sie da?« Tanja hielt Ella Dorn auf, die zur Tür gehen wollte, und deutete auf deren Arm.

Sie sah sich die Male an. »Da muss ich bei dem Überfall wohl irgendwo gegengestoßen sein. Ich bin vor Schreck bewusstlos geworden.«

Tanja schüttelte den Kopf. »Sie sind mit einem Taser attackiert worden. Das da sind die Brandmale der Kontaktstellen.« Sie dachte an den Ötzi, dessen Körper dieselben Merkmale aufgewiesen hatte. Allerdings war er nicht mit dem Leben davongekommen.

»Ich muss zur Tür.« Ella Dorn machte zwei Schritte Richtung Flur. Sie schien nicht verstanden zu haben, was Tanja gesagt hatte.

»Einen Moment noch. Der Hund hat den Einbrecher angegriffen, sagten Sie?«

Ella Dorn nickte.

Ob der Täter Bisswunden davongetragen hatte?, überlegte Tanja. Das würde die Identifizierung erleichtern. Vielleicht hatte nur der Angriff des Hundes ihn davon abgehalten, die Frau genauso wie den Schamanen am Keltenring abzustechen.

Ella Dorn ging zur Haustür und kam in Begleitung eines sehnigen, hageren Mannes zurück. Er war braun gebrannt, sein Gesicht von Falten zerfurcht, doch sein Alter unbestimmbar.

»Das ist Herrmann, ein befreundeter Imker«, stellte sie den Besuch vor, und sie grüßten sich flüchtig.

»Ich muss noch die Verletzungen an Ihrem Arm dokumentieren.« Tanja fotografierte die Taser-Male, während sie ein Maßband danebenhielt. Sie würden später prüfen, ob sie mit denen am Körper des Ötzi identisch waren, aber Tanja hatte jetzt schon die Vermutung, dass dem so sein würde.

»Passen Sie auf sich auf«, warnte sie Ella Dorn, als sie sich endlich verabschiedete. »Vielleicht kann Ihr Freund«, sie schaute den Bekannten an, »ja ein paar Tage bei Ihnen bleiben. Ich meine die Warnung wirklich ernst: Stellen Sie keine eigenen Nachforschungen an. Am besten gehen Sie so wenig wie möglich aus dem Haus, bis wir die Mordermittlungen abgeschlossen haben.«

Sturm über dem Wald

»Die Windkraftanlagen im Wald sind tödliche Fallen. Greifvögel, Eulen und Fledermäuse nehmen die Rotoren nicht wahr und werden einfach geschreddert.« Der kleine Mann hatte einen großen Schnurrbart, dessen Enden nach oben gezwirbelt waren. Er trug ein rot-schwarz kariertes Hemd, darüber eine offen stehende dunkle Wachsjacke und Jeans. Auf seinem Kopf saß eine Art Kapitänsmütze, wie sie Ella bisher nur von norddeutschen Schiffern kannte.

Jetzt legte er eine Hand auf das Fernglas, das ihm um den Hals hing. »In einer Studie wurden über fünfundvierzig Windkraftanlagen in Norddeutschland untersucht. Innerhalb von vier Jahren starben dort fast dreihundert Vögel von über fünfzig Arten. Vor allem Mäusebussarde, Rotmilane und Turmfalken.« Er unterbrach seinen Wortschwall nur, um kurz Atem zu holen. »Und das in Norddeutschland, in offener Landschaft. Die Windräder, die jetzt in Wäldern geplant werden, sind viel, viel größer und werden noch mehr Opfer fordern. Ganze Populationen werden zerstört. Es ist eine Katastrophe, dass die Wälder als Standorte freigegeben wurden. Ein Skandal.«

Ella, Herrmann und der Vogelkundler stapften einen Hang in der Nähe von Boxberg hoch. Rocco sprang um die kleine Gruppe herum. Auf dem Hügel drehten sich drei Windräder.

»Ich fand Windräder schon immer hässlich, aber meinen Immen schaden sie nicht«, sagte Herrmann. Der Aufstieg über den schlammigen Feldweg schien ihm nichts auszumachen. Er fiel nicht hinter die anderen zurück. Ella hatte ihren Freund nie nach seinem Alter gefragt, schätzte ihn jedoch auf mindestens sechzig. Aber er stemmte ja auch jeden Sommer die Kisten voller

Honigwaben von seinen Bienenvölkern, dachte sie und lächelte. Das hielt fit.

»Bis jetzt wusste ich nicht, dass Windräder für Vögel so gefährlich sind.« Nun klang Herrmann betroffen.

»In Deutschland sterben jährlich zweihundertfünfzigtausend Fledermäuse und fünfundzwanzigtausend Greifvögel durch Windräder«, sagte der Ornithologe. »Jahr für Jahr, das muss man sich mal vorstellen.« Er trug praktischerweise Gummistiefel, während Ella den größeren Pfützen ausweichen musste, um ihre Schuhe nicht zu ruinieren. Auch Rocco mit seinen Krallen hatte keine Mühe, auf dem schlammigen Untergrund voranzukommen.

Sie schluckte. Wie Herrmann hatte sie sich nie Gedanken darüber gemacht, welchen Schaden Windräder anrichteten. »Können die Vögel nicht ausweichen?«

»Die Rotoren erreichen eine Geschwindigkeit von bis zu zweihundert Stundenkilometern. Ein einziges Windrad bestreicht eine Fläche von einem Drittel eines Fußballfelds«, referierte der Biologe, der offensichtlich jede Menge Zahlen in seinem Gehirn gespeichert hatte. »Die Windräder an Waldstandorten sind über hundertachtzig Meter hoch – in diesen Höhen sind Zugvögel unterwegs, die sie somit auch gefährden. Und nein, Vögel nehmen die Rotoren nicht als Hindernisse wahr. Manchmal stürzen sie einfach ab, weil die Rotoren Verwirbelungen der Luft erzeugen. Außerdem schädigt der plötzliche Druckunterschied vor und hinter den Rotoren die Organe der Vögel. Und die Anzahl dieser tödlichen Anlagen nimmt immer stärker zu, auch hier in der Eifel.«

»Dass das überhaupt erlaubt ist«, wunderte sich Herrmann.

»Die Bundesregierung will den Anteil der Windkraft an der Energieerzeugung verdoppeln«, sagte der kleine Mann mit dem großen Schnurrbart.

Ella schätzte, dass solche Schnurrbärte zuletzt im Kaiserreich modern gewesen waren, so um 1910.

Herrmann hatte ihr den Ornithologen als »Hännes aus Köln, der die Eifelwälder unsicher macht« vorgestellt. Auf seinem Fernglas prangte ein Aufkleber, der es als Eigentum von »Professor

Johannes Mayer, Uni Köln« kennzeichnete. Ein Professor also. Kein Wunder, dass er eine Zahl nach der anderen ausspuckte.

»Irgendwo muss unser Strom ja herkommen«, sagte sie lahm.

»Pah!« Hännes stieß verächtlich Luft aus. »Ältere Windanlagen werden sogar schon zurückgebaut, weil sie nicht mehr ertragreich sind. Müssen wir wirklich immer mehr Energie erzeugen? Wäre es nicht sinnvoller, den Verbrauch zu reduzieren?«

Jetzt waren sie oben auf dem Hügel angekommen, wo ein geschotterter Weg zur nahen Landstraße führte. Ella fragte sich, wieso sie nicht dort geparkt hatten. So hätten sie sich den Aufstieg durch den Schlamm sparen können.

»Allein der Bau der Zuwege zerstört Habitate«, empörte sich Hännes. »Einige scheue Tierarten meiden diese Gebiete vollständig, wenn die Baumaschinen erst einmal ihre Arbeit verrichtet haben.« Er zwirbelte seinen Schnurrbart mit solcher Hingabe, dass Ella schon fürchtete, er würde sich dabei einige Haare auszupfen.

»Die sind wirklich riesig.« Herrmann legte den Kopf in den Nacken.

Von Nahem wirkten die Windräder noch gigantischer als aus der Ferne. Rocco lief zur Treppe, die zu einer Tür zum Inneren des Rads führte, an dessen Fuß sie standen, und pinkelte an das Geländer. Er musste immer und überall seine Wegmarken setzen.

»Unbefugten ist das Betreten verboten«, warnte ein Schild. Der Mast des Windrads hatte einen Umfang von mehreren Metern. Die Rotorblätter in der Höhe verschwanden teilweise im Dunst, der herrschte. Sie drehten sich unermüdlich.

»Die Räder hier sind noch vom alten Typ, jetzt werden schon viel größere gebaut. Je höher die Anlagen, desto höher auch das Kollisionsrisiko.« Hännes ereiferte sich: »Auch die Kollegen vom Fledermausschutz sind sehr besorgt. Insbesondere Große und Kleine Abendsegler bei ihren Wanderflügen sowie die seltene Zweifarbfledermaus, die in großen Höhen jagt, sind durch Windkraftanlagen im Wald gefährdet.« Er sprach so laut und deutlich, als stünde er in einem Hörsaal voller Studenten.

Seine Art ging Ella zunehmend auf die Nerven, auch wenn

sie nicht genau wusste, warum. Weil er selbstgerecht wirkte? Missionarisch? »Wieso unternehmen Sie dann nichts gegen die Windräder?«, wollte sie wissen. »Sie und Ihre Kollegen von den Hochschulen haben doch sicher Einfluss auf die Bundesregierung.«

Hännes schnaubte. »Die staatlichen Vogelschutzwarten haben bereits eine gemeinsame Erklärung formuliert, die besagt, dass Windkraftanlagen einen Abstand von mindestens tausendfünfhundert Metern zu Brutplätzen von Greifvögeln haben sollen, bei Horsten von Schreiadlern sogar noch viel mehr. Aber dieses Papier wird nicht als Vorgabe betrachtet, sondern nur als Empfehlung. Die Politik richtet sich nicht danach und zieht ihr Ding durch, ohne die Erkenntnisse der Wissenschaft ernst zu nehmen.« Erregt fingerte er an seinem Fernglas herum. »Das Bundesnaturschutzgesetz verbietet, besonders gefährdete Vogelarten zu töten, aber für Windkraftanlagen werden einfach Ausnahmegenehmigungen erteilt.«

Ella beschloss, Hännes' Emotionen für ihre Zwecke zu nutzen, und berichtete von der Bürgerinitiative, die sie gründen wollte. »Würden Sie uns unterstützen?«

»Ein neuer Standort, sagen Sie?« Er zwirbelte wieder seinen Bart. »Neulich war ein Student in meiner Sprechstunde, der noch ein Thema für seine Doktorarbeit sucht. Den könnte ich darauf ansetzen, das Gebiet artenrechtlich zu kartieren. Wer weiß, vielleicht entdeckt er ja bei euch eine Art, die besonders selten ist und hohen Schutz erfordert. Damit hätten Sie ein weiteres Argument, um den Bau der Windräder zu stoppen.« Er blickte Ella an.

»Das würde aber dauern, oder?« Sie erinnerte sich an die Klagen eines früheren Kollegen, der neben seiner Tätigkeit in der Frankfurter Consulting-Firma an einer Dissertation geschrieben hatte, aber nie damit fertig geworden war.

»Vermutlich einige Jahre, da geht es ja um Feldforschung«, nickte Hännes.

Ella biss sich auf die Lippen. Bis die Vogelkundler ihre Untersuchungen beendet hätten, wäre die Windkraftanlage bereits beschlossene Sache, denn die Planungen waren offensichtlich weit fortgeschritten.

Sie kratzte sich am Unterarm. Die Brandmale juckten. Sie stammten von einem Taser, hatte Kommissarin Marx gesagt. Was auch erklärte, wieso sie in Ohnmacht gefallen war. Schon wieder wurde ihr schwindelig, und sie griff nach Herrmann, der ihr den Arm um den Rücken legte.

»Alles in Ordnung?« Er musterte sie besorgt.

Ella nickte. Der Schwindel war schon wieder vergangen. Vielleicht brauchte sie einfach nur einen Kaffee. »Ich glaube, ich habe genug gesehen«, sagte sie. »Von mir aus können wir wieder zum Auto gehen.«

In dem Moment deutete der Ornithologe nach oben: »Seht ihr? Ein Rotmilan!«

Ella starrte auf den Fleck im Dunst. Der Greifvogel kam näher, flog eine Kurve. Sein gegabelter Schwanz war deutlich erkennbar. Der Anblick war für Ella nichts Besonderes. Sie sah diese majestätischen Vögel häufig, auch direkt von ihrem Küchenfenster aus. An sonnigen Tagen konnte sie ihnen stundenlang dabei zuschauen, wie sie sich gemächlich in der Thermik hochschraubten.

Schließlich rutschten sie einer nach dem anderen den Hang mehr herunter, als dass sie gingen. Rocco kam als Erster bei den Autos an.

Der Ornithologe verabschiedete sich von Ella und Herrmann mit dem Versprechen, in Kontakt zu bleiben, dann stieg er in seinen zerschrammten Kleinwagen und rumpelte davon.

Herrmann blickte Ella ernst an: »Du kommst jetzt mit zu mir. Seit dem Überfall gestern gefällt mir der Gedanke überhaupt nicht, dass du alleine zu Hause bist.«

Ella überlegte. Sie sehnte sich nach Ruhe, aber war es in ihrem Haus wirklich noch ruhig? Nach dem Überfall, bei dem sie und Rocco verletzt worden waren? Bei dem ihr Rechner geklaut worden war? Würde der Täter vielleicht wiederkommen, wenn er auf dem Laptop nicht fand, was auch immer er suchte? Kommissarin Marx hatte den Überfall sehr ernst genommen.

»Und was ist mit ihm?« Sie nickte in Richtung Rocco, der sie erwartungsvoll anblickte. Wahrscheinlich hoffte er, der Spaziergang durch den Schlamm würde noch weitergehen.

»Rocco ist natürlich auch eingeladen.« Herrmann tätschelte dem Schäferhund den Kopf, der daraufhin freudig mit dem Schwanz wedelte. »Und jetzt fahren wir zu dir und holen noch ein paar Sachen für die nächsten Tage.«

Tumult im Gemeinderat

»Wir müssen etwas für die Energiewende tun«, hob der Lehrer an. »In Zeiten des Klimawandels …«

Ella hätte es nicht gewundert, wenn lautes Schnarchen im Saal des Gemeindehauses Antweiler ertönt wäre. Niemand schien zuzuhören. Am Freitagabend waren offensichtlich alle von der hinter ihnen liegenden Arbeitswoche geschafft.

Der Lehrer, den Ella nur vom Sehen kannte, sprach in dem für Pädagogen so typischen Singsang, sodass selbst Ella fast die Augen zufielen. Sie musste sich zwingen, seinem Vortrag zu folgen.

Gerade lobte er sein eigenes Engagement für die örtliche Freiwillige Feuerwehr. Dann kam er auf den eigentlichen Anlass der Versammlung zu sprechen: »Daher sollten wir die Ansiedlung einer Windkraftanlage in unserer Gemeinde begrüßen. Selbst wenn der Bau vorübergehend Unannehmlichkeiten –«

»Die werden mir die ganzen Wege kaputt machen«, unterbrach ihn ein Mann in grünem Wollpulli. »Als Jagdpächter kann ich nicht akzeptieren –«

»Darf ich bitte meine Ausführungen beenden?« Der Lehrer klang pikiert. »Auch wenn es also zu vorübergehenden Unannehmlichkeiten kommen sollte, müssen wir das große Ganze im Blick haben.«

Der Jagdpächter schnaubte.

»Das große Ganze ist der menschengemachte Klimawandel«,

fuhr der Lehrer fort. »Wir müssen unseren Lebensstil ändern, an nachfolgende Generationen denken. Und die Windenergie trägt als erneuerbare Energie eben dazu bei, unseren ökologischen Fußabdruck zu verringern.«

Ella ertappte sich dabei, dass sie ihm zustimmte. Der Mann hatte ja recht. Trotzdem wollte sie keine riesigen Windräder vor ihrer Tür. Ihr fiel wieder ein, was sie von Hännes, dem Ornithologen aus Köln, erfahren hatte. Wie gefährlich die Windräder für Greifvögel und Fledermäuse waren.

Der Jäger sagte laut: »Windenergie gut und schön, aber bitte nicht mitten im Wald. Es gibt doch genügend Standorte an der Küste …«

Der Lehrer räusperte sich demonstrativ. »Könnten wir uns bitte alle demokratisch verhalten und einander ausreden lassen?«

»Demokratisch? Dass ich nicht lache. Was daran soll bitte demokratisch sein, wenn der Gemeinderat hinter unserem Rücken dem Bau eines Windparks zustimmt?« Die Stimme des Jagdpächters wurde immer lauter.

Gemurmel machte sich im Saal breit.

»Aber der Klimawandel –«, hob der Lehrer wieder an.

Jemand pfiff gellend, und eine Handfläche knallte auf den Tisch. Der Mann, den alle nur »den Metzger« nannten, obwohl er sein Geschäft schon vor Jahren aufgegeben hatte, ließ nicht mit sich spaßen. »Können wir bitte alle ruhig bleiben?« Der Metzger war seit Jahren Vorsitzender des Gemeinderats. Niemand machte ihm den Posten streitig. Vielmehr waren alle froh, dass er den damit verbundenen Papierkram erledigte. Für das Amt wurde nur eine sehr geringe Aufwandsentschädigung gezahlt, die niemanden lockte, ihn abzulösen. Der frühere Beruf schien seine Statur geprägt zu haben. Auch heute noch – obwohl hoch in den Siebzigern – wirkte der Mann, als könnte er mit Leichtigkeit Rinderhälften stemmen.

Selbst der Jagdpächter schien von ihm eingeschüchtert und kniff die Lippen zusammen. Es war wieder ruhig im Raum, nur vereinzelt tuschelten einige Männer miteinander. Ella blickte sich um: Außer Olga von der Forellenzucht und ihr selbst waren keine Frauen anwesend. Auch im Gemeinderat des Dorfes saßen ausschließlich Männer.

Wieder ergriff der Lehrer das Wort: »Wenn schon unsere Kinder freitags auf die Straße gehen, um gegen die Klimapolitik zu protestieren ...«

Ella hing ihren Gedanken nach. Der Lehrer sah die Sache zu global. Hier ging es doch um ihr Dorf, um Antweiler, genauer noch um den Wald am Hang des Arembergs. Sollte dieser Wald bald zerstückelt, von Zufahrten durchzogen und riesigen Windanlagen überragt werden? Bei der Vorstellung zog sich ihr Magen zusammen.

Sie ließ ihren Blick durch den Raum wandern. Konnten die Ausführungen des Lehrers die Dörfler überzeugen? Die meisten wirkten unbeteiligt.

Vorne auf dem Podium saßen Schulter an Schulter die Männer, die schon immer den Ton angegeben hatten, wenn es um die Geschicke der Gemeinde ging. Neben dem Metzger hatten der Bürgermeister von Antweiler, der Leiter der Raiffeisen-Niederlassung und die mächtigsten Landwirte des Dorfes Platz genommen. Ella erkannte unter ihnen den breitschultrigen Thielen, Gemeinderat und Vater von Corinna, die Marnie im Reitstall aushalf.

Ella sah sich weiter um und erblickte in der hintersten Reihe noch jemanden, der ihr bekannt vorkam. Reporter Matthias Reuter, genannt Matze. Sie nickte ihm kurz zu, doch er nahm sie nicht wahr, tippte etwas in den Laptop, der auf seinen Oberschenkeln lag.

Sogar aus der Ferne erkannte Ella das Logo auf der Rückseite des Bildschirms. Die gleiche Marke wie der Rechner, der ihr geklaut worden war. Sie müsste nach Köln fahren und einen neuen kaufen. Oder online bestellen, überlegte sie. Aber lieber würde sie vorher die Tastatur ausprobieren und den Bildschirm testen. Am einfachsten wäre das in einem großen Elektromarkt. Sie schauderte, als sie an ihren Ausflug nach Köln dachte. Dahin brachten sie vorerst keine zehn Pferde. Vielleicht würde sie sich doch auf Testberichte im Internet verlassen. Sie könnte den Laptop ja zurücksenden, wenn er nicht ihren Erwartungen entsprach. Was natürlich zusätzliche Transportkosten erzeugte. Sie runzelte die Stirn. Es war gar nicht so einfach, ökologisch korrekte Entscheidungen zu treffen.

Schwere Schritte auf dem Gang holten sie aus ihren Gedanken zurück.

Die Tür wurde aufgerissen, Wasser-Juppes stürmte in den Saal und blieb wie angewurzelt stehen. Seine Augen glitten suchend über die Versammlung. Fanden einen Mann auf dem Podium. Er ballte die Fäuste und rannte auf Gemeinderat Thielen zu.

Wasser-Juppes' Ausraster

»Arschloch!« Wasser-Juppes packte Thielen am Kragen und ließ einen Schwall Schimpfwörter in Eifler Platt auf ihn niedergehen.

Ella verstand kein Wort außer wiederholt »Arschloch!«. Dafür schien es auf Platt keine adäquate Entsprechung zu geben.

Der Metzger, der neben Thielen saß, sprang auf und stieß Wasser-Juppes vor die Brust. Er war viel größer als der Landwirt und musste mindestens das Doppelte auf die Waage bringen.

Wasser-Juppes stolperte mehrere Schritte zurück, dann fing er sich wieder. »Betrüger!« Er holte mit dem rechten Arm aus, die Hand geballt. Eine Faust wie ein Vorschlaghammer. Mit voller Wucht warf er sich nach vorne.

Der Lehrer zupfte ihn zaghaft am Hemd, ohne sichtbaren Effekt.

»Labbes!« Wasser-Juppes' Stimme überschlug sich.

Der Metzger fing die Faust von Wasser-Juppes mit seinem Oberarm ab, kurz bevor sie in Thielens Gesicht landen konnte.

Der Bauer hatte seinen Stuhl so weit wie möglich zurückgeschoben. Sein Gesicht war kreidebleich.

Dafür glühte das von Wasser-Juppes leuchtend rot.

»Dou häst se doch nä mie all!«, stieß Thielen hervor.

»Ruhe.« Aber die Stimme des Lehrers ging im Gebrüll unter.

»So 'n Driss!« Jetzt hatte sich auch Thielens Gesicht gerötet.

»Ruhe! Setzt euch hin!« Der Metzger hatte mehr Erfolg als der Pädagoge. Der Lärm verebbte. Stuhlbeine scharrten auf dem Boden, die Männer nahmen wieder Platz.

Nur Wasser-Juppes stand noch. Er schnaufte heftig und wankte leicht.

Ella fürchtete, dass er knapp an einem Herzinfarkt vorbeischlidderte. Thielen wirkte nicht besser.

»Was ist los mit dir?«, wandte sich der Metzger, der offensichtlich beschlossen hatte, als Vermittler aufzutreten, an Wasser-Juppes, der daraufhin einen weiteren Wortschwall losließ.

Ella erstarrte. Wenn sie das Eifler Platt des Mannes richtig verstand, hatte er die Wiese, die sie eigentlich als Pferdeweide hatte pachten wollen, an Thielen verkauft. Und zwar für 'nen Appel und 'n Ei in Anbetracht dessen, dass genau dort die Windräder geplant waren. Würde die Windkraftanlage realisiert werden, wäre das Land das Zehnfache wert. Mindestens. Wasser-Juppes fühlte sich verständlicherweise übers Ohr gehauen.

Im Gemeindehaus rumorte es. Mehrere der Anwesenden begannen aufgeregt zu tuscheln, einige grinsten, als hätten sie im Lotto gewonnen.

»Das stimmt doch alles überhaupt nicht«, fiel Thielen endlich Wasser-Juppes ins Wort. »Ich habe die Wiese gekauft, um Sonnenblumen anzubauen. Eine echte Nische. Dafür gibt es EU-Subventionen. Für ›Sonderkulturen zum Selberpflücken‹.« Er lehnte sich zufrieden zurück.

Zufrieden mit seiner Geschäftsidee oder zufrieden damit, dass er Wasser-Juppes eine gute Erklärung für das Geschäft bieten konnte?, überlegte Ella und schielte zu Matze Reuter hinüber, der mit unbewegtem Gesicht die Tasten bearbeitete.

Thielen war schlau. Als einer der wenigen im Dorf schien er von der Landwirtschaft leben zu können. Er hatte sein Haus mit Solaranlagen zugepflastert und hielt erfolgreich Galloways. Jetzt hatte er sich anscheinend in die EU-Richtlinien eingefuchst und eine Möglichkeit gefunden, dem kargen Eifelboden eine gewinnbringende Sonderkultur abzuringen. Wenn aber genau dort die Windkraftanlage entstand, hätte Thielen einen Schatz in seinen Besitz gebracht. Ella hatte sich schlaugemacht. Die Betreiber von Windkraftanlagen zahlten bis zu fünfundsiebzigtausend Euro Pacht im Jahr. Im Gegensatz zu den jährlichen etwa hundert Euro, für die man sonst im Dorf einen ganzen Hektar Wiese pachten konnte. Kein Wunder, dass Wasser-Juppes ausflippte.

»Einen einzigen Euro hab ich gekriegt!«

Das Getuschel wurde lauter.

»Für den Quadratmeter?«, fragte einer.

»Ja«, knurrte Wasser-Juppes.

»Das gibt es doch nicht!«, rief jemand. »Betrug!«, ein anderer. Das Murren wurde immer lauter.

Als der Metzger diesmal etwas rief, drang seine Stimme nicht mehr durch.

Mehrere Männer sprangen auf, drängten sich um Thielen und Wasser-Juppes.

»Und du bist keinen Deut besser!«, schrie Wasser-Juppes und deutete auf den Bürgermeister, der sich ebenfalls erhob.

Ella wurde schwindelig. Die Luft schien aus dem Raum zu entweichen. Sie stand auf, hielt sich an einer Stuhllehne fest, schnappte nach Luft und schlängelte sich dann durch das Gedränge Richtung Tür. Jeder Rempler, jeder Schubser ließ sie zusammenfahren.

Als sie endlich im Freien stand, atmete sie auf.

EU-Förderdschungel

Auf dem Rechner des Imkers lud die Website enervierend langsam. Ella trommelte ungeduldig mit ihren Fingern auf den Tisch.

»Ich benutze den eigentlich nur, um Mails zu lesen«, verteidigte sich Herrmann.

»Schon okay.«

Es war warm in der Wohnküche. Das Holz im Ofen knackte. Außerdem blubberte etwas in regelmäßigen Abständen.

Herrmann wies in die hintere Ecke des Raumes. »Der Met ist bald fertig.«

Ella entdeckte große Glasballons mit einer hellgelben Flüssigkeit darin. Sie waren mit Korken verschlossen, in denen ein s-förmig gebogenes Röhrchen steckte.

Herrmann schob ihr eine Tasse dampfenden Tee hin.

Als die Suchmaschine endlich geladen war, gab Ella »Sonnenblumen«, »EU-Förderung« und ähnliche Wörter in die Suchmaske ein, erhielt aber keine Treffer, die sie weiterbrachten.

»Was würdest du machen, wenn du deinen Hof erweitern wolltest, Herrmann?« Sie lehnte sich zurück und blies auf den Tee, um sich nicht den Mund zu verbrennen.

»Aber ich hab doch genug Land. In meinem Alter werde ich ganz bestimmt nicht mehr erweitern, wo denkst du hin!«

Ella hatte noch nicht herausbekommen, wie alt Herrmann war. Er wirkte kräftig, hatte kein Gramm zu viel auf den Rippen. Fältchen im Gesicht, das schon. »Aber nur mal angenommen, du bräuchtest eine neue Bienenweide.« Als Imker achtete Herrmann immer darauf, dass seine Tierchen genug Nektar fanden. Noch in der kleinsten Ecke seines Gartens blühten von Frühling bis Herbst Blumen.

»Ich würde Flächen pachten, ist doch klar.«

»Genau, du würdest pachten.« Gedankenverloren starrte Ella in die Ecke. »Nicht kaufen.«

Herrmann tippte sich an die Stirn. »Bin ich verrückt? Kaufen würde sich nicht lohnen bei dem bisschen, was ich mit den Bienen erwirtschafte.«

Ella schlürfte ihren Tee, stellte die Tasse ab, und Herrmann schob ihr ein Glas Honig hin.

Als sie einen Löffel von der goldgelben Süßigkeit einrührte, stieg sofort ein wunderbarer Duft auf. »Aber Thielen hat gekauft. Um Sonnenblumen anzubauen, um ein Experiment zu wagen.«

»Sonnenblumen? Die wären gut für die Insekten«, sagte Herrmann.

»Wenn man ihm glaubt, sollen die zum Selberpflücken sein.« Das war der nächste Haken an der Sache, dachte Ella. Wer im Himmel kam wegen Sonnenblumen nach Antweiler? Genauer gesagt, wer bezahlte, um hier Sonnenblumen pflücken zu dürfen? Das war doch was für Touristen oder Stadtbewohner, und die verirrten sich nur allzu selten hierher. Sie und viele ihrer Nachbarn hatten selbst Sonnenblumen im Garten, in Antweiler würde niemand auch nur einen Euro für Sonnenblumen auf den Tisch legen, geschweige denn dafür, sie auch noch selbst pflücken zu müssen.

Plötzlich kam ihr eine Idee. Sie rief die Website der EU zur Landwirtschaftsförderung auf und klickte sich durch mehrere Untermenüs. Schließlich stieß sie auf eine Übersicht von EU-Förderprogrammen. Sie überflog die lange Liste, las noch einmal etwas langsamer. »Einjährige Sonderkulturen« – das könnte es sein. Sie fand etwas über »Ölsaat«, aber Thielen wollte doch kein Sonnenblumenöl gewinnen, sondern die Blumen als Ganzes verkaufen.

Je mehr Ella recherchierte, desto klarer wurde ihr, dass der Bauer die ganze Gemeindeversammlung mit der nächstbesten Ausrede als Grund für den Erwerb der Wiese abgespeist hatte. Beim Kauf musste er schon gewusst haben, dass der Wert der Fläche durch die Windkraftanlage beträchtlich steigen würde. Und Wasser-Juppes hatte er damit einen gewinnbringenden Deal vermasselt.

»Ganz schön clever«, sagte sie laut.

Herrmann hob die Augenbrauen.

Sie erklärte ihm, was ihrer Meinung nach passiert war.

Als sie geendet hatte, runzelte der Imker die Stirn und faltete seine Hände. »Dem Thielen kommt das Geld gelegen.«

»Ich dachte, der ist reich? Wenn ich mir seinen Traktor, das riesige Haus und die nagelneue Solaranlage so ansehe.«

Herrmann strich unsichtbare Falten in der Wachstischdecke glatt. »Alles auf Pump finanziert, soweit ich weiß. Der hat den Hof vom Vater übernommen und groß investiert, aber dann ist der Alte krank geworden. Der kann nicht mehr mithelfen. Jetzt hat Thielen hohe Kredite am Hals und muss die ganze Arbeit alleine machen. Für Hilfskräfte ist schon gleich gar kein Geld da.«

»Und dann noch die Kinder.«

»Stimmt, die Zwillinge und die ältere Tochter, Corinna.«

»Aber für die Zwillinge haben sie doch ein Au-pair«, erinnerte sich Ella.

»Genau, weil die junge Frau praktisch nichts kostet und sich auch noch um den Alten kümmern kann.«

Der mittlerweile komplett dement ist, ergänzte Ella im Stillen. Unter den Voraussetzungen dürften die Pachteinnahmen für den Standort eines Windrades Thielen mehr als willkommen sein. Der stetige Geldstrom würde seinen Hof retten.

Tinder

Peter grübelte über seinem Tinder-Profil. Sollte er seinen Beruf angeben? Aber ihm waren schon die seltsamsten Vorurteile gegenüber Polizisten begegnet. Er überlegte noch ein paar Sekunden, dann schrieb er in das dafür vorgesehene Feld »Sicherheitsbranche« und tippte anstelle eines albernen Nicknames seinen Vornamen ein. Der war ohnehin häufig, und ohne einen Nachnamen würde ihn niemand stalken können. Als weitere Information zu seiner Person schrieb er: »Motorradfahrer«. Das hörte sich cool an, fand er, eigentlich sollte sich doch eine Sozia finden lassen. Sein Alter? Er ließ das Feld leer, doch das wollte das Programm nicht akzeptieren. Wieder überlegte er. Ihm gefielen ältere, reife Frauen, sollte er sich also älter machen? Andererseits wäre er auch nicht abgeneigt, würde sich eine junge, knackige für ihn interessieren. Schließlich gab er ein erfundenes Geburtsdatum, aber das richtige -jahr an.

Als Nächstes wollte Tinder wissen, ob er Frauen oder Männer kennenlernen wollte. Peter setzte sein Häkchen und hatte zu seinem Schreck »Männer« markiert. Dieser verdammte Bildschirm war aber auch einfach zu klein für seine Finger. Zum Glück ließ sich die Eingabe rückgängig machen, und beim zweiten Versuch gelang es ihm, das Häkchen bei »Frauen« zu setzen.

Noch einmal überprüfte er sein Profil. Er hatte ein Foto von sich aus einem Strandurlaub eingestellt, auf dem er wegen der Sonne die Augen zusammenkniff und ein knallroter Sonnenbrand seine Nase zierte. Das Bild war vor ein paar Jahren entstanden, als er mit dem Junggesellenverein nach Mallorca geflogen war. Vielleicht nicht das beste, aber gerade hatte er kein anderes. Bei Gelegenheit würde er es austauschen.

Geschafft. Er speicherte seine Angaben.

Kaum hatte er die Anmeldung abgeschlossen, ertönte ein »Pling«. »Keine neuen Leute in deiner Umgebung«. Niemand hier war an ihm interessiert? Das konnte doch nicht sein. Immerhin war er ein vorzeigbarer Mann mittleren Alters mit einem festen Job. Okay, Letzteres hatte er nicht ausdrücklich betont. Sollte er vielleicht doch konkretere Angaben machen?

Er rief sein Profil noch einmal auf und ging alle Einstellungen durch. Tatsächlich hatte er bei der Angabe der maximalen Entfernung zur nächsten potenziellen Partnerin »1 km« ausgewählt, und dass in diesem geringen Umkreis derzeit keine flirtwillige weibliche Person zu finden war, war dann doch nachvollziehbar. Eifel eben. Er korrigierte die Einstellung auf »40 km«. Er war schon deutlich mehr gefahren, um eine Frau zu treffen. Nach Köln zum Beispiel, und das waren an die hundert Kilometer.

»Pling!« Kaum hatte er die Änderung gespeichert, ploppte das Foto einer Frau auf dem Bildschirm auf. Und was für einer Frau! Das Foto war unscharf, aber soweit Peter erkennen konnte, hatte sie mindestens die drei letzten Nächte durchgemacht und sich volltrunken entschlossen, ein Tinder-Profil zu erstellen. Er wischte das Bild zur Seite, ein Stempel »Nope« erschien auf ihrem Gesicht, und eine andere Frau lächelte ihn an, die vor einer verfallenen Scheune posierte. »Nope«. Er wischte sich durch einen ganzen Stapel an Frauenporträts, aber keins davon sprach ihn spontan an.

Während er noch auf die App starrte, klingelte das Handy. »Wolle!«

Aufgeregt erklärte ihm sein Kumpel, dass er einen Tipp bekommen habe, was die gestohlenen Heuballen anging. Das könne man doch bei einem Bier besprechen.

Peter war neugierig, ob sich der Fall aufklären ließ. Er sagte spontan zu. »Bis gleich im Café Fahrtwind!« Er drückte den Anruf weg. Im Café Fahrtwind herrschte Gertrud, die Frau mit dem Prachtarsch.

Er ging zu seinem Kleiderschrank im Schlafzimmer und zog ein frisches Hemd an, das mit den coolen Karos in Dunkelblau. Dazu wählte er seine beste Jeans.

Er beschloss, bei der Wache vorbeizuschauen und mit dem Streifenwagen zu fahren. Vielleicht könnte er dann ein Bier mehr trinken, mit dem Motorrad wäre das viel zu riskant. Im Gegensatz zu dem hatte der Streifenwagen immerhin vier Räder und wurde bestimmt nicht zu einer Alkoholkontrolle rausgewunken.

Vor dem Café Fahrtwind stand bereits eine Reihe chromblitzender, schwerer Maschinen. Autos wurden auf den Parkplatz hinter dem Haus verwiesen. Peter war froh, den Streifenwagen dort verstecken zu können. Nicht jeder Biker war ein Freund der Polizei.

Als er den Bikertreff betrat, winkte Wolle ihm schon von Weitem zu.

Unauffällig sah sich Peter um. Gertrud stand hinter der Theke und schien schwer damit beschäftigt zu sein, Bier zu zapfen.

Wolle, der an einem Tisch nahe dem Tresen stand, fing ihren Blick auf und hielt zwei Finger in die Höhe. Gertrud nickte.

»Na, was hast du gehört?«

Wolle grinste. »Ein Kumpel von einem Kumpel hat neulich ein bisschen viel getrunken und ist deshalb auf Feldwegen nach Hause gefahren.« Er zwinkerte Peter zu, der etwas Unbestimmtes brummte.

Er selbst kannte einige Schleichwege, auf denen man schneller war als auf der Landstraße und nie kontrolliert wurde.

Wolle beschrieb ihm, um welchen Feldweg es sich handelte,

und tatsächlich lag dieser in der Nähe der Scheune, wo der Diebstahl geschehen war. Peter horchte auf. Vielleicht war Wolles Info ja doch mehr als nur Dorfklatsch.

Die junge, tätowierte Bedienung, die er schon bei seinem letzten Besuch im Bikertreff gesehen hatte, brachte ihnen das Bier. Peter war etwas enttäuscht, viel lieber hätte er Gertrud von Nahem bewundert.

»Jedenfalls hat er gesehen, wie Heuballen mit einem Stapler aus der Scheune, aus der sie gestohlen wurden, auf einen großen Laster verladen wurden«, fuhr Wolle fort. »Mitten in der Nacht! Das hat den Kumpel von meinem Kumpel gewundert. Außerdem war der Typ auf dem Stapler nicht aus dem Dorf. Und«, Wolle hob eine Augenbraue, »der Laster hatte ein gelbes Nummernschild. Er stammte aus Holland.« Er blickte Peter triumphierend an.

Holländischer Laster, überlegte der, das wäre sogar vorstellbar. Aufgrund der Trockenheit waren die Preise für Heu in astronomische Höhen gestiegen. Früher war ein Ballen etwa fünfzig Euro wert gewesen, heute brachte er rund hundertfünfzig ein. Bei fünfzig Ballen käme so eine vierstellige Summe zusammen, und die Niederländer mit ihrer intensiven Viehhaltung brauchten große Mengen an Heu.

»Und? Hast du noch mehr für mich?«, wollte Peter wissen.

Wolle seufzte, griff in die Innentasche seiner Jacke, die er über die Stuhllehne gehängt hatte, und zog einen Zettel heraus. »Hier, die Autonummer von dem Staplerfahrer. Stammt aus dem Kreis Euskirchen. Und die von dem holländischen Laster. Damit könnt ihr die beiden Fahrer leicht ausfindig machen.« Er schob Peter den Zettel zu. »Aber von mir hast du das nicht.«

In dem Moment gab Peters Handy einen Ton von sich. Er schrak zusammen. Neugierig zog er das Gerät hervor und blickte auf das Display. Die Benachrichtigung kam von Tinder. Eine Frau hatte ihm ein »Superlike« hinterlassen, verriet ein Icon. Jeder Nutzer konnte pro Tag ein Profil mit einem »Superlike« markieren, hatte er in der Beschreibung der App gelesen. Jetzt war er neugierig, welche Frau an ihm interessiert war. Er wischte über das Display, um die App zu öffnen.

Geschockt starrte Peter auf den Bildschirm. Die Frau kannte er doch!

Er blickte auf und sah in dasselbe Gesicht, allerdings live. Gertrud hatte ihm ein »Superlike« geschickt!

War sie also doch keine Lesbe? Oder wollte sie ihn auf den Arm nehmen? Hatte sie aus Versehen beim Erstellen ihres Profils auf das falsche Geschlecht geklickt, wie er eben? Peter lächelte sie zweifelnd an.

Sie lächelte zurück.

Nur ein Flirt?

Der Bikertreff war noch voller geworden. Peter drehte sein Bierglas auf dem Tresen hin und her, malte die olympischen Ringe auf die glatte Oberfläche. Rockmusik wummerte aus dem Lautsprecher, und Peter meinte, einen frühen Song von AC/DC zu erkennen. Die Geräuschkulisse machte es ihm unmöglich, mit einem flotten Spruch bei Gertrud zu landen. Wenn ihm denn überhaupt einer eingefallen wäre.

Er schielte zu ihr rüber. Jetzt zapfte sie wieder Bier. Peter gefiel es, wie sie das Glas abstellte und wartete, bis sich der Schaum etwas gesetzt hatte, um das Glas bis zum Eichstrich zu füllen. In diesem Moment hob Gertrud den Kopf.

Ihre Blicke trafen sich erneut.

Peter schaute schnell weg.

Nahm einen großen Schluck Bier.

Und noch einen.

Er hockte auf einem Barstuhl direkt am Tresen. Um ihn herum drängten sich die Gäste, überwiegend Männer in Lederklamotten. Irgendwo weiter hinten im Raum hatte Peter Gertruds Bruder gesehen, den er neulich kennengelernt hatte, als Gertrud mit dem Motorrad liegen geblieben war. Dem wollte er lieber nicht unter die Augen treten.

Peter trank sein Bier aus und bestellte bei Gertrud ein neues.

Sie blinzelte ihm zu, als sie es ihm über die Theke zuschob.

Er war viel zu überrascht, um zurückzublinzeln. Oder zu lächeln. Oder sonst wie zu reagieren.

Er leerte das Glas schnell bis zur Hälfte. Dann ermahnte er sich, es nicht zu übertreiben. Er wollte nicht vollkommen betrunken nach Hause zurückfahren müssen. Vielleicht sollte er auf Alkoholfreies umsteigen. Aber die Biere ohne Prozente schmeckten ihm nicht und würden ihm auch keinen Mut verleihen, sich Gertrud weiter zu nähern. Wobei er sowieso noch keine Idee hatte, wie er das anstellen sollte. Der Tresen trennte sie, und Gertrud arbeitete wie im Akkord. Immer neue Gäste schoben sich an die Theke, um Bestellungen aufzugeben.

Peter nippte jetzt nur noch an seinem Bier, um möglichst lange etwas davon zu haben, und musterte unauffällig Gertruds Brüste, die ein enges T-Shirt vorteilhaft zur Geltung brachte.

Jetzt schaute sie wieder zu ihm rüber.

Er lächelte ihr zu.

Aber sie schaute schnell weg. Widmete sich den leeren Gläsern, die sie kopfüber auf rotierende Bürsten in dem Spülbecken vor sich drückte.

Peter stürzte den Rest seines Biers runter, verschluckte sich fast daran, glitt von seinem Stuhl und ging am Tresen vorbei nach hinten zu den Toiletten.

Als er zurückkam, hatte sich die Szene grundlegend verändert: Jemand saß auf seinem Barhocker. Gertrud hatte ihren üppigen Hintern auf seinen Stuhl gepflanzt. Vor ihr standen zwei volle Gläser Bier.

Als er zu ihr ging, schob sie ihm eines davon zu. »Hier, für dich.«

»Ist deine Schicht zu Ende?« Das »Danke« hatte er irgendwie verschluckt.

Sie nickte der jungen Frau zu, die jetzt an der Zapfanlage stand. »Für heute ist Schluss für mich. Muss auch mal sein.« Sie hob ihr Glas und stieß mit ihm an.

Peter wagte sich ein wenig näher, legte seinen Arm auf die

Rückenlehne des Barhockers und berührte mit einem Finger ganz leicht Gertruds Rücken.

Sie rückte nicht von ihm ab, nahm aber einen Schluck Bier.

Peter tat es ihr gleich.

Die Musik wechselte von einem harten Rocktitel zu einer Ballade.

Peters Daumen strich im Takt über Gertruds Rücken.

Sie reagierte immer noch nicht.

Beide nippten an ihrem Bier, als wäre nichts.

Als einige Männer zur Theke drängelten, wurde Peter praktisch gegen Gertrud gestoßen. Es wirkte ganz natürlich, als sich sein Bein gegen ihr Knie presste.

Nicht nur zog sie ihr Bein nicht weg, es kam Peter sogar so vor, als würde sie es ein wenig gegen seins drücken. Er schluckte, wartete einen Moment. Dann holte er tief Luft, nahm seinen Arm von der Rückenlehne und legte ihn sanft um Gertruds Schultern.

Sie schmiegte sich an ihn.

Peters Herz klopfte schneller. Passierte das gerade wirklich?

»Alles in Ordnung, Schwesterherz?« Ein mächtiger Typ drängte sich neben Gertrud und musterte Peter kritisch.

Gertruds Bruder. Peter ließ seinen Arm langsam über Gertruds Rücken nach unten gleiten, trat einen Schritt zur Seite und fühlte sich wie ein Teenager, den die Eltern beim Knutschen mit seiner ersten Freundin erwischt hatten.

»Bis eben war's das noch.« Gertrud klang wütend. »Was willst du?«

»Nur mal nach dem Rechten schauen.« Ihr Bruder zuckte mit den Schultern und starrte Peter immer noch an.

Der legte seinen Arm wieder um Gertruds Schultern, zog sie zu sich und gab ihr einen langen Kuss. Auf den Mund.

Dann blickte er auf. »Du siehst doch, dass alles in Ordnung ist.« Er hielt dem Blick von Gertruds Bruder so lange stand, bis dieser sich abwandte.

Als der Hüne sich umdrehte und Richtung Toiletten ging, bemerkte Peter, dass die Rückseite seiner Lederjacke voller Aufnäher war. Auf dem oberen las er »Lost Souls MC«, auf dem in der Mitte war ein rosengeschmückter Schädel, und auf dem unten prangte der Schriftzug »Germany«.

Ihm wurde ganz anders. Oh Scheiße, wo war er da nur reingeraten?

Die Bürgerinitiative

Der Jagdpächter beäugte sie kritisch. Ohne Herrmanns Fürsprache hätte sich Elias Schnelle ganz bestimmt nicht mit ihr getroffen, dachte Ella. Neulich bei der Gemeinderatssitzung hatte er laut das Wort ergriffen, ihr gegenüber war er jetzt muffig. Wahrscheinlich ein Typ, der ohnehin nicht viel von Frauen hielt, sofern sie nicht in der Küche standen und ihn bekochten. Sofort rief sich Ella zur Ordnung. Vorurteile würden sie nicht weiterbringen. Vermutlich hatte sie ihn in die Schublade »konservativer alter Mann« gesteckt, weil er diese grünen Lodenklamotten trug, gekrönt von einem Filzhut mit einer Art Rasierpinsel, einer Trophäe oder so was in der Art.

Ein Schmetterling flog taumelnd hinüber zu den Bienenstöcken. Die Bienen beachteten ihn nicht, als er sich zu ihnen setzte. Sie flogen emsig ein und aus.

Rocco tanzte begeistert um den grün gewandeten Besucher herum, versuchte, ihn zum Spielen zu animieren.

»Was bist du denn für einer?« Elias Schnelle kramte ein Leckerli aus seiner Hosentasche und warf es dem Hund hin, der sich gierig darauf stürzte.

Herrmann hingegen verschwand kurz in seinem Schuppen, wo er das Imkergerät aufbewahrte, und kam mit einem Glas Honig zurück, das er dem Mann hinhielt.

»Was bin ich dir schuldig?«

»Lass man stecken.« Herrmann machte eine wegwerfende Handbewegung.

»Hast du auch noch Bienen am Waldrand stehen, hinten bei meiner Kirrung?«

Herrmann nickte. »Sie stellen sich schon auf den Winter ein. Bis jetzt sind alle noch gesund.« Er grinste. Wann immer von Bienen die Rede war, besserte sich seine Laune schlagartig. Dann verwandelte er sich von dem mürrischen, verschrobenen Typ in einen aufgeweckten, unterhaltsamen Gesprächspartner. Ella hatte das schon öfter beobachtet, war aber immer wieder überrascht.

»Was nächstes Jahr wird, weiß ich nicht.« Herrmanns Blick verfinsterte sich. »Dann soll eine Zufahrtsstraße für die neue Windkraftanlage da langführen. Die schweren Baufahrzeuge und Transporter werden den Bienen gar nicht passen. Sie mögen keine Vibrationen.«

»Nicht, dass sie sich noch auf die Fahrer stürzen.« Jetzt kicherte der Jäger sogar.

»Wäre schon möglich.« Herrmann rückte seine Mütze gerade. »Würde mir aber nur Ärger einbringen, den brauche ich wirklich nicht. Da stell ich sie lieber weg.«

Elias Schnelle blickte ihn lange an. »Hauptsache, den Bienen geht es gut, was?« Er bückte sich, um Rocco kurz zu streicheln, dann stellte er sich wieder gerade hin. »Meine Jagd wäre auch betroffen. Das Wild würde wahrscheinlich diese Ecke des Reviers meiden. Ich habe schon überlegt, ob ich die Pacht kündige. Aber wir sollten nicht einfach so nachgeben.«

»Ella will eine Bürgerinitiative gründen«, informierte Herrmann Schnelle. »Da dachte ich mir, du würdest vielleicht mitmachen wollen.«

Der Mann warf Ella einen kritischen Blick zu. »Soso, eine Bürgerinitiative. Das hat der Leo auch schon versucht. Ist ihm scheinbar nicht gut bekommen.«

»Was meinst du damit?«, wollte Herrmann wissen.

Schnelle zuckte die Achseln. »Na, er lebt doch nicht mehr, oder?«

Es entstand eine unbehagliche Pause.

Schließlich fragte Ella: »Was hatte er denn geplant?«

»Er wollte eine breite Widerstandsbewegung gegen die Windkraftanlage ins Leben rufen«, erzählte Schnelle. »Habt ihr davon nichts mitbekommen?«

Ella und Herrmann schüttelten die Köpfe.

»Ich glaube, er hatte dafür schon Adressen gesammelt, auf Karteikarten. Weil er keinen Computer hatte. War schon ein komischer Vogel, der Leo.«

»Wir sind doch alle komisch«, meinte Herrmann.

»Und Sie führen jetzt Leos Arbeit weiter?«, wandte Schnelle sich an Ella. »Sozusagen als Leos Erbin?«

»Ja«, sagte sie mit fester Stimme.

Sie unterhielten sich noch eine Weile, bis Elias Schnelle sie schließlich bat, ihn unbedingt zu informieren, sollte die Bürgerinitiative ihre erste Sitzung haben oder eine Aktion planen.

Ella versprach es ihm gern.

Als sie mit Herrmann zu seinem Haus zurückkehrte, kamen sie an einer Hecke mit blauen Beeren vorbei.

Ella drückte probeweise eine der Früchte. Sie war weich. Nach ihrer Berührung wirkte sie eher blauschwarz. Der zarte helle Schimmer war verschwunden.

»Die Schlehen sind reif«, stellte sie fest.

»Gab ja auch schon Nachtfrost«, meinte Herrmann.

»Lass uns welche pflücken.«

Sie sammelten die Beeren in eine Tüte, stachen sich dabei mehrmals an den dornigen Zweigen, waren aber erst zufrieden, als sie ungefähr ein Kilo geerntet hatten.

Wieder zu Hause

Ella tastete nach den kleinen Brandmalen an ihrem Unterarm. Sie waren schon fast verheilt.

Vorgestern, als Kommissarin Marx ihren Bericht aufgenommen hatte, hatte sie sie angesehen, als wäre sie in großer Gefahr, aber bisher war nichts passiert.

Sollte sie sich noch länger bei Herrmann verstecken? Wobei sein Haus nicht unbedingt ein Versteck war, viele Dorfbewohner wussten, dass sie befreundet waren. Am Ende brachte sie ihn mit ihrer Anwesenheit noch in Gefahr.

Ella sehnte sich nach ihrem Haus. Nach dem Blick aus dem Küchenfenster. Nach ihren eigenen vier Wänden. Nach dem Kräutergeruch in der Küche, dem Maunzen des Katers. Der ging durch die Katzenklappe ein und aus. Musste sich jetzt eben ein paar Tage selbst versorgen. Anstatt Mäuse zu fangen, bettelte er sicher bei den Nachbarn um Futter. Die ihn vermutlich nach Strich und Faden verwöhnten.

Aber vor allem vermisste Ella ihr eigenes Bett. Auf der Klappcouch schlief sie mehr schlecht als recht. Herrmann umsorgte sie nach Kräften, dennoch spürte sie in jeder Minute, dass dies nicht ihr Haus war.

Wieder tastete sie nach den Taser-Malen. Sie taten nicht mehr weh.

Ella war unruhig. Sie wusste, dass das ein Zeichen dafür war, dass sie allein sein wollte. Herrmann bedrängte sie nicht, trotzdem war ihr selbst die Nähe des alten Imkers auf die Dauer zu viel.

Sie gab sich einen Ruck und ging zu ihrem Gastgeber in die Küche.

»Ich hab's mir überlegt, Herrmann. Ich möchte wieder nach Hause.«

Der Imker sah sie ernst an. »Bist du sicher?«

Sie nickte.

»Und wenn dir was passiert?«

»Mir kann überall was passieren.«

»Hier kann ich dich beschützen.«

»Ich habe doch Rocco.«

Nur kurz huschte ein Grinsen über Herrmanns Gesicht, bevor er wieder ernst wurde. »Rocco hat dir neulich auch nicht helfen können.«

»Ich rufe dich abends und morgens an, okay? Dann weißt du, dass es mir gut geht«, schlug Ella vor.

Herrmann nickte, sah sie aber weiterhin besorgt an.

Gerührt legte Ella ihm spontan die Arme um den Hals und drückte ihn fest.

Verlegen blickte er weg.

Kaum eine Stunde später stand sie zu Hause in der Küche, der Kater scharwenzelte um ihre Beine, Rocco lag auf seinem Kissen und schnarchte gleichmäßig.

Ella setzte Wasser auf und schüttete die Schlehen, die sie mit Herrmann gesammelt hatte, in einen großen Topf. Die Prozedur war langwierig, aber wenn sie die Früchte mehrmals mit kochendem Wasser überbrühte und immer wieder ziehen ließ, würde sie aus den herben Beeren einen Saft gewinnen, den sie dann mit viel Zucker und Wodka in einen Aufgesetzten verwandeln könnte. Roh waren die Schlehen ungenießbar, aber wenn man wusste, wie man sie zu behandeln hatte, gehörten sie zum unermesslichen Reichtum, den die Natur der Eifel geschenkt hatte.

Während Ella Blättchen und kleine Ästchen aus dem Topf sammelte, dachte sie darüber nach, wie sie weiter vorgehen sollte. Denn irgendetwas musste sie unternehmen, um ihren Verdacht zu überprüfen. Wenn sich ihre Befürchtung bestätigte, würde sie die Polizei informieren. Einen Alleingang würde sie nicht noch einmal wagen.

Anonymer Anruf

»Tumult im Gemeinderat«. Tanja schob Claes die Zeitung hinüber.

»Hab ich schon von gehört. Die haben sich fast geprügelt«, kommentierte der Kollege und nahm einen Schluck Kaffee.

Sie betrachtete ihn kritisch. Montagmorgens schien er nie besonders fit zu sein. Wovon er jetzt wohl schon wieder geträumt hatte?

Er warf einen Blick auf die Zeitung: »Die Bauern haben sich wegen ein paar Windrädern aufgeregt.«

Tanja dachte einen Moment an ihr Wochenende, das sie mehr oder weniger im Krankenhaus verbracht hatte. Frank war zwar bei Bewusstsein, aber durch die Schmerzmittel noch immer kaum ansprechbar. Eine richtige Unterhaltung mit ihm war nicht möglich, ständig nickte er ein. Immerhin schien das verletzte Bein fürs Erste gerettet. Als sie das gehört hatte, war Tanja ein Stein vom Herzen gefallen. Auch ihr Vater wirkte wieder zuversichtlicher. Trotzdem wäre sie auch jetzt lieber am Krankenbett ihres Bruders als hier auf dem Adenauer Revier.

Sie rief sich zur Ordnung, schaute wieder in die Zeitung. »Das sind keine einfachen Windräder, sondern Riesenwindräder. Weil die mitten in den Wald gebaut werden dürfen, müssen sie die Bäume überragen.«

»Okay, ich geb's ja zu. Hab noch nie was davon gehört.«

»Hm.« Tanja überflog den Artikel. »Dein Freund Matthias Reuter schreibt, es gehe um Bereicherung im Amt. Ein Bauer namens Thielen, der auch im Gemeinderat sitzt, habe erst vor Kurzem Land von einem Nachbarn gekauft, um sich die Pacht für die Windkraftanlage zu sichern.«

»Kein Wunder, dass die sich prügeln«, brummte Claes. »Dürfte wie ein Sechser im Lotto sein, wenn man Grund und Boden an diese Windkraftfirmen verpachten kann.«

Als das Telefon ihre Unterhaltung unterbrach, linste Tanja aufs Display. »Die Zentrale.« Sie hob ab und schaltete nach ein paar Sekunden den Lautsprecher an.

»Die Kollegen sind alle im Meeting, also dachte ich, ich stelle den Anrufer zu euch durch«, sagte Jasmin, die Telefonistin des Adenauer Reviers.

Tanja rollte die Augen. »Wir sind auch im Meeting«, zischte sie. »Wer ist dran?«

»Er will seinen Namen nicht sagen.«

Es klickte, und eine tiefe Stimme ertönte aus dem Hörer:

»Schauen Sie sich mal die Grundstücksverkäufe in Antweiler während der letzten Wochen an.«

»Wer sind Sie?« Die Dienstregeln sahen vor, anonyme Anrufer dazu zu bringen, sich zu identifizieren.

»Das ist doch egal«, blockte der Anrufer ab. »Beschäftigen Sie sich lieber mit den fetten Immobiliendeals in Antweiler.«

»Ich glaube, damit sind Sie bei uns an der falschen Adresse. Wir sind von der Mordkommission. Bitte wenden Sie sich an die Kommission Wirtschaftskriminalität in Koblenz.« Tanja hob schon den Finger, um den Anruf zu beenden.

»Wenn die Deals aber zu einem Mord geführt haben?« Die tiefe Stimme klang jetzt heiser. »Es geht nämlich um Geld, um sehr viel Geld.«

Aufgelegt.

Tanja und Claes starrten sich an.

»Sex or money, darum geht's doch immer.«

Tanja wunderte sich, dass ihr Kollege englische Wörter verwendete, sagte aber nichts. Vielleicht wollte er weltläufig erscheinen.

»Wir sind noch immer mit dem Mord an unserem Ötzi beschäftigt«, stellte sie richtig, »da können wir uns nicht auch noch um vermeintlich illegale Grundstücksdeals kümmern.«

»Aber der anonyme Anrufer und die Recherchen von Matze weisen doch in Richtung Ötzi-Mord. Ich kenne den hiesigen Notar. Bei dem geht alles über den Tisch, was hier in der Umgebung an Grundstücksgeschäften beurkundet wird.« Claes war jetzt ganz eifrig. »Elmar heißt er, also mittlerweile Dr. Elmar Weidholdt. Wir waren auf derselben Schule, aber er ein paar Klassen über mir. Wegen seiner Segelohren haben wir ihn immer gehänselt.« Claes hielt seine Handflächen hinter die eigenen Ohren und schob sie nach vorne, sodass sie abstanden. »Aber die hat er sich vor ein paar Jahren operieren lassen. Ich kann mal bei ihm nachhören. Er ist einer der wenigen Notare hier in der Gegend. Gibt ja auch nicht so viel zu beurkunden.«

»Sollten momentan tatsächlich eine Menge Immobilienverträge bei ihm liegen, kann er sich wahrscheinlich noch mehr Schönheits-OPs leisten.« Tanja grinste.

»Fett absaugen zum Beispiel«, stieg Claes darauf ein und strich sich über sein eigenes Bäuchlein, das vermutlich dem einen oder anderen Bier zu viel geschuldet war.

»Aber mal im Ernst, ich glaube dennoch, wir sollten uns auf unsere Mordermittlung konzentrieren«, beharrte Tanja und starrte auf den Bildschirm. Sie hatte alle wichtigen Fakten in einer Datei gesammelt. Allerdings gab es nichts zu deuteln: Sie hatten sich festgefahren.

Claes interpretierte ihr Schweigen richtig. »Na, ich kann's ja trotzdem mal versuchen.« Er griff nach dem Telefon, um seinen ehemaligen Schulkameraden Elmar Weidholdt anzurufen.

Der Notar

Peter starrte der Sekretärin hinterher. Sie hatte einen ganz hübschen Hüftschwung, allerdings nicht so einen phänomenalen wie Gertrud. Die Chefin des Bikercafés hatte wirklich außergewöhnliche Kurven. Vielleicht könnte er sie ja dazu bringen, bald mit ihm auszugehen. Und sie anschließend überreden, mit zu ihm nach Hause zu kommen. Der gestrige Abend hatte ihm Hoffnung gemacht. Das Geräusch der sich öffnenden Tür riss ihn aus seinen Gedanken.

Elmar Weidholdt sah mitgenommen aus. Augen und Nase waren gerötet, er schniefte in ein riesiges Stofftaschentuch. Auf seinem Schreibtisch stand eine Kanne Tee auf einem Stövchen, daneben lagen mehrere Medikamentenpackungen. »Kannst froh sein, dass ich so viel zu tun habe, sonst hätte ich einen blauen Montag gemacht.« Seine Stimme klang belegt.

»Ich will dich nicht lange aufhalten«, sagte Peter. Allein von Elmars Anblick bekam er Schnupfen. Er wollte nicht eine Sekunde länger als unbedingt nötig in dem Büro bleiben, das ganz sicher mit Viren verseucht war.

Elmar nickte, sagte aber nichts.

»Wir haben einen anonymen Hinweis erhalten, dass es in der Gemeinde Antweiler in letzter Zeit ungewöhnlich viele Grundstücksgeschäfte gegeben haben soll.«

»Und?« Die Stimme des Notars klang gequetscht.

»Wir müssen da was prüfen. Daher möchten wir dich gerne um eine Auflistung der Transaktionen der letzten Monate bitten, sagen wir, ab August.«

»Bin ich ein Auskunftsbüro?«, echauffierte sich Elmar. »Warum fragst du nicht beim Grundbuchamt nach?«

»Weil du das schneller und unbürokratischer erledigen kannst und wir es eilig haben.«

Und weil es um Mord geht, dachte Peter. Oder auch nicht. Woher hätte der anonyme Anrufer wissen sollen, dass eine Verbindung zwischen dem Mord an ihrem Ötzi und windigen Grundstücksgeschäften in Antweiler bestand? Immerhin stammte der Ötzi aus Eichenbach, also nicht direkt aus Antweiler. Aber Mordermittlungen waren ja wie Puzzles – je mehr Teile man hatte, desto einfacher wurde es, schließlich das große Ganze zu sehen.

»Also?« Er zog die Augenbrauen hoch.

Elmar schnaubte noch einmal laut in sein Taschentuch, bevor er sich seinem Computer zuwandte. »In Antweiler hat sich in letzter Zeit so einiges getan. Mal gucken.« Seine dicken Finger tanzten erstaunlich schnell über die Tastatur, dann klickte er ein paarmal mit der Maus und drehte den Monitor so, dass Peter ihn sehen konnte.

In Antweiler waren seit August fünf Grundstücke verkauft worden. Eins mit einem Ferienhaus hatte ein Kölner an einen Mann aus Neuss verkauft.

Das nächste war eine alte Scheune. Peter meinte, schon mal an dem Gebäude vorbeigefahren zu sein. Es war vom Vater auf den Sohn umgeschrieben worden. Wahrscheinlich ein Versuch, Erbschaftssteuern zu minimieren. Eine beliebte Praxis unter älteren Landwirten.

Elmar tippte mit dem Kugelschreiber auf den Bildschirm. »Diese drei letzten Objekte sind interessant.«

Der dritte Deal in der Liste weckte auch Peters Aufmerksamkeit. »Das sind alles landwirtschaftliche Flächen. Wo liegen die genau?«

Elmar drehte den Monitor wieder zu sich, und die Tastatur klapperte erneut. »Die Wiesen liegen ziemlich weit oben am Hang, direkt am Wald. Willst du eine Karte sehen?«

Peter nickte. Vielleicht konnte er ja später von Matze erfahren, wo genau die Windräder und deren Zufahrtswege geplant waren und welche Grundstücke jetzt im Wert stiegen. Oder er würde direkt den Gemeinderat von Antweiler fragen.

Als Elmar den Monitor wieder zu Peter drehte, zückte der sein Handy und fotografierte die Flurkarte ab. Die fraglichen Grundstücke waren rot hervorgehoben und grenzten aneinander. »Wer hat an wen verkauft?«

»Verkäufer war Joseph Hoffmann. Gekauft haben der Sparkassendirektor und ein Landwirt namens Emil Thielen. Der hat gleich zwei Flächen erworben. Der Preis war ortsüblich.«

»Thielen?« Peter runzelte die Stirn. »Der Name kommt mir bekannt vor.«

»Das ist einer der größten Landwirte im Ort. Sitzt außerdem im Gemeinderat. Ziemlich ambitioniert, hat viele Projekte laufen. Aber …« Elmar brach ab.

»Aber was?«

»Von mir hast du das nicht, was ich dir jetzt erzähle, klar?«

Peter nickte.

Elmar beugte sich vor. »Er soll ziemlich pleite sein. Sein Vater ist schwer krank, zwei seiner drei Kinder sind noch klein. Und er hat eine hohe Hypothek auf seinen Hof aufgenommen, um ihn zu modernisieren. Für den Kauf dieser Wiese von«, er blickte auf den Bildschirm, »Joseph Hoffmann hat ihm die Sparkasse vor Ort einen weiteren Kredit eingeräumt. Alles ist also auf Pump finanziert.« Er machte eine dramatische Pause. »Wenn du mich fragst, ist das extrem knapp auf Kante genäht.«

»Und der Sparkassendirektor hat die Wiese gleich neben der von Thielen gekauft? Von demselben Besitzer?«

Elmar nickte und kaute auf dem Ende von seinem Kuli. »In

der kommenden Woche standen eigentlich zwei weitere Beurkundungen zu Grundstückstransaktionen in Antweiler an«, fuhr er fort, »aber in beiden Fällen haben die Verkäufer kurzfristig abgesagt.«

»Für mich klingt das nach Korruption in großem Stil«, sagte Peter zögerlich. »Der sogenannte marktübliche Preis entspricht nicht mehr dem aktuellen Wert.«

Elmar verzog den Mund, erwiderte aber nichts.

Drei Matronen

Für das, was sie als Nächstes vorhatte, benötigte sie ihre gesamte Energie. Aus diesem Grund war sie hierhergekommen.

Als sie sich den Steinen näherte, erschauerte sie. Anscheinend gab es den Kult um diesen Kraftort immer noch. Vor dem Heiligtum lagen einige Quitten und eine vertrocknete Rose. Opfergaben für die drei Matronen, die über die Umgebung wachten. Sie war also nicht die Einzige, die diesen Ort kannte und immer noch verehrte.

Sie kniete sich hin, um die Matronen genauer in Augenschein zu nehmen. Der Stein war stark verwittert, der Gesichtsausdruck der Figuren nicht mehr zu erkennen. Kein Wunder, nach zweitausend Jahren wurde auch der härteste Stein mürbe. Die beiden Frauen rechts und links hatten hohe Hauben auf ihren Köpfen, die in der Mitte trug das Haar offen.

Ella sah in den dreien eine jüngere Frau, die von ihrer Mutter und ihrer Großmutter begleitet wurde. Ihre eigene Mutter – Ella hatte kein besonders inniges Verhältnis zu ihr gehabt. Die Großmutter väterlicherseits hatte sie nie kennengelernt, sie war früh gestorben. Aber an die Mutter ihrer Mutter erinnerte sie sich gerne. Sie war eine starke Frau gewesen, die sich auch in hohem Alter noch um ihren Küchengarten gekümmert hatte. Ob sie die Liebe zu den Pflanzen von ihr geerbt hatte?

Schon die Erinnerung daran, dass sie von einer starken Frau abstammte, war den Weg hierher nach Nettersheim wert gewesen, fand Ella und versenkte sich wieder in die Betrachtung der drei Matronen. Drei war eine heilige Zahl der Kelten gewesen. Viele der Schmuckstücke, die man in keltischen Grabkammern gefunden hatte, zeigten drei verschlungene Spiralen oder Symbole mit drei Spitzen. Zwar stammte das Heiligtum in Nettersheim aus römischer Zeit, doch die Römer hier hatten die spirituelle Tradition der einheimischen Ubier übernommen, die wiederum auf keltischen Glaubenselementen basierte.

Sie stand auf und legte vorsichtig eine Birne, die sie von zu Hause mitgenommen hatte, vor den Stein mit den drei Matronen. Eine Opfergabe konnte nie falsch sein. In katholischen Kirchen war das Anzünden einer Kerze vor einer Marienstatue eine symbolische Opfergabe, wieso also sollte sie diesen Figuren, die eine ältere Gottesvorstellung symbolisierten, nicht auf diesem Wege ihren Respekt erweisen?

In ihren spirituellen Vorstellungen war Ella sich noch immer unsicher. Früher, als Unternehmensberaterin, hatte sie keine Zeit für »solchen Unsinn« gehabt, wie sie es damals formuliert hätte. Erst das Leid, das sie durch den Burn-out erfahren hatte, hatte ihr den Sinn religiöser Ideen eröffnet. Dennoch zögerte sie, sich in irgendeiner Form festzulegen, und wählte aus dem Überangebot der Religionen und Glaubensrichtungen einfach die Elemente aus, die ihr gerade zusagten.

Leo hingegen war in seiner Sinnsuche gradliniger gewesen. Marnie hatte erzählt, dass er zunächst Theologie und Philosophie studiert hatte, dann den Jakobsweg gepilgert war und sich schließlich für eine schamanische Ausbildung in den USA entschieden hatte. Ob er auf seine Weise glücklich gewesen war?

Rocco, der bis jetzt entspannt neben ihr gelegen hatte, stupste sie an. Er schien kein Verständnis für ihr Bedürfnis zu haben, in sich zu gehen. Für ihn war das Leben simpel; es bestand aus Schlafen, Spielen und Fressen. Jetzt wollte er spielen, das war unübersehbar.

Ella tat ihm den Gefallen und warf ein Stöckchen. Er rannte

hinterher, musste zwischen all den Ästen unter den Bäumen jedoch suchen. Wahrscheinlich würde er das Stöckchen durch ihren Geruch finden, den sie an dem Ast hinterlassen hatte, auch wenn sie ihn nur kurz in der Hand gehalten hatte.

Rocco lebte immer im Hier und Jetzt. Warum nur hatte sie solche Schwierigkeiten damit? Warum grübelte sie ewig darüber nach, was sie getan, gesagt oder gedacht hatte, was andere darüber dachten und was sie tun sollte? Sie beschloss, das Grübeln einzustellen und endlich zur Tat zu schreiten. Schon seit Tagen war ihr klar, was der nächste Schritt sein würde. Sie musste nur endlich den Mut fassen, ihn zu tun.

Krumme Geschäfte

»Was machen wir eigentlich hier?« Tanja ärgerte sich, dass sie Claes in seiner Argumentation gefolgt war. Sie hätte den Nachmittag auch mit Sinnvollerem verbringen können. »Korruption in einem Ortsgemeinderat – na und? Wir haben Wichtigeres zu tun, nämlich einen Mordfall zu lösen.«

»Vielleicht führt das eine ja zum anderen«, meinte Claes.

Hatte der jetzt Visionen, oder was? Sie verdrehte die Augen. »Aber dann übernimm bitte du das Gespräch.«

Er nickte, als eine Bankangestellte auf sie zutrat.

»Herr Korden ist jetzt bereit, Sie zu empfangen.« Sie wies die beiden Beamten in ein Büro im hinteren Gebäudeteil der Adenauer Sparkasse.

Korden war ein mittelgroßer, mittelalter Mann. Er trug einen dunkelblauen Anzug mit einer unauffälligen Krawatte. Das Einzige, was nicht austauschbar an ihm war, war der goldene Siegelring an seiner linken Hand.

Tanja stellte sich und Claes vor, überließ diesem dann aber die Gesprächsführung. Kollege Claes trat jovial auf. Er tauschte mit dem Sparkassendirektor einige Bemerkungen über den verheerenden Sturm im vergangenen Monat aus, die Sturmschäden und Möglichkeiten, sich gegen solche zu versichern, bevor er zur Sache kam. »Sie haben neulich ein Grundstück in Antweiler erworben, von Joseph Hoffmann.«

»Die Wiese vom Wasser-Juppes, ja. Wieso fragen Sie?«

»Wieso haben Sie das getan?«

»Aufgrund langfristiger Überlegungen und der niedrigen Zinsen für andere Anlageformen investiere ich in Immobilien. Landwirtschaftliche Grundstücke werden in Zukunft gefragt sein. Wasser-Juppes, also Herr Hoffmann, wollte sich aufgrund seines fortgeschrittenen Alters verkleinern, also habe ich zugegriffen.«

Tanja stutzte. Das war eine auffällig ausführliche Antwort auf eine simple Frage. War Korden nervös? Hatte Claes mit seinen Vermutungen vielleicht doch recht? Sie beugte sich auf ihrem Stuhl vor und beobachtete den Sparkassendirektor genau.

Dieser hockte vorne auf der Sitzfläche seines Chefsessels, griff nach einem Kuli und fingerte daran herum.

»Warum haben Sie sich ausgerechnet für das Grundstück in Antweiler entschieden?« Kollege Claes klang freundlich und ruhig.

»Wie ich schon sagte, weil Herr Hoffmann seinen Hof nicht mehr bewirtschaften kann, stößt er Grundstücke ab. Als ich davon hörte, habe ich zugegriffen. Das Land hat eine hohe Bodenzahl und ist leicht zugänglich. Man muss keine Wegerechte beachten.«

Wieder erschien Tanja die Antwort unnötig lang.

»Einer Ihrer Kunden hat ein Grundstück in unmittelbarer Nähe von Ihrem gekauft. Ebenso von Herrn Hoffmann«, hakte Claes sogleich nach.

Es entstand eine Pause.

»Ich habe natürlich einige Anleger auf die Gelegenheit hingewiesen, dort zu investieren«, sagte Korden schließlich. »Auch Wasser-Juppes, also Herr Hoffmann, gehört zu unseren langjährigen Kunden. Ich habe ihm geholfen, Käufer für sein Land zu finden.«

»Der Preis, den er erzielt hat, war ja nicht gerade hoch.«

Korden hob die Schultern. »Landwirtschaftliche Grundstücke sind zwar generell gesucht, aber hier in der Eifel … Sie wissen schon. Kleines Areal, Hanglage wie die in Antweiler … Internationale Interessenten schlagen eher in Mecklenburg-Vorpommern zu, wo sie größere Flächen erwerben können. Immerhin habe ich Wasser-Juppes einen Gefallen getan, indem ich ihm einen weiteren Käufer vermittelt habe.«

Der Banker log doch das Blaue vom Himmel herunter, befand Tanja. Täuschte sie sich, oder wurde er immer unruhiger? Jetzt malte er Kringel auf seinen Notizblock und hielt seinen Kuli dabei so fest, dass die Fingerknöchel weiß hervortraten.

»Seit wann war Ihnen bekannt, dass dort oben eine Windkraftanlage entsteht?«, fragte Claes jetzt mit schneidender Stimme. »Dass die landwirtschaftlichen Flächen hohe Pachteinnahmen erbringen werden?«

Korden wurde bleich. »Das stand doch gerade erst in der Zeitung.«

»Und Sie wussten nicht zufällig bereits vorher etwas davon?«

»Ich brauche Sie nicht über die Gründe für meine Investitionsentscheidungen zu informieren«, brachte der Sparkassendirektor hervor und erhob sich.

Claes nickte Tanja zu, auch sie standen auf. Korden brachte sie nicht zur Tür.

Kaum hatten die beiden sich verabschiedet, sah Tanja, dass er sich wieder setzte und nach dem Telefon griff.

Auf dem Flur empfing sie einer der Bankangestellten. Er umfasste Tanjas Oberarm und zog sie ein Stück den Gang hinunter. »Was haben Sie erfahren?«

Tanja schüttelte seine Hand ab. »Was wollen Sie von mir?«

Dann bemerkte sie es. Die Stimme des Mannes kannte sie. Dieses tiefe, volltönende Organ gehörte zu dem anonymen Anrufer von heute Morgen.

»Brauchen Sie eigentlich immer Hilfestellung beim Ermitteln?«, fragte der Mann jetzt.

Tanja ignorierte die Frage. »Wenn Sie das nächste Mal etwas wissen, kommen Sie zu uns aufs Revier«, sagte sie trocken.

Der Mann nickte und verzog sich in eines der Büros.

»Also, was haben wir jetzt?«, fragte Tanja und sah ihren Kollegen an. »Korden und Konsorten haben Hoffmann anscheinend übers Ohr gehauen, aber ist das unser Problem?«

Claes antwortete nicht.

»So kommen wir nicht weiter. Wir müssen uns ganz auf den Mord am Ötzi konzentrieren.«

Allerdings hatte sie dafür an diesem Abend keine Zeit. Sie wollte noch einmal bei Frank vorbeischauen, sich vergewissern, dass es ihm den Umständen entsprechend gut ging, damit sie in Ruhe schlafen konnte. Und morgen Nachmittag stand ihre Fortbildung an. Schwänzen kam nicht in Frage.

»Du nimmst dir noch mal die Akten vor«, wies sie Claes an. »Lies dir alles von vorne bis hinten durch und horch bei der Tatortgruppe nach, ob die Kollegen etwas Neues gefunden haben. Achte auf jede Unstimmigkeit!«

Claes brummte etwas Unbestimmtes. Sie wusste, dass er nicht gerne Anweisungen entgegennahm, andererseits war ihre Erfahrung, dass Männer am schnellsten kapierten, wenn man glasklare Ansagen machte.

Das Nudelholz

Die Tür wurde aufgerissen. Bauer Thielen starrte sie an.

Ella schluckte. Sie hatte seine Frau oder eines der Kinder erwartet.

»Du!«

»Es gibt keine EU-Förderung für Sonnenblumen zum Selberpflücken«, platzte sie heraus und ärgerte sich sofort. Verdammt, sie hatte doch diplomatisch vorgehen wollen.

»Komm rein!« Der breitschultrige Bauer griff sie am Arm und

zog sie ins Innere des Hauses. Durch den Flur, in dem Mäntel hingen, die nach Stall rochen, führte er sie mit eisenhartem Griff in die Küche, wo im Fernsehen eine Realityshow lief.

Auf einem Sofa hockte Corinna, die Augen geschlossen, auf den Ohren untertassengroße Kopfhörer, die sie wie ein exotisches Insekt wirken ließen. Sie wippte mit einem Fuß.

Als Thielen gegen das Sofa trat, schreckte Corinna hoch. Ihr Vater wies mit dem Daumen Richtung Tür. »Geh in dein Zimmer!«, schrie er.

Ob das Mädchen ihn gehört hatte oder nur seiner Geste folgte, war unklar. Jedenfalls erhob sie sich, warf Thielen und Ella einen genervten Blick zu. Sie verließ betont langsam die Küche.

Ella hörte sie eine Treppe hochtrampeln, dann klappte eine Tür. Corinna schien noch Respekt vor ihrem Vater zu haben, sonst hätte sie sie zugeknallt.

Thielen ließ sich aufs Sofa fallen, Ella nahm am Tisch Platz und blickte sich um. Auf der Abtropffläche des Spülbeckens trockneten mehrere Teller. Daneben zwei Babyflaschen und vier Schnuller. Auf dem Herd stand ein riesiger Topf mit Deckel. Auf der Küchenanrichte war ein heller Teig dünn ausgerollt worden, die klassische Nudelrolle lag daneben. Auf dem Küchentisch stapelten sich einige Illustrierte, das kostenlose Wochenblatt, das im Ort verteilt wurde, und bunte Werbung der Supermärkte. Außerdem ein Schulheft und ein Lehrbuch, das mit gelben Klebezetteln gespickt war.

In der Realityshow im Fernsehen schien es um den Alltag einer Polizeistreife zu gehen. Der Ton war nervig laut.

Ella versuchte, die Sendung zu ignorieren. »Es gibt keine EU-Subventionen für Sonnenblumen zum Selberpflücken«, wiederholte sie. »Nur für Ölsaaten.«

»Misch dich nicht ein. Hab ich dich nicht gewarnt?«

Sie blickte Thielen verwirrt an. Was meinte er?

»Du hast die Wiese doch nur gekauft, weil du genau wusstest, dass dort Windräder errichtet werden sollen.« In Ellas Kopf wirbelten die Gedanken durcheinander. Diese Monster von Windrädern würden direkt vor ihrer Nase stehen, während Thielen jeden Monat eine satte Pacht einstrich. »Ihr vom Gemeinderat wusstet doch schon lange, was dort geplant wird.« Sie dachte an die Unterlagen von Björn Börnsen. Mindestens seit drei Monaten war dem Gemeinderat das Projekt bekannt.

»Na und? Die Windräder bringen die Gemeinde voran. Wer soll denn noch von der Milchwirtschaft leben können? Wollt ihr feinen Pinkel aus der Stadt uns vorschreiben, was wir zu tun und zu lassen haben?« Thielen wurde immer lauter. »Wenn wir die Sache nicht geregelt hätten, bevor du und das ganze andere Ökopack davon erfahren habt, hättet ihr uns doch alles kaputt gemacht. Bürgerinitiative, ha!« Er spuckte das Wort verächtlich aus. »Leute wie du, die verhindern hier jeden Fortschritt.« Er stieß mit dem Zeigefinger mehrmals in Ellas Richtung. »Du kommst dir wohl ganz schlau vor, was? Du mit deiner Adressliste von wichtigen Leuten. Glaub bloß nicht, dass du unseren Windpark so verhindern kannst.«

Ella durchfuhr es eiskalt. Woher wusste Thielen von ihrer Adressliste? Nur einer konnte wissen, was sie plante: der Einbrecher, der ihren Laptop entwendet hatte. Der sie mit dem Taser außer Kraft gesetzt und Rocco verletzt hatte.

»Du Schwein hast meinen Hund niedergestochen!« Sie warf sich auf den Bauern und schlug mit den Fäusten auf ihn ein.

Aber Thielen schleuderte sie mit Leichtigkeit zurück aufs Sofa und griff nach dem Nudelholz auf der Küchenanrichte.

Dann sah Ella nur noch Lichtblitze.

Geisel

Ella kam blinzelnd zu sich.

Thielen hielt ihr etwas unter die Nase. Etwas Kaltes, Dunkles. Bedrohliches. Eine Waffe.

Sie schreckte zurück.

»Jetzt hast du Angst, nicht wahr?« Thielens Augen waren rot

unterlaufen, die Adern an seinen Schläfen angeschwollen, die Kiefermuskeln angespannt.

Beschwichtigend hob Ella die Hände.

In dem Moment schwang die Tür auf, und Agnes kam herein, rechts und links im Arm die beiden Zwillinge.

»Dahin!«, herrschte der Bauer sie an und wies mit der Pistole auf die Couch. Es war doch eine Pistole, oder?, fragte sich Ella.

Im Fernsehen lief immer noch diese bescheuerte Realitysendung »Auf Streife«. Scripted Reality, fiel Ella ein. Jetzt gerade wünschte sie sich, dass auch jemand ein Drehbuch zu ihrer eigenen Realität verfasst hatte und darin ein Happy End vorsah.

Agnes war perplex. Sie zwinkerte verwirrt, dann setzte sie sich neben Ella auf die Couch, die Kinder auf den Oberschenkeln, eins rechts, eins links.

Während Thielen sein Au-pair fixierte, nutzte Ella den Moment, um ihr Handy aus der hinteren Hosentasche zu ziehen. Sie hielt es zwischen sich und Agnes versteckt und versuchte, nur beiläufig aufs Display zu gucken. Mit ihrem Daumen scrollte sie durch ihre Kontakte, bis sie auf »Claes, Polizei Adenau« stieß. Sie hatten im vergangenen Jahr die Telefonnummern ausgetauscht, als Claes mit ihrer Hilfe den Nachbarn festgenommen hatte. Das schien ewig lange zurückzuliegen.

Sie berührte das Symbol zum Aufnehmen einer WhatsApp-Sprachnachricht und sagte laut: »Geiselnahme bei Thielen in Antweiler. Hilfe, wir sind in Gefahr.«

Weiter kam sie nicht.

Der Notruf

Peter sah, wie seine Hand zitterte, als er den Wein einschenkte. War er wirklich so nervös? Wegen einer Frau? Na gut, es war immerhin nicht irgendeine Frau, sondern Gertrud. Die Frau mit den phänomenalen Kurven.

Das Studium der Ötzi-Akten hatte sich hingezogen. Den ganzen Tag hatte er vor dem Computer gesessen. Im Laufe der vergangenen zwei Wochen waren jede Menge Hinweise zusammengekommen. Dann hatte Tanja auch noch eine schriftliche Zusammenfassung von ihm gefordert, bevor sie zu ihrer ach so wichtigen Fortbildung abgerauscht war. Er hatte noch den ganzen Nachmittag im Büro gesessen, dann aber Tanjas Abwesenheit genutzt, um mal wieder pünktlich Feierabend zu machen.

Anschließend hatte er endlich seinen Mut zusammengenommen und Gertrud eine private Nachricht auf Tinder geschickt. Der Kuss von neulich wartete auf eine Fortsetzung. Fand er jedenfalls. Wie sie darüber dachte, würde er jetzt herausfinden.

Er hatte das Bad geputzt und seine Wohnung gesaugt. Jetzt saßen sie etwa steif nebeneinander auf dem Sofa.

Der Rotwein hatte die Farbe von Rubin und roch nach einer Mischung aus Früchten, Rosinen und etwas Vanille.

Gertrud hob ihr Weinglas und prostete ihm zu: »Auf uns.«

Auch Peter hob sein Glas und blickte ihr tief in die Augen. Diese goldbraunen Sprenkel in ihrer Iris faszinierten ihn.

Sie tranken einige Schlucke, schwiegen.

Fieberhaft überlegte er, was er sagen sollte. Das Schweigen zog sich. Peter trank noch einmal von dem schweren Roten, verschluckte sich, hustete.

Sofort sprang Gertrud auf und klopfte ihm auf den Rücken.

Ihr Körper strahlte eine solche Wärme ab, dass er sich nicht zurückhalten konnte und einen Arm um ihre Hüften legte.

Als sie sich an ihn drängte, stand er auf, umarmte und küsste sie. Sie schmeckte süß und ein wenig nach der Säure des Rotweins. Mit ihrer Zunge fuhr sie über seine Lippen.

Plötzlich erklang ein unangenehmer Piepton. Das Smartphone vibrierte.

Verdammt! Wieso hatte er sein Handy nicht abgeschaltet?

Er drückte Gertrud weiter an sich. Ihre Nähe fühlte sich so unglaublich gut an. Die eingegangene Nachricht konnte warten, oder?

Dann siegte seine Neugier. Peter ließ Gertrud los und fingerte sein Smartphone aus der Hosentasche.

Eine WhatsApp-Sprachnachricht von Ella Dorn, der Eifelhexe. Was wollte die denn von ihm?

Gertrud schmiegte sich weiterhin an ihn.

Er zögerte, tippte aber dann auf die Nachricht, um sie abzuhören.

»Geiselnahme bei Thielen in Antweiler. Hilfe, wir sind in Gefahr.«

Die Dorn klang panisch.

Peter stöhnte. Wieso musste das ausgerechnet heute passieren? Nachdem er monatelang eine ruhige Kugel geschoben hatte. Sich im Sommer sogar gelangweilt hatte, weil abgesehen von ein paar Verkehrsunfällen und der Sache mit den Heuballen nichts passiert war. Aber daran war jetzt nichts zu ändern. Er blickte Gertrud enttäuscht an. »Es tut mir leid, aber ich muss. Ein Notfall.«

Prioritäten

Sie war die erste Referentin. Der Trainer hatte sie kurz vorgestellt, jetzt stand sie ganz vorne allein am Pult. Tanja ließ ihren Blick über den voll besetzten Raum der Polizeihochschule in Büchenbeuren schweifen. Sie sah noch einmal auf ihre Unterlagen, räusperte sich, dann begrüßte sie die anderen Teilnehmer der Weiterbildung mit klarer Stimme.

»Fallanalyse eines Giftmords«, las sie den Titel ihres Referats von ihren Unterlagen ab, dann sprach sie frei. Sie erläuterte, was sich im vergangenen Jahr in Adenau abgespielt hatte, als ein Lokalpolitiker vergiftet worden war. Sie benannte die Herausforderungen, die der Fall mit sich gebracht hatte. Die Gewohnheit des Opfers, abends einen Absacker zu trinken, war weithin bekannt gewesen. Sein Haus stand meistens offen. Unzählige Personen hatten Zutritt gehabt. Auch an möglichen Motiven hatte es nicht gemangelt. Der Ermordete war vielen verhasst gewesen.

Sie sprach klar und flüssig. Die Zuhörer gaben keinen Mucks von sich und folgten ihren Erläuterungen aufmerksam.

Tanja fuhr fort und erklärte, dass sowohl die wichtigste Tatverdächtige wie auch der später ermittelte Täter bis dahin unbescholtene Bürger waren, deren Merkmale in keiner Datenbank gespeichert waren. Moderne Ermittlungsmethoden stießen an ihre Grenzen. Schließlich waren das Erfahrungswissen der Beamten vor Ort sowie das systematische Vorgehen für den Ermittlungserfolg entscheidend gewesen.

Tanja stand aufrecht, stützte ihre Hände auf das Rednerpult. Sie sah verschiedene Personen im Publikum an, damit sich möglichst viele von ihr angesprochen fühlten. Leicht breitbeinig hatte sie einen festen Stand, sie fühlte sich stark und sicher.

Ihr Besuch heute Mittag an Franks Krankenbett hatte ihr noch einmal gezeigt, was wirklich wichtig war: Gesundheit, Familie, das kleine Glück, ein Leben ohne Katastrophen. Als sie eingetroffen war, hatte ihr Vater die Gelegenheit genutzt, sich etwas zu essen zu holen, sodass die beiden Geschwister allein waren. Frank ging es etwas besser, sie hatten einige Worte wechseln können.

Ein Arzt war wieder nicht zu sprechen gewesen, aber der Pfleger zeigte sich zufrieden mit dem Zustand ihres Bruders. Die Schmerzmittel im Tropf seien bereits etwas schwächer dosiert.

In Anbetracht dessen, was Frank geschehen war, hatte Tanja sich geschämt, dass sie vor einem simplen Vortrag auf einer Weiterbildung Angst hatte. Es gab keinen Grund, unsicher zu sein. Sie kannte ihre Fähigkeiten im operationellen Einsatz. Sie teilte gerne ihre Erfahrungen. Was sollte so schwierig daran sein, vor einer Gruppe von Menschen zu sprechen, die Interesse an ihren Erkenntnissen hatte?

Jetzt fasste sie abschließend noch einmal zusammen, was im vergangenen Jahr zur Ergreifung des Täters geführt hatte. Den Beitrag, den Ella Dorn dazu geleistet hatte, konnte sie getrost unter den Tisch fallen lassen, fand sie. Schließlich hatten die polizeilichen Ermittlungen das gleiche Ziel erreicht wie die Visionen dieser Eifelhexe.

Anhaltender Applaus belohnte ihr Referat. Der Leiter der Fortbildung bedankte sich für ihre Ausführungen. »Eine Win-win-Situation«, sagte er. »Wir alle können voneinander lernen. Austausch unter Kollegen sollte viel selbstverständlicher sein.«

Tanja nahm ihre Unterlagen vom Pult und setzte sich wieder auf ihren Platz zu den anderen Teilnehmern. Unauffällig zog sie ihr Handy hervor und deaktivierte den Flugmodus.

Sofort signalisierten diverse Klingeltöne eingehende Nachrichten. Kollege Claes hatte dreimal angerufen und schließlich, da er sie nicht erreicht hatte, eine WhatsApp geschickt: »Komm nach Antweiler. Geiselnahme auf Hof von Thielen. SEK ist alarmiert.«

In Gefahr

Thielen entriss ihr das Handy mit seiner freien Hand. »Halt die Klappe!« Er fuchtelte mit der Pistole herum. »Wen hast du angerufen?« Er blickte auf das Display, tippte darauf, richtete aber weiterhin die Waffe auf die beiden Frauen auf dem Sofa. Ella hatte keine Ahnung, wie lange sie hier schon saß. Zehn Minuten? Zwei Stunden? Ihr Zeitgefühl war völlig verloren gegangen.

Ihre Gedanken kreisten nur um eins: Würde er schießen? Funktionierte das Ding überhaupt? Ella hatte keine Ahnung von Waffen, aber die Pistole wirkte wie ein älteres Modell, groß und wuchtig. Waren die neueren nicht eher klein und kompakt? Ella hatte Pistolen bisher nur im Fernsehen gesehen, nie in echt. In Frankfurt war sie manchmal an einem Waffenladen in der Innenstadt vorbeigekommen, hatte aber nie auf die Angebote im Schaufenster geachtet. Das ganze Thema Waffen machte ihr Angst.

Plötzlich warf Thielen das Smartphone auf den Boden und trampelte darauf herum. Es knirschte.

Unwillkürlich zuckte Ella zusammen. Egal, dass das Handy jetzt kaputt ist, sagte sie sich. Hier geht es um mein Leben. Unser Leben, korrigierte sie sich mit Blick auf Agnes und die Zwillinge. Hoffentlich hatte ihre Nachricht Peter Claes noch erreicht. Oder hätte sie doch besser die 110 wählen sollen? Aber sie hätte die verworrene Lage nie so schnell erklären können. Claes wusste wenigstens, wo Antweiler war, beruhigte sie sich.

Ihr Kopf schmerzte. Das Nudelholz lag wieder auf der Küchenanrichte, hinter dem Rücken von Thielen mit seiner Waffe. Keine Chance, es zu erreichen.

»Wir tun dir nichts«, begann sie, langsam und ruhig zu sprechen. »Willst du uns etwa im Beisein von deinen eigenen Kindern erschießen, vor deinem eigenen Fleisch und Blut?«

Thielen schnaubte durch die Nase.

Wie auf Kommando begannen die Zwillinge, wild zu zappeln.

Agnes wiegte sie, was die Säuglinge keineswegs beruhigte. Sie wanden sich wie Fische auf dem Trockenen auf dem Schoß der jungen Frau.

SEK-Aufmarsch

Die SEKler waren dunkel gekleidet. Schwarze Hosen, Stiefel und Kevlarwesten. Schwere Koppel am Gürtel. Peter wusste, dass ihre Ausrüstung mehrere Kilo wog, trotzdem bewegten sich die Einsatzkräfte scheinbar mühelos. Es waren Dutzende, die im Gänsemarsch herbeitrabten.

Wie Schatten huschten sie von Baum zu Baum, tauchten ins Dunkel des Waldes, schwärmten aus und gingen in Stellung. Sie waren kaum zu sehen. Ihre Silhouetten verschmolzen mit denen der Bäume. Doch die stille Eifel hatte ihr Gesicht verändert.

Peter erschauerte bei ihrem Anblick. In die Wälder seiner Heimat hatte Gewalt Einzug gehalten.

Er stand hinter einem der Einsatzwagen und beobachtete die

Situation aufmerksam. Lehrvideos hatten ihn auf eine Situation wie diese vorbereiten sollen, aber die Realität war doch etwas ganz anderes. Plötzlich sehnte er sich nach seinen beschaulichen Fällen, nach dem Diebstahl von Heuballen und nach Autofahrern, die im Suff im Graben landeten.

»Alles, was einen Streifenwagen unterm Arsch hat, raus nach Antweiler.« Aus dem Funkgerät knarzte Brettschneiders Stimme, der die Adresse von Thielens Hof durchgab.

Peter hatte sofort das Führungs- und Lagezentrum in Koblenz informiert, nachdem er Ella Dorns Nachricht abgehört hatte. Jetzt lief die Polizeimaschinerie auf Hochtouren. Bei Geiselnahmen war es obligatorisch, das SEK hinzuzuziehen. Dennoch bezweifelte Peter, dass dieser ganze Aufwand gerechtfertigt war, nur weil ein Bauer durchdrehte.

Er war eine knappe halbe Stunde früher hier gewesen als das SEK. Was einzig und allein an der geringeren Entfernung lag, auch die SEK-Kollegen in Koblenz waren sofort aufgebrochen. In einem Fernsehkrimi hätte er, der Superbulle, im Alleingang die Geiseln befreit, ohne auf die Einsatzkräfte zu warten. Doch nichts lag Peter ferner. Er war kein Held. Außerdem verstieß es gegen alle Vorschriften, eine solche Situation im Alleingang lösen zu wollen.

Er blickte zu dem Hof hinüber. Die Fenster im Erdgeschoss und auch einige in der oberen Etage waren erleuchtet. An einem der Fenster im ersten Stock klebten Aufkleber, irgendetwas Buntes, unten verbargen dicke Gardinen, was im Innern vor sich ging.

Plötzlich wurde die gesamte Szenerie in helles Licht getaucht. Die Kollegen hatten Scheinwerfer aufgebaut und ans Stromnetz gehängt. Das gesamte Anwesen wurde ausgeleuchtet, doch nichts tat sich. Nicht einmal ein Huhn lief über den gepflasterten Hof.

Wo blieb Tanja bloß? Peter zog noch einmal sein Handy hervor. Sah zwei blaue Häkchen hinter der Uhrzeit seiner WhatsApp-Nachricht, sie hatte sie also gelesen. Wahrscheinlich hatte sie sich eine Antwort gespart und war gleich losgefahren. Aber warum brauchte sie länger als die SEKler? Ihm fiel ein, dass sie bei dieser Fortbildung in Büchenbeuren war. Von dort würde sie eine halbe Stunde länger als von Koblenz aus brauchen, schätzte er. Es konnte noch dauern, bis sie eintraf.

Der Geländewagen

Tanja beobachtete, wie Einsatzleiter Brettschneider und der SEK-Chef die Köpfe zusammensteckten, und sah sich um. Streifenpolizisten sperrten den Hof ab. Techniker fummelten an Scheinwerfern herum. Sie fühlte sich überflüssig. Dann sah sie Claes, der ebenfalls ein wenig verloren herumstand, und trat zu ihm.

Wortlos nickten sie sich zu und ließen ihre Blicke über den Hof schweifen. Sie entdeckten ihn gleichzeitig. Er stand unter dem Scheunenvordach, halb verdeckt hinter zwei Treckern und neben einem riesigen, anscheinend nagelneuen roten Mähdrescher.

Tanja wies mit ausgestrecktem Arm auf das Auto: »Ein dunkelgrüner Jeep! Ein Land Rover!«

Claes nickte. »Ja, ein Land Rover Defender. Der gleiche Wagen, den Uwe Röder fährt. Ist ein Klassiker.«

»Die Zeugin Susanne Becker hat so einen am Goloring gesehen.«

»Vielleicht ist er es ja.«

»Wir haben doch den Gipsabdruck mit dem Reifenprofil.« Tanja beobachtete den Hof. Nichts außer den erleuchteten Fenstern deutete auf die Anwesenheit von Bewohnern hin. Geradezu unheimlich, diese Stille, dachte sie. »Wir könnten doch eine Aufnahme von den Rädern machen und die dann dem Trassologen zum Abgleich schicken.«

Claes machte ein entsetztes Gesicht. »Ich geh da jetzt nicht rüber. Das wäre Wahnsinn.«

Tanja überlegte. Um zu den Fahrzeugen in der Scheune zu gelangen, musste man an der erleuchteten Fensterfront im Erdgeschoss vorbei. Von den anderen Einsatzkräften hatte niemand bisher den Hof betreten. Die SEKler hielten sich weiterhin im Schatten der Bäume.

»Es muss doch möglich sein, ein Foto von den Autoreifen zu machen«, beharrte Tanja. Wie immer hatte sie keinen Funken Geduld. Sie wollte hier und jetzt wissen, ob die Geiselnahme etwas mit dem Mord am Goloring zu tun hatte.

»Vielleicht mit einem Roboter?«, schlug Claes vor.

»Ich frage mal die Techniker.« Tanja dachte wie immer pragmatisch. Wozu sonst gab es die Arbeitsteilung zwischen den Einsatzkräften?

Eine Drohne weniger

Tanja verfolgte den Weg der Drohne auf dem Bildschirm. Ein Kollege von der Technik ließ sie mit einer Art Joystick über dem Hof kreisen. Sie sandte die Bilder ihrer Kamera an den Laptop, der vor ihnen im Einsatzwagen stand.

Jetzt überquerte die Drohne das Dach des Hofes, das vollflächig mit Solaranlagen belegt war. Bauer Thielen nutzte offenbar jede Einkommensquelle. Oder wollte autark sein, überlegte Tanja.

»Ich gehe mal tiefer.« Der Experte bewegte den Joystick.

Die Bilder zeigten nun das Haus von außen. Die Übertragung war gestochen scharf.

Plötzlich bewegte sich etwas, und der Techniker zoomte heran.

Eine grau getigerte Katze überquerte gelassen den Hof.

Alle atmeten hörbar aus.

Tanja räusperte sich. »Wenn die Drohne schon im Einsatz ist … wir bräuchten ein Bild von den Reifen von dem Geländewagen, ist das möglich?« Sie wies auf die Scheune neben dem Haupthaus.

Unter einem Vordach standen drei Generationen Traktoren, von einem sehr alten bis zu einem riesengroßen Modell, ganz offensichtlich wenig benutzt. Dahinter parkte der dunkelgrüne Jeep, aus ihrer Perspektive weitgehend verdeckt durch einen gigantischen roten Mähdrescher.

Tanja starrte gebannt auf den Bildschirm. Einsatzleiter Brettschneider beugte sich vor, blickte über ihre Schulter auf das Display. »Nichts da. Wichtig ist jetzt, Infos über die Situation im Haus zu bekommen. – Geh mal weiter nach rechts«, wies er den Techniker an.

Der bewegte folgsam den Joystick.

»Die Haustür ist geschlossen«, stellte Brettschneider fest.

»Mal sehen, was mit den Fenstern ist«, murmelte der Experte.

»Eva Thielen ist jetzt hier«, ertönte plötzlich eine Stimme hinter ihnen. Ein Kollege schob eine korpulente Frau mit dunkelbraunen Haaren vor sich her. Sie trug einen Pyjama mit rosa Herzchen und hatte sich eine ausgeleierte rote Strickjacke übergeworfen. »War bei ihrer Schwester.«

»Ich wollte bei ihr übernachten, weil sie krank ist.« Der Frau war anzusehen, dass sie mit der Situation überfordert war. »Was ist denn los?«

»Gibt es eine Waffe in Ihrem Haus?« Brettschneider ging nicht auf ihre Frage ein.

»Nein, wieso?« Sie starrte auf den Hof.

Brettschneider drehte sie am Arm herum, sodass sie ihm in die Augen sehen musste. »Keine Waffe? Sicher?«

»Na ja, außer meiner.«

»Was ist das für eine?«

»Es liegt keine Waffenbesitzkarte für diese Adresse vor«, sagte der Kollege, der die Frau zu ihnen gebracht hatte. »Weder für ihn noch für sie.«

»Sie gehörte dem Onkel meines Vaters. Dem Bruder meines Großvaters. Also, meinem Ur… nein, meinem Großonkel.«

»Typ?« Brettschneider klang streng.

»Mein Großonkel hat sie meiner Mutter gegeben, als er auf Heimaturlaub war. Da ging es schon zu Ende mit der Hitlerei.

Er wollte, dass sie sich verteidigen konnte, falls der Russe … na ja.« Sie stockte. »Und dann ist er ja gefallen. An der Ostfront, soweit ich weiß.«

Brettschneider hörte ihr ungeduldig zu. »Und was ist es für eine Waffe?«

»Eine Luger, glaube ich. Oder eine Parabellum, kann das sein?« Sie wirkte verunsichert. »Normalerweise liegt sie hinten in meinem Kleiderschrank.«

Parabellum und Luger, beides waren Bezeichnungen für die Pistole 08 der Wehrmacht, erinnerte sich Tanja, was sie in Waffenkunde gelernt hatte. Im Zweiten Weltkrieg eine Standardwaffe: einfach, robust, zuverlässig.

»Haben Sie Munition dafür?«, wollte Brettschneider wissen, während Tanja aus dem Augenwinkel weiterhin den Flug der Drohne verfolgte, die jetzt über dem Wohngebäude des Hofes kreiste.

»Die Kugeln müssten mit der Waffe in der Kiste liegen. Ich habe sie noch nie benutzt.« Thielens Frau klang kläglich. »Ich wollte sie eigentlich schon lange abgeben, bin aber nie dazu gekommen. Die Kinder, der Hof …«

»Wahrscheinlich funktioniert das Schießeisen eh nicht mehr«, sagte der Techniker verächtlich, während er die Drohne elegant um eine Hausecke steuerte und vor einem Fenster im Stehflug verharren ließ.

In dem Moment ertönte ein ohrenbetäubender Knall, und der Bildschirm wurde schwarz.

»Scheiße!« Der Techniker sprang auf.

»Funktioniert also, die Luger«, sagte Brettschneider trocken.

»Meine Drohne!«, jammerte der junge Mann.

Brettschneider hob sein Funkgerät: »Achtung. Zielperson ist bewaffnet. Ich wiederhole: Zielperson bewaffnet. Vermutlich mit einer Parabellum Baujahr 1945 oder älter.«

Schüsse

Der Säugling auf Agnes' rechtem Oberschenkel strampelte heftig, öffnete den Mund und schrie los.

Thielen zuckte zusammen.

Der andere Säugling machte es seinem Zwilling nach, und die beiden plärrten aus Leibeskräften.

Ella bemerkte, wie sich vor dem Fenster etwa Dunkles bewegte. Auch Thielen schien es gesehen zu haben, er stand auf, trat an die Scheibe und linste durch den Schlitz zwischen den Gardinen. Dann hob er die Pistole, zielte und schoss.

Ein lauter Knall. Nahezu gleichzeitig das Splittern der Scheibe. Draußen fiel etwas zu Boden.

Ellas Ohren dröhnten noch von dem Knall, doch gleichzeitig erkannte sie ihre Chance.

»Agnes!«, flüsterte sie.

Die junge Frau wandte sich ihr zu. In ihren Augen spiegelte sich blanke Angst.

»Take the babies and run. Take the backdoor to the barn! Now!«

Dann beugte Ella sich vor, steckte sich den Finger in den Hals und erbrach sich. Sie hatte gut gezielt; ihr halb verdautes Mittagessen landete direkt vor Thielens Füßen.

Der Bauer machte instinktiv einen Schritt zurück. Sein Arm hob sich, ein weiterer Schuss löste sich. Es knallte, Putz bröckelte von der Decke.

Agnes presste die beiden immer noch schreienden Säuglinge an sich, sprang auf, war in wenigen Sätzen bei der Küchentür und verschwand.

»Meine Söhne!«, brüllte Thielen, doch sein Arm mit der Waffe blieb gesenkt.

Ella starrte auf die weißen Bröckchen Putz, die neben ihr auf dem Sofa gelandet waren. Tief in ihrem Inneren hatte sie befürchtet, dass der Bauer sogar auf seine eigenen Kinder schießen würde. Noch einmal steckte sie sich den Finger in den Hals, aber ihr Magen gab nichts mehr her.

»Du Schlampe!« Thielen holte aus und ohrfeigte sie mit flacher Hand.

Ellas Kopf flog zur Seite. Die getroffene Wange brannte.

Doch das war auszuhalten. Immerhin waren Agnes und die Kleinen jetzt hoffentlich in Sicherheit. Dann fiel ihr Corinna ein. War sie noch auf ihrem Zimmer? Hatte sie den Schuss gehört? Würde ihr Vater sie herschleppen und ebenfalls bedrohen?

Stampede

Chaos brach aus. Zunächst wurden die Streifenpolizisten unruhig, die den Hof abschirmen sollten.

Die Erde bebte. Ungetüme rannten über den Hof. Rotbraune Rinder mit langen Hörnern. Zottelig. Das helle Licht der Scheinwerfer blendete sie. Panisch rannten sie im Kreis. Ihre Augen waren so verdreht, dass das Weiße zu sehen war.

Als ein weiterer Schuss ertönte, rannten die Rinder noch schneller. Eines der größten Tiere fand das Hoftor und stürmte hinaus. Die anderen folgten ihm. Eines rannte dabei eine Blechkanne um, die als Zierde neben der Eingangstür gestanden hatte und scheppernd umkippte, ein anderes schleifte einen Besen mit. Es dauerte noch einige Sekunden, dann waren die Rinder verschwunden.

Einen Moment später steckte ein SEKler in schwarzer Uniform seinen Kopf in den Einsatzwagen. »Kollege Brettschneider, was sollte das? Woher kamen diese verdammten Kühe?«

»Galloways«, korrigierte Tanja automatisch.

»Was?« Der SEKler fuhr herum.

»Das sind keine Kühe, sondern Galloways, schottische –«

»Das ist doch jetzt egal. Die Tiere haben hier nichts zu suchen. Sind Sie nicht einmal in der Lage, einen Tatort abzusperren?«

»Aber damit konnten wir doch wirklich nicht –«, setzte Brettschneider an und wurde von Thielens Frau unterbrochen.

»Unsere Galloways! Haben Sie mich geholt, weil sie wieder ausgebrochen sind? Wir müssen sie einfangen.«

Die Polizisten starrten sie verständnislos an.

»Bestimmt hat Opa wieder das Gatter offen gelassen. Wenn wir sie nicht einfangen, verwüsten sie die Vorgärten, und die Nachbarn beklagen sich wieder.« Sie wandte sich an Tanja. »Helfen Sie mir?«

Tanja beschloss, ihr reinen Wein einzuschenken. Sonst kämen sie hier nie weiter. »Es tut mir leid, Frau Thielen, aber wir haben momentan ein ganz anderes Problem.«

Bevor sie weitersprechen konnte, tauchte ein Mann mit einer Kamera auf. Einer Kamera mit einem riesigen Objektiv. Profigerät. Er richtete sie in den Einsatzwagen, visierte Brettschneider und Tanja an und drückte mehrmals auf den Auslöser.

Der Blitz blendete Tanja. Abwehrend hob sie die Hand.

Als sie wieder sehen konnte, fotografierte der Mann den Hof.

»Du hast hier nichts verloren, Matze!«, rief Kollege Claes, der jetzt zu ihnen gestoßen war.

Klar, das war doch sein Kumpel, dieser Pressefritze von der »Rheinzeitung«. Der hatte bestimmt wieder den Polizeifunk abgehört. Auch bei dem Fall in der Eifel im letzten Jahr war er immer zum unpassendsten Zeitpunkt aufgetaucht.

»Wie sind Sie durch die Absperrung gekommen?«, giftete Brettschneider.

Wahrscheinlich ganz einfach, durch die Lücke im Absperrring, den die Galloways gesprengt hatten, dachte Tanja.

Der Typ antwortete nicht, sondern lichtete stattdessen die Bauersfrau ab. »Stimmt es, dass der Geiselnehmer Kinder in seiner Gewalt hat?«, fragte er sie.

Brettschneider schnappte nach Luft.

»Kinder? Wer hat meine Kinder?« Eva Thielen öffnete den Mund und gab einen langen, verzweifelten Schrei von sich.

Schmerzen

Draußen nahm der Lärm kein Ende.

Thielen saß auf einem Küchenstuhl und starrte sie wütend an, die Waffe in der Hand. Sie war unübersehbar auf Ellas Bauch gerichtet.

Ella versuchte zu meditieren. »Om mani padme hum«, murmelte sie. Irgendwie funktionierte das nicht.

Vom Hof waren Schreie zu hören, dann lautes Stampfen. Es klang nach einer Herde Büffel. Die Gläser im Küchenschrank klirrten.

Thielen wandte sich um und linste durch die zersplitterte Scheibe, hielt die Waffe aber weiterhin auf Ella gerichtet.

Selbst ohne die Pistole hätte Ella den kräftigen Bauern nicht überwältigen können. Sie hielt es für das Beste, ihn nicht weiter zu provozieren. Ihr Kopf schmerzte immer noch von dem Schlag mit dem Nudelholz, die Wange brannte von der Ohrfeige. Immerhin hatte sie ein Ziel erreicht. Sie hoffte, dass Agnes mit den Babys in Sicherheit war. Gleichzeitig fühlte sie sich ohne sie furchtbar allein.

Das Handy lag mit zersplittertem Display vor ihren Füßen, sie bezweifelte, dass es noch funktionierte.

»Diese verdammten Rinder«, schimpfte Thielen jetzt. »Hat Papa schon wieder nicht …« Er brach ab.

Draußen waren jede Menge Menschen, das konnte Ella hören. Claes hatte ihre Sprachnachricht also bekommen. Doch das Draußen erschien ihr jetzt furchtbar weit weg.

Offenbar waren Scheinwerfer im Hof installiert worden, deren bläuliches Licht in die Küche drang. Claes musste dort draußen irgendwo sein, dachte Ella. Bestimmt in Begleitung von dieser toughen Kommissarin mit dem Pferdeschwanz. Zusammen würden die sich hoffentlich bald etwas einfallen lassen, um sie zu befreien.

Wieder versuchte sie, sich in ihren inneren Ruheraum zurückzuziehen. Sie flüsterte: »Om mani padme hum.« Sie dachte an die dicke Eiche am Hang des Arembergs, unter deren schützenden

Ästen sie normalerweise meditierte. Ob sie auch den Windrädern weichen müsste?

Thielen machte eine Bewegung.

Ella zuckte zusammen. Diese verdammte Waffe. Der Bauer müsste nur den Zeigefinger krümmen, und sie wäre tot. Gab es nicht doch eine Möglichkeit, ihn zu überwältigen?

Liebeserklärung per Megafon

»Glauben Sie, Sie können Ihren Mann zur Aufgabe bewegen?«

Eva Thielen nickte zaghaft. »Für meine Kinder tu ich alles.«

Sofort drängte Brettschneider sie aus dem Einsatzwagen. »Ein Megafon, aber dalli!«, bellte er.

Tatsächlich wurde ihm nach einem kurzen Moment ein Megafon gereicht, und ein schlaksiger Typ in Zivil tauchte auf.

»Unser Psychologe, Dr. Marc Schwiebel-Herrnström«, stellte Brettschneider vor.

Eva Thielen blickte verwirrt.

»Sie können die Situation entscheidend verändern«, sagte der Psychologe. »Bitte denken Sie genau nach, was Ihren Mann zum Aufgeben bewegen könnte. Aber bleiben Sie dabei ruhig.«

Das Geschwafel kam bei der Frau doch gar nicht an, dachte Tanja. So durch den Wind, wie die war. »Sagen Sie ihm einfach, dass Sie ihn lieben«, unterbrach sie ihn.

Alle Umstehenden wandten sich ihr zu. Brettschneider runzelte die Stirn, schwieg aber.

»Gute Idee«, stimmte ihr Schwiebel-Herrnström überraschend zu, und Tanja musste sich ein Lächeln verkneifen.

Der Techniker drückte der Frau in dem Herzchenpyjama das Megafon in die Hand und streifte ihr den Tragegurt über den Kopf. »Halten Sie diesen Knopf gedrückt«, erklärte er, »und dann sprechen Sie einfach hier rein.«

Eva Thielen hob das Megafon an ihren Mund. »Emil!«, rief sie so laut, als wollte sie ohne die Hilfe des Geräts im Haus gehört werden. Eine schrille Rückkopplung war die Folge.

»Nicht schreien«, sagte der Techniker.

»Und denken Sie vorher nach, was Sie sagen wollen«, mischte sich der Psychologe wieder ein.

»Los jetzt«, machte Brettschneider Druck.

Tanja berührte sanft den Oberarm der Frau. »Machen Sie einfach, was Sie für richtig halten«, sagte sie leise. »Sie kennen Ihren Mann am besten. Und jetzt retten Sie Ihre Kinder.«

Eva Thielen holte tief Luft.

Vatermord

Eine scheppernde Stimme ertönte. »Emil!« Eine Frauenstimme. Schrilles Quietschen folgte.

Nach einer knappen Minute wieder die Frauenstimme. »Emil? Hallo?«

Thielen horchte auf.

»Emil, hörst du mich? Lass die Kinder frei. Ich bitte dich, unsere Kinder, lass sie frei.«

Die Verzweiflung in der Stimme war nicht zu überhören. Aber wieso sprach sie von Kindern? War Agnes mit den Zwillingen noch nicht in Sicherheit?

Thielen fuchtelte mit der Waffe herum.

»Das kannst du mir nicht antun, Emil. Ich liebe dich.« Die Worte wurden durch den Verstärker verzerrt und klangen ganz und gar nicht wie eine Liebeserklärung, eher wie eine Durchsage auf einem Bahnhof.

»Halt die Klappe!«, schrie Thielen durch das zerbrochene Fenster und zog die Gardine zu. Sie bauschte sich in dem kalten Luftzug, der von draußen hereinwehte.

Plötzlich waren Schritte zu hören. Jemand kam die Treppe aus dem ersten Stock herunter. Ella wurde eng ums Herz. Sicher hatte Corinna Hunger bekommen, der einzige Grund, wieso ein Teenager sein Zimmer verließ.

Auf einmal sah Ella ihr eigenes Jugendzimmer vor sich. Poster von Pferden an den Wänden, Duftkerzen, überall im Raum verteilt. Auch sie hatte stundenlang laut Musik gehört, um der Welt zu entkommen, die ihr als Teenager unerträglich erschienen war.

Flurdielen knarrten.

Jetzt war auch Thielen auf das Geräusch aufmerksam geworden. Er blickte zur Tür, seine starken Bauernhände hielten die Pistole, ohne zu zittern, auf Ella gerichtet.

Kurz überlegte Ella, Corinna eine Warnung zuzurufen. Aber Thielen war zu wütend. Ihre Wange brannte immer noch. Es erschien ihr sicherer, keine unbedachte Reaktion zu provozieren. Jedenfalls nicht, solange die Pistole im Spiel war. Ella versuchte, sich nicht zu rühren.

Dann wurde quälend langsam die Küchentür geöffnet.

Thielen starrte hinüber, die Pistole zeigte immer noch auf Ella.

Die starrte in dieselbe Richtung.

Opa Thielen kam hereingeschlurft. »Wo ist Magda?«, fragte er weinerlich. »Magda ist nicht da.«

»Du meinst Agnes«, knurrte Thielen.

»Wie Agnes? Die heißt Magda.« Opa Thielen schien die Waffe gar nicht wahrzunehmen. »Magda soll mir jetzt Essen machen.«

»Magda war deine letzte Pflegerin, die ist wieder in Polen. Die neue heißt Agnes«, beharrte Thielen. Seine Stimme klang auf einmal sanft.

Jetzt hatte der Senior doch die Pistole in der Hand seines Sohnes entdeckt. »Du sollst nicht mit Waffen spielen, Emil, das hab ich dir schon tausendmal gesagt.« Er ging auf Thielen zu, griff nach der Pistole. »Die legen wir jetzt schön wieder zurück in den Schrank.«

Doch Thielen hielt die Waffe fest.

»Du hast keine Ahnung, wie viel Unglück Waffen bringen.« Opa Thielen zerrte daran. »Du bist zu jung dafür.« Er schnaufte. »Wenn du wüsstest, was an der Ostfront alles passiert ist. Nie wieder will ich dich mit einer Waffe sehen.«

Die beiden Männer rangen um die Pistole.

Ella sah ihre Chance. Niemand achtete auf sie. Im Zeitlupentempo stand sie auf.

Thielen hatte seinen Arm mittlerweile befreit und hielt die Waffe hoch, den Lauf zur Decke gerichtet.

Der Alte reckte sich danach, war aber ein gutes Stück kleiner als sein Sohn. »Papa musste zwei Weltkriege mitmachen.« Er klang überraschend klar, fand Ella. Von seiner Demenz war nichts zu bemerken. »In diesem Haus werden keine Waffen benutzt.« Er versuchte mit einem Hechtsprung, an die Pistole zu kommen.

Langsam bewegte Ella sich auf die Tür zu. Setzte ihre Füße ganz sanft auf. Atmete flach.

»Aber das ist jetzt mein Hof! Hier wird gemacht, was ich will!«, schrie Thielen.

Ella war nur noch wenige Schritte von der Tür entfernt.

»Dein Hof!« Auch die Stimme von Thielen senior wurde lauter. »Von wegen. Deine Mutter und ich haben unser Leben lang geschuftet, sonst gäbe es den Hof gar nicht!«

Ella hatte die Tür erreicht und zog sie auf, als hinter ihr ein Poltern erklang.

Ohne sich umzudrehen, huschte sie hinaus.

Ein Schuss knallte.

Sie rannte den Flur entlang. Ihr Herz schlug heftig, in ihren Ohren rauschte es. Sie riss die Haustür auf, wurde vom Scheinwerferlicht geblendet. Für einen Moment war sie blind.

Dann spürte sie starke Arme, die sie umfingen.

»Sie sind jetzt in Sicherheit, Frau Dorn.«

Unter Schock

Trotz der Decke, die sie ihr um die Schultern gelegt hatten, fror sie. Sie zitterte so sehr, dass ihre Zähne aufeinanderschlugen.

Durch die Tür des Krankenwagens, die halb offen stand,

konnte sie sehen, dass Dutzende von Scheinwerfern den Hof in kaltes Licht tauchten. Eine Gruppe von Polizeibeamten stand etwas abseits hinter einem Einsatzfahrzeug. Sie meinte, die kleine, dickliche Figur von Peter Claes und den wippenden Pferdeschwanz von Tanja Marx auszumachen. Die beiden schienen nicht viel zu sagen zu haben, sie standen nicht im Zentrum, sondern eher am Rand der Gruppe.

Der Sanitäter drückte ihr eine Blechtasse in die Hand, aus der es dampfte. »Kamillentee.«

Ella umschloss die Tasse dankbar mit beiden Händen. Das Zittern hörte nicht auf.

»Ich sag's Ihnen noch mal. Sie können gerne ein Beruhigungsmittel haben.« Der Sani war vielleicht Mitte zwanzig, hatte sandfarbenes Haar und ein Piercing in der Augenbraue.

Ella lehnte ab. Sie hatte sich schon vor langer Zeit geschworen, auf Medikamente zu verzichten, wenn sie nicht unbedingt nötig waren. Ihr war klar, dass sie nach allem, was in den letzten zwei Stunden passiert war, unter Schock stand. Aber Tabletten, die ihre Sinne dämpften, konnte sie nicht gebrauchen. Eben hatte ein ihr unbekannter Polizeibeamter sie mit Fragen gelöchert. Sie war nicht darauf eingegangen und hatte sich als Erstes nach Agnes und den Zwillingen erkundigt.

Diese seien in Sicherheit, beruhigte der Beamte sie. Man habe die junge Polin mit den Babys im Stall gefunden, wo sie sich völlig verängstigt versteckt hatte.

Ella hatte aufgeatmet und anschließend geduldig beschrieben, was in Thielens Küche geschehen war. Alles hatte der Mann wissen wollen. Auch wie der Grundriss vom Erdgeschoss aussah und ob sich noch jemand im Haus aufhielt.

Als er von Corinna hörte, war er nervös geworden und hatte etwas in seinen Jackenkragen gemurmelt, wo offenbar ein Mikrofon angebracht war.

Auch seine nächsten Fragen hatte sie so gut wie möglich beantwortet, bis sie unvermittelt einen Heulkrampf bekommen hatte und der Sanitäter eingeschritten war.

Wieder linste sie durch die Tür nach draußen. Sah, wie von

den vielen Schatten zwischen den Bäumen einer zur Gruppe der Beamten hinter dem Einsatzwagen trat.

Es war ein Mann in schwarzer Kleidung und mit mattschwarzem Helm. Einzig der Schriftzug »Polizei« auf seinem Rücken war weiß. Sein Oberkörper wirkte übergroß, kantig. Bestimmt trug er eine schusssichere Weste, vermutete Ella. An seinem Gürtel hingen allerhand Dinge, die sie nicht erkennen konnte. Waffen vielleicht? Ella erschauerte.

Sie nippte an ihrem Tee. Endlich hatte das Zähneklappern aufgehört, dafür fühlten sich jetzt ihre Knie weich an. Gut, dass sie im Krankenwagen saß.

Ihre Gedanken wanderten zu Corinna. Sie musste doch inzwischen mitgekriegt haben, dass ihr Elternhaus belagert wurde. Auch wenn sie mit ihren Kopfhörern die Schüsse nicht gehört hatte. Die Scheinwerfer warfen ein derart grelles Licht, dass selbst pubertierende Teenager es wahrnehmen sollten. Hoffentlich war sie so schlau, sich in ihrem Zimmer versteckt zu halten.

Als Ella im Augenwinkel eine Bewegung am Haus wahrnahm, drehte sie den Kopf und sah, wie sich zwei Männer in dunkler Kleidung vom Dach abseilten in Richtung eines Fensters, an dessen Scheibe Silhouetten von Blumen und Pferden klebten. Das musste Corinnas Zimmer sein.

Die Männer stießen sich mit den Fußspitzen von der Hauswand ab und ließen sich Stück für Stück am Seil runter.

Ella sprang auf, doch der Sanitäter war sofort bei ihr, drückte sie an den Schultern wieder nach unten.

»Sie bleiben schön hier.« Er schloss die Tür des Wagens mit einem lauten Knall. »Viel zu aufregend für Sie, was da draußen vor sich geht. Wollen Sie nicht doch eine Tablette?«

Sie schüttelte den Kopf, sauer, so entmündigt zu werden. Andererseits war ihr allein vom Aufstehen schwindelig geworden.

»Wir haben wirklich guten Stoff.« Der Sani grinste.

Flucht

Ein Motor sprang an. Der Lautstärke nach musste er zu einem großen Gefährt gehören. Das Geräusch kam aus der Scheune hinter dem Haus.

Brettschneider blickte sich um: »Los, Leute, da rüber!« Er wies auf die Baumgruppe, die gegenüber der Scheune im Schatten lag, und trabte los. Erstaunlich schnell für seinen Leibesumfang, bemerkte Tanja.

Sie verfiel in Laufschritt, um mitzuhalten. Hinter ihr keuchte Kollege Claes. Nun ja, der war noch nie fit gewesen.

Das Dröhnen des Motors wurde noch lauter. Ein riesiger Schatten schob sich aus der Scheune. Im Licht der Scheinwerfer tauchte der rote Mähdrescher auf.

»Der will fliehen!« Brettschneider schien noch nicht mal ansatzweise außer Atem zu sein. Laut bellte er Befehle in sein Funkgerät, aus dem verzerrte Antworten knarzten.

Tanja kniff die Augen zusammen. In der Tat war in der Führerkabine des Mähdreschers ein Mann zu erkennen. Thielen? Aber wer sollte es sonst sein?

Schüsse knallten. Zwei, drei, vier, zählte Tanja mit. Fast zeitgleich ging der Mähdrescher in die Knie. Die Scharfschützen des SEKs hatten die Reifen zerschossen.

Aus dem Führerhaus reckte sich ein Arm, eine Pistole in der Hand.

Brettschneider, Tanja und Claes bezogen hinter den Bäumen Position, obwohl der Fahrer des Mähdreschers bestimmt von den Scheinwerfern geblendet wurde. Aber sicher war sicher. Der SEK-Leiter trat zu ihnen und wandte sich Brettschneider zu.

Plötzlich trabte der dicke Becker heran. In einer Hand balancierte er einen Thermobecher, mit der anderen zog er einen Mann in Zivil hinter sich her.

Tanja verdrehte die Augen. Was wollte der denn hier? Sich wichtigmachen? Und brauchte er mitten in einem Einsatz Kaffee? Ihr Adrenalinspiegel war auch ohne Koffein am Anschlag.

»Der ist von der Freiwilligen Feuerwehr.« Becker schob den Mann Richtung Brettschneider.

Tanja musterte den Zivilisten. Er war vielleicht Anfang dreißig, pausbäckig, mit gedrungener Figur, listigen Augen und lockigen Haaren.

»Ich bin der Chef der Freiwilligen Feuerwehr Antweiler. Wir haben ein Löschfahrzeug vor Ort. Soll ich den Mann aus dem Führerhaus holen?«

Brettschneider überlegte. »Das wäre eine Möglichkeit«, sagte er schließlich.

»Auf keinen Fall«, knurrte der SEK-Leiter im selben Moment.

Er und Brettschneider starrten sich an.

»Wir wollen das hier unblutig beenden«, sagte der SEKler. »Es darf niemand zu Schaden kommen, deshalb müssen wir Spezialisten ran.« Er wirkte ernsthaft genervt.

»Macht ihr mal, aber haltet Abstand«, sagte Brettschneider zu dem Feuerwehrmann, der auf dem Absatz kehrtmachte.

»Unsinn, wir schmeißen einfach eine Blendgranate vor die Karre, dann greifen wir zu.« Der SEKler gestikulierte in Richtung des Mähdreschers, der noch immer in der Mitte des Hofes auf platten Reifen stand.

»Blendgranate werfen, aha«, sagte Brettschneider. »Und warum habt ihr das dann nicht schon längst getan?«

Der SEKler schnaubte nur. »Weil wir eine Strategie haben. Wir sind Profis.«

Als Tanja sich umwandte, sah sie, wie das Löschfahrzeug der Feuerwehr Antweiler anrückte. Das rote Gefährt hatte seine besten Tage schon hinter sich, doch die breite Spritze war drohend Richtung Mähdrescher gerichtet. Der Wagen war zwar kleiner als das landwirtschaftliche Ungetüm, wirkte jedoch furchteinflößend.

»Wasser marsch!«

Der Strahl erreichte den Mähdrescher mit Leichtigkeit. Die Scheibe der Kabine barst in tausend Stücke.

Ein Schrei ertönte.

»Zugriff«, sprach der SEK-Leiter in sein Mikrofon.

Dunkle Schatten stürzten auf den Mähdrescher zu.

Das Nächste, was Tanja erkennen konnte, war ein sich heftig windender Bauer, den zwei SEKler hielten. Einer hatte ihm den Arm auf den Rücken gedreht. Sie führten ihn ab Richtung Einsatzwagen. Ein anderer Beamter des Spezialeinsatzkommandos hielt eine Weltkriegspistole in seinen Händen und beäugte sie kritisch.

Ein Knattern ertönte, und Tanja blickte nach oben.

Auch die anderen reckten ihre Hälse.

Über dem Wald war ein Lichtstrahl zu erkennen. Endlich! Der Hubschrauber des SEKs aus Koblenz näherte sich. Mit den modernen Nachtsichtgeräten waren Flüge in der Dunkelheit kein Problem mehr. Wo hatten die Kollegen nur so lange gesteckt? Jetzt kamen sie zu spät. Die Lage war geklärt.

Auf das Leben

Peter schmückte die Geschichte ein wenig aus. Der Mähdrescher war größer, die Kollegen vom SEK zahlreicher und die Spritze des Löschwagens der Freiwilligen Feuerwehr viel länger als in der Realität. Am Bikerstammtisch wurde immer übertrieben, und alle wussten es.

Seine Kumpels hingen dennoch an seinen Lippen, und auch Gertrud schaute bewundernd zu ihm auf.

Er drückte sie enger an sich. Sie hatte ihren Thekendienst spontan der Kollegin übertragen, um mit ihm den erfolgreichen Einsatz zu feiern.

»Als du gestern einfach abgehauen bist, war ich schon enttäuscht«, flüsterte sie ihm ins Ohr.

Gestern? War das erst gestern passiert? Die Nacht war sehr kurz gewesen. Er hatte kaum geschlafen, aber das Adrenalin floss immer noch durch seine Adern. Er fühlte sich wie auf Drogen. »Ich bin Polizist. Du wirst dich dran gewöhnen müssen, dass ich manchmal Einsätze habe.« Es hatte keinen Sinn, das zu beschönigen. Entweder akzeptierte Gertrud seinen Beruf, oder die Beziehung mit ihr, die er sich wünschte, würde schon im Ansatz scheitern.

»Wir können ja heute Abend fortsetzen, was wir gestern begonnen haben«, wisperte Gertrud.

Peter spürte, wie er rot wurde.

An der Theke lehnte Gertruds Bruder, der auch heute wieder die Lederjacke mit dem »Lost Souls«-Schriftzug trug und Peter einen bösen Blick zuwarf.

Wenn der mitbekam, dass er Bulle war, würde er vom neuen Lover seiner Schwester noch weniger begeistert sein als so schon. Oder wusste er es bereits?

»Und der ganze Gemeinderat von Antweiler ist korrupt?«, unterbrach Wolle seine Gedanken.

»Der ganze nicht. Aber einige Gemeinderäte wussten schon früher von dem geplanten Windpark und haben sich Grundstücke gesichert, um von der Pacht, die der Betreiber zahlen wird, zu profitieren. Und der Chef der Sparkasse in Adenau war ebenfalls Mitwisser. Er hat die Immobilienkäufe nicht nur finanziert, sondern auch selbst zugegriffen.«

»Typisch«, meinten seine Kumpels.

»Der arme Wasser-Juppes«, sagte Wolle. »Den haben sie ganz schön übers Ohr gehauen.«

Zustimmendes Grunzen.

Peter trank in großen Schlucken von seinem Bier.

Gertrud drückte ihm einen Kuss auf die Wange. »Mein Held«, hauchte sie.

»Aber woher wussten die das mit den Windrädern? In der Zeitung hat doch bis vor Kurzem gar nichts davon gestanden.« Seine Stammtischbrüder wollten alles genau erfahren, und das aus erster Hand.

Peter rekapitulierte das wenige, das er gestern Nacht aufgeschnappt hatte. Anscheinend hatte Corinna, Bauer Thielens Tochter, von den Windrädern erfahren. Und zwar von ihrem Schwarm, dem Schamanen. Leonhart Schmidt hatte angefangen, gegen das Projekt zu mobilisieren, und Corinna Thielen hatte die Argumente des Ökoaktivisten gegen die Windräder wortwörtlich am heimischen Küchentisch wiederholt. Schließlich hatte der Bauer eins und eins zusammengezählt.

»Thielen ist völlig abgebrannt. Die Renovierung des Hofes, neue Geräte und so weiter – alles hat er mit Krediten finanziert. Dann wurde auch noch der Alte so krank, dass er ihn auf dem Hof nicht mehr unterstützen konnte. Thielen wusste nicht mehr ein noch aus, und irgendwann erschienen ihm die Einnahmen durch die Verpachtung von Flächen an die Betreiber der Windkraftanlage als die einzige Rettung«, erklärte Peter. »Doch dazu musste er den Schamanen stoppen.« Aber während der Notartermin für die Übertragung des Grundstücks vom Wasser-Juppes immer näher rückte, verstärkte Leonhart Schmidt seine Aktivitäten, um die Windräder zu verhindern. Jeden Tag musste Thielen befürchten, dass sein Immobiliendeal platzen würde, weil der Schamane mit den Planungen für die Windkraftanlage an die Öffentlichkeit ging. Jetzt brütete Thielen in der U-Haft. Eine jahrelange Gefängnisstrafe war ihm sicher. Ob seine Ehe das aushalten würde?, überlegte Peter.

Eva Thielen war nach der Festnahme ihres Manns schreiend zusammengebrochen. Wahrscheinlich stand sie im Krankenhaus noch immer unter Beobachtung. Ihre Zukunft sah düster aus. Allein würde sie den hoch verschuldeten Hof nicht halten können.

Und ihre Kinder? Die Tochter im Teenageralter würde sich vermutlich ihr eigenes Urteil über den Vater bilden, die kleinen Zwillinge würden ihn wohl einige Jahre lang nicht zu Gesicht bekommen. Höchstens bei den seltenen Besuchen in der JVA, wenn die Mutter ihnen die denn zumuten wollte.

Außerdem musste Thielen damit klarkommen, nicht nur den Schamanen getötet, sondern auch seinen Vater erschossen zu haben, wenn auch versehentlich. Peter mochte sich gar nicht vorstellen, welche Gefühle der Bauer momentan durchlebte.

»Und wieso hat Thielen den Leo Schmidt ausgerechnet am Goloring kaltgemacht? Den hätte er doch genauso gut in Antweiler killen können.«

Peter störte sich an der saloppen Sprache seines Stammtischbruders. Ganz sicher würde der nicht so locker daherreden, wenn er das Drama gestern miterlebt hätte. Oder die mit Messerstichen übersäte Leiche ihres Ötzi gesehen hätte. Laut sagte er: »Thielen ist Leonhart Schmidt gefolgt, als er sah, dass der mit dem Auto aus Eichenbach wegfuhr. Schmidt hat ihn unbeabsichtigt zu diesem Keltenring geführt. Weil dort nachts kein Mensch ist, dachte Thielen, das wäre ein idealer Tatort.« Fast kein Mensch, berichtigte sich Peter im Stillen. Niemand war im dicht besiedelten Deutschland unbeobachtet, aber das Schülerpärchen sollte nicht in die Sache reingezogen werden. Das hatte Peter Basti und Susanne versprochen. Denn hier in der Eifel machten Gerüchte viel zu schnell die Runde.

Um seine Kumpels auf andere Gedanken zu bringen, erzählte er noch, wie er den Diebstahl der Heuballen aufgeklärt hatte. Er übertrieb seine Rolle als Aufklärer nur ein ganz kleines bisschen.

Wolle grinste wissend.

Verstohlen schob Peter eine Hand unter Gertruds T-Shirt. Ihre Haut fühlte sich gut an, fest und warm. Mit der anderen Hand hob er sein Glas: »Und jetzt lasst uns trinken. Auf das Leben!«

»Auf das Leben!«, wiederholten die anderen.

Eine Märchenwelt

Ella blickte aus dem Fenster. Ihr vertrauter Garten sah wie verzaubert aus. Nachts waren die Temperaturen unter den Gefrierpunkt gefallen. Jedes Blatt, jeder Grashalm war mit Raureif überzogen.

Sobald sie die Mails an ihren inzwischen umfangreichen Verteiler verschickt hatte, würde sie mit Rocco einen ausgedehnten Spaziergang unternehmen, um die Schönheit der Natur zu genießen. Der neue Laptop, den sie seit einigen Tagen besaß, war um einiges schneller als das Modell, das Thielen ihr geklaut hatte. Bis das von der Polizei freigegeben wurde, war dessen Betriebssystem bestimmt schon überholt, dachte Ella und musste lächeln. Die Mühlen der Bürokratie mahlten langsam.

Sie überflog den Text noch einmal. »Keine Windkraft im Wald!« Sie vergrößerte die Überschrift ein wenig. »Windräder sind für den Standort Wald nicht geeignet. Sie zerstören Biotope …« In den vergangenen Tagen hatte Ella die weit mehr als zweihundert Adressen, die Leo auf seinen Karteikarten festgehalten hatte, in das Adressbuch ihres Mailprogramms übertragen. Claes hatte ihr die Kärtchen zugesteckt und im Vertrauen davon erzählt, wie Leo gegen die Windkraftanlage hatte vorgehen wollen.

Draußen rumpelte es. Die Jungs von der Dachdeckerfirma waren dabei, ihren Schuppen neu zu decken. Ella war froh, dass die Arbeit getan wurde, wäre jetzt aber lieber allein gewesen. Sie versuchte, die Geräusche auszublenden.

Die Geiselnahme belastete sie noch immer. Die Stunden, die sie starr vor Angst in Thielens Küche verbracht hatte, dessen Waffe auf sich gerichtet. Und die Erinnerung an Leo, den sie nie richtig kennenlernen würde, schmerzte.

Sie überlegte, an einer Schwitzhüttenzeremonie teilzunehmen, um ihre Seele zu reinigen. Vielleicht würde sie dann verstehen, was der Sinn ihres Lebens war. Vielleicht würde sie sich dadurch von den Folgen des Burn-outs befreien und wieder ein stabiles Nervenkostüm aufbauen können. Das Ritual in der Schwitzhütte klang so, als könnte man dabei eine Menge Ballast abwerfen. Ihn einfach ausschwitzen.

Sie hätte sich gewünscht, unter Leos Anleitung ihr ganzes armseliges Leben aus einigem Abstand zu betrachten. Eine neue Perspektive zu gewinnen. Doch dafür war es jetzt zu spät. Leo war nicht mehr. Sie würde recherchieren, ob jemand anders in der Eifel ein solches Ritual anbot.

Als draußen ein Auto vorfuhr und hupte, begann Rocco neben ihr, wie besessen zu bellen.

Ella blickte aus dem Fenster. Das Postauto. Den ganzen

November über hatte die gute Ruth Ellas Post in der Bäckerei deponiert, weil der Feldweg zum Haus eine einzige schlaglöcherübersäte Schlammpiste gewesen war. Jetzt, bei Frost, war der Weg fürs Postauto wieder passierbar.

Ella winkte der Postbeamtin durchs Fenster zu, die daraufhin noch einmal hupte, umständlich wendete und davonfuhr.

»Dann holen wir mal die Post rein.«

Rocco ließ sich das nicht zweimal sagen und rannte zur Tür.

Draußen blieb Ellas Atem als weiße Wolke in der kalten Luft stehen. Sie hatte sich nicht die Mühe gemacht, etwas überzuziehen, und fröstelte. Schnell öffnete sie den Briefkasten. Ein Kuvert, per Hand adressiert. Von wem es wohl stammte? Sie hatte doch kaum Kontakte zu anderen Menschen. Was sie auch ändern müsste, mahnte sie sich und riss den Umschlag ungeduldig auf.

»Wir laden ein zur Nikolausfeier auf dem Reiterhof Ahrtal-Treck«, stand in eleganter Schrift auf einer Karte mit einer krakeligen Kinderzeichnung, die einen dicken Mann mit roter Mütze zeigte. »Marnie, Uwe und Tobi Röder«.

Ella freute sich. Das wäre ein weiterer Schritt zurück ins Leben, dachte sie, eine Feier mit Marnie und ihrem Ex, der anscheinend kein Ex mehr war.

Nachwort

Die Prozessionsstraße des Golorings weist nicht in Richtung des Sonnenuntergangs an Samhain, wohl aber gibt es die beiden anderen gedachten Tore, durch die an den keltischen Jahresfesten die Sonne bei ihrem Aufgang wie beschrieben scheint. Auch die übrigen Angaben zum Goloring habe ich nach bestem Wissen recherchiert.

Wer mehr über die Auswirkungen von Windkraftanlagen im Wald auf den Bestand an Vögeln und Fledermäusen wissen will, findet bei der Deutschen Wildtier Stiftung viele Informationen. Klaus Richarz hat in der Broschüre »Windenergie im Lebensraum Wald: Gefahr für die Artenvielfalt – Situation und Handlungsbedarf« von 2017 den aktuellen Stand dokumentiert.

Die im Text vorkommenden Personen sind reine Fiktion. Der Gemeinderat von Antweiler ist selbstverständlich völlig unbescholten.

Ella, Tanja und Peter erleben in »Sturm über der Eifel« bereits ihren zweiten Fall, der erste ist unter dem Namen »Die Eifelhexe« ebenfalls im Emons Verlag erschienen.

Mehr aus meiner Feder: www.katja-kleiber.de

Danksagung

Ich danke …
… meinem Bruder für seine Ideen, die den Plot noch spannender machten.
… Ralf Hilgers für Erklärungen zum Alltag der Ranger im Nationalpark Eifel.
… Manu von Ahrtal Trails für Schnupperreitstunden auf dem wunderbaren Joe.
… Hans-Toni Dickers und dem Kuratorium für Heimatforschung und -pflege e.V. in Kobern-Gondorf für ihre Arbeit zur Erhaltung des Golorings und die Führung am Tag des offenen Denkmals.
… Jochen »Little Joe« für seine regionalen Kontakte.
… Manfred für Erklärungen, welche Situation einen Bauern in den Ruin treiben kann.
… Sebastian Weschbach von der Fahrzeugtechnik Weschbach in Kelberg, der mir einen typischen Reifen für Geländewagen aus seiner Datenbank heraussuchte.
… Bernd P. vom Golden Drakes MC Main-Taunus Chapter für Nachhilfe in Sachen Motorradtechnik.
… Volker Wichitill, der meine Vorstellungen von Polizeiarbeit vom Kopf auf die Füße stellte und mir das schöne Wort »Trassologe« schenkte.
… den Testlesern Arndt, Karin und Angelika für ihre Mühen und Anregungen.
… Thomas für sein Verständnis, seine unendliche Geduld und stete Unterstützung.

Katja Kleiber
DIE EIFELHEXE
Broschur, 224 Seiten
ISBN 978-3-7408-0271-4

Nach einem Burn-out zieht sich Unternehmensberaterin Ella Dorn in die Eifel zurück und sucht Ruhe in der Meditation. Doch die findet ein jähes Ende, als ein Politiker aus Adenau vergiftet wird: Plötzlich steht Ella unter Verdacht, denn an seinem letzten Lebensabend hat sie einen heiklen Auftrag für das Opfer ausgeführt. Einen Auftrag, über den sie auf keinen Fall sprechen will, weil er ihr den Ruf einer Hexe einbringen könnte …

»Kurzweiliger Krimispaß von einer Autorin, die der Eifel einen liebevoll-kritischen Blick von außen zuwirft.« Trierischer Volksfreund

www.emons-verlag.de